어린왕자의 작가가 전해주는 풍부한 상상의 세계와 아름다운 꿈의 나라!

생텍쥐페리

명작선

사람이 살아가는 의미는 무엇일까요?
행복이란 무엇이며, 사랑이란 어떤 것일까요?
이 책이 당신에게 지혜와 감동이 되길 바라며…

소중한 마음을 담아 (   )님께 드립니다.

어린왕자의 작가가 전해주는
풍부한 상상의 세계와 아름다운 꿈의 나라!

생텍쥐페리 명작선

초판 인쇄일 | 2007년 5월 10일
 2쇄 발행일 | 2015년 3월 17일

지은이 | 생텍쥐페리
엮은이 | 정다문
그 림 | 김지훈
펴낸이 | 안대준
펴낸곳 | 풀잎
등록 | 제2-4858호

주소 | 서울시 중구 필동로8길 61-16
전화 | 02_2274_5445/6
Fax | 02_2268_3773

※ 잘못된 책은 바꾸어 드립니다.

ISBN 89-7503-105-5

어린왕자의 작가가 전해주는 풍부한 상상의 세계와 아름다운 꿈의 나라!

생텍쥐페리 명작선

생텍쥐페리 지음 | **정다문** 엮음

도서출판
혜윰

생텍쥐페리 명작선을 기획하며

〈생텍쥐페리〉하면 떠오르는 것이 〈어린왕자〉이고, 〈어린왕자〉하면 떠오르는 것이 〈생텍쥐페리〉다. 그만큼 어린왕자와 생텍쥐페리는 한몸처럼 붙어다닌다.

하지만 이 외에도 생텍쥐페리가 쓴 좋은 작품들이 많다. 어린왕자가 너무 세계적으로 명성을 얻는 바람에 다른 작품은 묻혀진 감이 없지 않지만, 감동적인 작품들이 여럿 있다. 그 작품을 독자들에게 전해주기 위해 이번에 〈생텍쥐페리 명작선〉을 기획하게 되었다.

명작선이니만큼 우선적으로 실린 것이 어린왕자다. 어린왕자는 어렸을 때 읽은 사람이 나이 들어 다시 읽어도, 여전히 감동이 식지 않는 작품이다. 그래서 어린왕자는 나이를 떠나 누구든지 읽을 수 있는 작품 중 하나라고 많은 사람들이 말한다.

그 다음 작품은 〈야간비행〉이다. 어린왕자와는 달리 현실적인 삶의 모습을 다룬 작품이다. 읽다보면 이 작품이 무엇 때문에 현실적인 삶의 모습을 다뤘다는 말을 듣는지 이해가 될 것이다. 어린왕자와는 다가오는 느낌부터가 다른 작품이다.

야간비행에 이은 작품은 〈남방우편기〉이다.

위의 세 작품을 하나의 책으로 엮은 것은 생텍쥐페리의 여러 작품을 한 번에 접할 수 있는 계기를 마련해 주기 위해서이다. 이 책이 기획한 의도대로 많은 독자들에게 독서의 즐거움을 줄 수 있기를 바란다.

2006년 5월에

정다문

CONTENT

사랑만이 좋아할 가치가 있는
얼굴을 알아본다

내면을 들여다볼 수 있는 길을 찾는 사람은 자기 자신을 씨앗으로 변화시킨다. 한 줄기 불빛이 희미하게 빛나는 것을 본 사람은 그 불빛을 보여주기 위해 모든 사람의 소매를 잡아당긴다. 무엇인가를 발명해 낸 사람은 자신의 발명품을 즉시 다른 사람에게 준다.

승리는 사랑의 열매이다. 사랑만이 좋아할 가치가 있는 얼굴을 알아본다. 사랑만이 그 얼굴을 안내한다. 이해란 사랑이 있을 때에만 쓸모가 있는 것이다.

나는 사랑이 없는 곳에서는 살 수 없네. 사랑에서 우러나온 것이 아니라면 나는 결코 아무 말도 하지 않았네. 또한 아무 행동도 하지 않았고, 어떤 글도 쓰지 않았네.

생텍쥐페리가 보낸 사색엽서2

인간에게 요구되는 것을 나는 원한다네

나는 과거에 열망해 본 적이 없었던 것들을 지금 원하고 있다네. 쓰레기와 비, 농가의 류머티즘, 정신적으로 채워지지 않았던 저녁들, 수만 미터나 되는 높은 곳에서 느끼는 불안과 연결된 멜랑콜리 그리고 공포마저 원하고 있다네.

이것은 당연한 거야. 인간에게 요구되는 것을 나는 원한다네. 이러한 욕구는 인간이 인간과 함께 하기 위해 그리고 나와 같은 사람들과 함께 활기를 되찾기 위해 생겨났지. 왜냐하면 그들과 떨어져 있으면 나는 아무 짝에도 쓸모가 없기 때문이라네.

나는 진정으로 방관자를 경멸한다네. 자신이 행한 모든 일에 대해 책임질 생각조차 하지 않는 그런 사람들…. 나는 내가 가지려고 했던 것을 발견하지 못했지만, 내가 찾아야만 했던 것은 발견했네. 나는 다른 사람들과 똑같은 사람이야.

일시적이지 않은 목표를 향해
정진하는 것은 중요하다

나는 겸손의 의미를 이해한다. 겸손은 자기 경사가
아니라 행동의 실제 원칙이다.

나 자신을 변호하기 위해 내게 닥친 불행을 운명 탓
으로 돌린다면 나는 운명에 종속되는 것이다. 또 나의
불행을 배신 탓으로 돌린다면 나는 불행의 지배를 받
는 것이다. 그러나 내가 잘못을 받아들인다면 나는 인
간으로서 나의 능력을 사용하는 것이다.

  나는 내가 속해 있는 공동체에 영향을 미칠 수 있다. 나는 인간 공동체의 필연적인 구성요소이다. 그러니까 내 안에 누군가가 있어 내 자신을 극복하고 성장시키기 위해서는 그와 투쟁해야 한다.

  일시적이지 않은 목표를 향해 정진하는 것은 중요하다. 이런 목표는 이성이 아니라 정신에 가치가 있다.

Le Petit Prince

레옹 베르트에게

이 책을 어른에게 바친 데 대해 어린이들에게 용서를 빈다. 그럴 만한 중대한 이유가 내게는 있다. 내가 이 세상에서 사귄 가장 훌륭한 친구가 이 어른이라는 점이다.

또 다른 이유도 있는데 그것은 이 어른이 모든 걸, 어린이를 위한 책들까지도 모두 이해한다는 점이다.

세 번째 이유는 이 어른이 프랑스에 살고 있는데 그곳에서 굶주리고 추위에 떨고 있다는 것이다. 그는 위로받아야 할 처지에 있다.

이 모든 이유들이 그래도 부족하다면 예전의, 어린 시절의 그에게 이 책을 바치기로 하겠다. 어른들은 누구나 다 처음엔 어린아이 였다.

(그러나 그것을 기억하는 어른들은 그다지 많지 않다).

따라서 내 헌사를 이렇게 고친다.

(어린 소년이었을 때의 레옹 베르트에게)

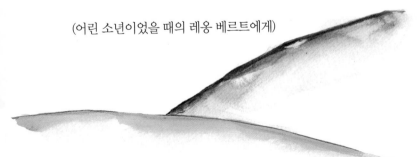

어린왕자

나는 여섯 살 되던 해에 한 번은 체험담 즉, 〈모험 이야기〉라는 제목의 처녀림에 관한 책을 통해 멋있는 그림 하나를 본 적이 있다.

그 그림은 맹수를 삼키고 있는 보아뱀 그림이었다.

그것을 옮겨 놓은 그림이 위에 있는 그림이다. 그 책에는 이런 말이 쓰여 있었다.

'보아뱀은 먹이를 씹지도 않고 통째로 집어 삼킨다. 그리고는 몸을 움직일 수가 없어 꼼짝도 하지 않은 채 여섯 달 동안 잠을 자면서 그것을 소화시킨다.'

나는 그 그림을 보고는 밀림의 여러 가지 모험들에 대해 곰곰이 생각해 보게 되었다. 그런 뒤 색연필을 들고서는 내 나름대로 내 생애 첫 그림을 용케 그려 낼 수 있었다.

나의 제 1호 그림은 다음과 같다.

나는 내 걸작품을 어른들에게 보여주며 물어 보았다.

"내가 그린 그림인데 무섭지 않으세요?"

어른들이 대답했다.

"아니, 모자가 뭐가 무섭다는 거니?"

내가 그린 그림은 모자를 그린 게 아니었다. 그것은 코끼리를 소화시키고 있는 보아뱀을 그린 것이었다. 그래서 나는 어른들이 알아볼 수 있도록 다시 보아뱀 속을 그렸다. 어른들은 언제나 설명을 해 주어야만 한다. 내가 그린 제 2호의 그림은 이러했다.

그러자 어른들이 나를 바라보며 충고했다.

"속이 보였다 안 보였다 하는 이런 보아뱀 따위의 그림을 그릴 시간이 있으면 차라리 그 시간에 지리나 산수, 역사, 문법에 재미를 붙여 보는 게 어떻겠니?"

그래서 나는 여섯 살적에 화가라는 멋진 직업을 포기하고 말았다. 나는 내가 그린 제 1호와 2호 그림이 성공을 거두지 못한 데 낙심을 하고 말았던 것이다. 어른들은 자기들 스스로는 아무것도 이해를 하지 못한다. 그럴 때마다 일일이 설명을 해 주자니 어린아이에겐 힘든 일이 아닐 수 없었다.

그래서 다른 직업을 선택하지 않을 수 없게 된 나는 비행기 조종하는 법을 배웠다. 나는 세계의 곳곳을 향해 안 가본 데 없이 날아다녔다. 그 덕분에 지리는 눈감고도 알 정도가 되었다. 나는 한 번 쓱 보는 것만으로도 중국과 아리조나를 구별할 수 있었다. 밤의 어둠 속에서 길을 잃을 때 지리는 매우 편리하다. 나는 이렇게 살아오는 동안 점잖고 성실한 사람들을 많이 만났으며 자주 접촉을 했다. 나는 오랜 시간 동안 어른들과 함께 어울리며 살아왔다. 그러면서 나는 그들을 아주 가까이에서 볼 수 있었다. 그렇다고 해서 내 의견이 크게 달라진 것은 없었다.

나는 좀 총명해 보이는 사람을 만날 때면 항상 간직해 오던 내가 그린 제 1호 그림을 꺼내 그 사람을 시험해 보곤 했다. 그 사람이 정말 이해력 있는 사람인가 알고 싶었던 것이다. 그러나 대답은 늘 같았다.

"그건 모자로군."

그러면 나는 보아뱀 이야기도 처녀림 이야기도 별 이야기도 그 사람에게 꺼내지 않았다. 대신 그 사람이 알아들을 수 있는 트럼프니 골프니 넥타이 등의 이야기를 했다. 그러면 그 어른은 분별 있는 사람을 또 하나 알게 되었다며 몹시 기뻐했다.

나는 이런 이유로 속마음을 털어 놓고 이야기할 사람도 없이 혼자 살아왔다. 그러다가 6년 전, 사하라 사막에서 비행기 사고를 만났다. 기관의 부속 하나가 부서졌는데 기사도 승객도 없었으므로 나는 그 어려운 수선을 혼자서 감당해야만 했다.

그것은 나로서는 죽느냐 사느냐의 문제였다. 있는 것이라고는 일주일 정도 버틸 수 있는 물이 전부였다.

첫날밤, 나는 사람이 사는 곳에서 수천 마일 떨어진 사막에 누워 잠이 들었다. 넓은 바다 한가운데 뗏목을 타고 흘러가는 표류자보다도 나는 훨씬 더 외로운 처지였다. 그랬으니 해가 뜰 무렵 야릇한 목소리가 나의 잠을 깨웠을 때, 나는 소스라치게 놀랄 수밖에 없었다.

그 목소리는 말했다.

"저기…, 양 한 마리만 그려 줘!"

"뭐라고?"

"양 한 마리만 그려 줘."

나는 기겁을 해서 벌떡 일어났다. 나는 마구 눈을 비비고는 조심스럽게 사방을 살펴보았다. 그러자 아주 신기하게 생긴 사내아이가 나를 심각한 얼굴로 바라보고 있었다. 훗날 내가 그를

그린 그림 중에서 가장 잘 그린 초상화가 여기에 있다.

그러나 나의 그림은 그 모델보다는 매력이 훨씬 덜했다. 그건 내 잘못이 아니다. 여섯 살 적에 나는 어른들 때문에 기가 죽어 화가라고 하는 직업에서 멀어졌고, 속이 보이거나 보이지 않는 보아뱀 밖에는 아무것도 그리는 공부를 해 본 적이 없기 때문이다.

어쨌든 나는 그의 느닷없는 출현에 놀랄 눈을 크게 뜨고 그를 바라보았다. 여러분도 알다시피 여기는 사람이 사는 곳에서 수천 마일이나 떨어진 사막이다.

그런데 어린아이는 길을 잃은 것 같지도, 피곤이나 굶주림이나 목마름에 시달려 녹초가 된 것처럼 보이지도 않았다. 또한 겁에 질려 있는 것처럼 보이지도 않았다. 사람이 사는 곳에서 수천 마일 떨어진 사막 한가운데서 길을 잃은 어린아이의 모습이 전혀 아니었다.

가까스로 정신을 차린 나는 마침내 입을 열 수 있었다.

"그런데…, 넌 거기서 뭘 하고 있는 것이니?"

그러자 그 애는 무슨 중대한 일이나 되는 것처럼 소곤소곤 다시 되풀이했다.

"부탁이야, 양 한 마리만 그려 줘…."

수수께끼 같은 너무나 신비스러운 일을 당하게 되면 누구나 거역하지 못하고 거기에 순순히 따르게 되는 법이다. 사람이 사는 마을에서 수천 마일 떨어져 어른거리는 죽음을 눈앞에 두고 있는 중에 참 엉뚱한 짓이라고 생각하면서도 나는 주머니에서 종이와 만년필을 꺼냈다. 그러나 나는 그때 내가 공부한 것이라고는 지리와 역사, 산수와 문법뿐이라는 생각이 나서 그 어린아이에게, 나는 그림을 그릴 줄 모른다고(기분이 조금 나빠져서) 말했다. 그가 대답했다.

"상관없어. 양을 한 마리 그려 줘."

나는 양은 한 번도 그려 본 적이 없었으므로, 내가 그릴 수 있는 단 두 가지 그림 중 하나를 그에게 다시 그려 주었다. 그것은 속이 보이지 않는 보아뱀 그림이었다.

그런데 놀랍게도 그 어린아이는 이렇게 답하는 것이었다.

"아냐! 아냐! 난 보아뱀 뱃속에 있는 코끼리는 싫어. 보아뱀은 아주 위험하고, 코끼리는 아주 거추장스러워. 내가 사는 곳은 아주 조그맣거든. 나는 양을 갖고 싶어. 양을 그려 줘."

그래서 할 수 없이 나는 이 양을 그렸다.

그는 조심스럽게 살펴보더니,

"안 돼! 이건 벌써 몹시 병이 들었는걸. 다른 걸로 하나 그려 줘!"

나는 다시 그렸다.

내 친구는 너그러운 모습으로 상냥하게 미소를 지었다.

"봐…, 이건 양이 아니라 숫양이야. 뿔이 돋아 있으니까…."

그래서 나는 또 다시 그림을 그렸다.

그러나 그것 역시 앞의 그림들처럼 퇴짜를 맞았다.

"이건 너무 늙었어. 나는 오래 살 수 있는 양을 갖고 싶어."

그때 나는 기관의 분해를 서둘러야 했으므로 더 이상 참지 못하고 여기 있는 그림을 아무렇게나 쓱쓱 그려 놓고서는 한 마디 툭 던졌다.

"이건 상자야. 네가 갖고 싶어 하는 양은 그 상자 안에 들어 있어."

그랬더니 놀랍게도 이 어린 심판관의 얼굴이 환하게 밝아지는 것이었다.

"이게 바로 내가 말한 거야! 이 양을 먹이려면 풀이 좀 많이 있어야겠지?"

"왜, 무슨 문제가 있니?"

"내가 사는 곳은 너무 작고 비좁거든…."

"그거면 아마 충분할 거야. 내가 그려준 양은 아주 작은 양이거든…."

그는 고개를 숙여 그림을 지긋이 바라보았다.

"그렇게 작아 보이지도 않은데…. 어, 이것 봐! 잠이 들었어."

나는 이렇게 해서 어린 왕자를 알게 되었다.

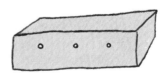

3 Le Petit Prince

그가 어디서 왔는지를 아는 데는 꽤 오랜 시간이 걸렸다. 어린 왕자는 내게 이것저것 많은 것을 물어보면서도 내 질문엔 전혀 귀를 기울이는 것 같지 않아 보였다. 그가 어쩌다 우연히 흘린 말들을 듣고 나는 차츰차츰 모든 것을 알게 되었다.

가령 처음으로 그가 내 비행기를 보았을 때(내 비행기는 그리지 않으렵니다. 그것은 내게는 너무 복잡한 그림이니까) 그는 나에게 이렇게 물었다.

"이 물건은 대체 뭐야?"

"그건 물건이 아니야. 날아다니는 기계로 비행기라고 하지. 바로 내 비행기야."

나는 내가 날아다닌다는 걸 그에게 알아듣도록 가르쳐 주면서 자랑스러워졌다. 그러자 그는 큰 소리로 외쳤다.

"뭐! 아저씨가 하늘에서 떨어졌단 말이야!"

"그래!"

나는 겸손하게 대답했다.

"야! 그것 참 재미있다!"

그리고는 어린 왕자는 아주 유쾌하게 웃음을 터트렸으므로,

나는 기분이 몹시 언짢아졌다. 나는 다른 사람들이 내 불행을 진지하게 생각해 주지 않는 것이 싫었기 때문이다. 그런데 그는 덧붙여 말했다.

"그럼 아저씨도 하늘에서 온 거네! 아저씬 어느 별에서 왔어?"

나는 그 말을 듣자, 문득 그의 존재의 신비로움을 이해하는데 한 줄기 빛이 비치는 걸 느낄 수 있었다. 그래서 다그쳐 물었다.

"그럼, 넌 다른 별에서 왔니?"

그러나 그는 대답을 하지 않고 내 비행기를 바라보며 가만히 고개를 끄덕였다.

"그럴 거야. 저걸 타고서는 그렇게 먼 곳에서 올 수는 없었을 거야."

그리고는 오랫동안 생각에 잠겨 있더니, 호주머니에서 내가 그려준 양을 꺼내 들고는 그 보물을 열심히 들여다보았다.

그 알듯 말듯한 '다른 별들' 이라는 이야기를 듣고 내 호기심이 참으로 커져만 갔다. 그래서 나는 좀 더 깊이 알아보려고 여러모로 애를 썼다.

"애야, 넌 어디서 왔니? '네 고향' 이란 도대체 어디를 두고 하는 말이니? 내 양을 어디로 데려 가려는 거니?"

그는 말없이 한동안 생각에 잠겨 있더니 대답했다.

"잘됐어. 아저씨가 준 상자가 밤이면 양의 집이 될 테니까 잘됐어."

"물론이지. 그리고 네가 착하게만 굴면 밤에 양을 묶어 둘 수 있는 고삐도 하나 줄게. 말뚝도 주고."

내 이 제안은 어린 왕자의 마음을 몹시 거슬리게 한 듯했다.

"묶어 둔다고? 참 이상한 생각이네!"

"그렇지만 묶어 두지 않으면 아무 데나 돌아다니다가 길을 잃을지도 몰라."

그 말에 내 친구는 다시 한 번 까르르 웃음을 터뜨렸다.

"아니, 가면 어디로 가겠어."

"어디든지 곧장 앞으로…."

그랬더니 어린 왕자가 진지하게 말했다.

"상관없어. 내가 사는 곳은 아주 작은 곳이니까."

그리고는 그는 어쩐지 좀 쓸쓸해진 목소리로 덧붙여 말했다.

"앞으로 곧장 가 봐야 멀리 갈 수도 없는 그런 곳이야."

4 Le Petit Prince

나는 이렇게 해서 또 한 가지 아주 중요한 사실을 알게 되었다. 그것은 그가 사는 별이 겨우 집 한 채보다도 클까 말까 하다는 것이었다.

　그것은 나에게 그리 놀라운 일은 아니었다. 지구, 목성, 화성, 금성같이 이렇게 사람들이 이름을 붙여놓은 큰떠돌이별들 말고 아주 작아서 망원경으로도 잘 보이지 않는 다른 별들이 수백 개도 더 있다는 것을 나는 알고 있었던 것이다. 천문학자가 그런 별을 하나 발견하면 이름 대신 번호를 매겨준다. 이를테면, 〈소혹성 3251호〉라는 식으로 부르는 것이다.

나는 어린 왕자가 살던 별이 소혹성 B612호라고 생각하는데,
거기에는 그럴 만한 이유가 있다.

그 소혹성은 1909년에 딱 한 번 터키의 어느 천문학자가 망

원경으로 보았을 뿐이기 때문이다.

그 당시 이 천문학자는 국제천문학회에서 자기가 발견한 것
에 대해 훌륭히 증명해 보였다. 그러나 그가 입은 옷 때문에
아무도 그의 말을 믿어주지 않았다. 어른들은 언제나 이런 식
이다.

터키의 한 독재자가 국민들에게 서양식 옷을 입지 않으면 사형에 처한다고 강요한 것은 소혹성 B612호의 명성을 위해서는 참으로 다행스러운 일이었다. 그 천문학자는 1920년에 아주 멋있는 옷을 입고 다시 증명을 했다. 그러자 이번에는 모두들 그의 말을 믿었다.

내가 소행성 B612호에 대해 이런 세세한 이야기를 늘어놓고, 그 번호까지 분명히 일러 주는 것은 다 어른들 때문이다. 어른들은 숫자를 좋아한다. 어른들에게 새로 사귄 친구 이야기를 할 때면 그들은 가장 중요한 것은 물어보는 적이 없다.

"그 애의 목소리는 어떠니? 그 애가 즐겨하는 놀이는 무엇이지? 나비를 채집하는지?"

결코 이렇게 물어보는 법이 없다.

"그 앤 나이가 몇이지? 형제들은 몇이고? 몸무게는 얼마지? 그 애 아버지 수입은 얼마나 되니?"

항상 이렇게 묻는다. 그제야 그 친구가 어떤 사람인지 알게 된 줄로 생각하는 것이다.

만약 어른들에게 "창턱에는 제라늄 화분이 있고, 지붕에는 비둘기가 있는 분홍빛의 벽돌집을 보았어요"라고 말한다면, 어른들은 그 집을 상상해 내지 못한다. 그들에겐 "나는 십만 프랑 짜리 집을 보았어요"라고 말해야만 그 집을 상상해 낼 수 있다. 그러면 그때서야 비로소 그들은 소릴 지른다.

"아, 참으로 아름다운 집이구나!"

그래서 "어린 왕자가 매혹적이었고, 웃었고, 양 한 마리를 가지고 싶어 했다는 것이 그가 이 세상에 있었던 증거야. 어떤 사람이 양을 갖고 싶어 한다면 그건 그가 이 세상에 있는 증거야"라고 말한다면 그들은 어깨를 으쓱 하고는 여러분을 어린아이 취급할 것이다. 그러나 "그가 떠나온 별은 소혹성 B612호입니다"라고 말하면 수긍을 하고 더 이상 질문을 해대며 귀찮게 굴지도 않을 것이다.

어른들은 언제나 그런 것이다. 그들을 탓해서는 안 된다. 어린아이들은 어른들을 항상 너그럽게 대해야만 한다.

그러나 인생을 이해하고 있는 우리들은 숫자 같은 것은 대수롭지 않게 여긴다. 나는 이 이야기를 동화 식으로 시작하고 싶었다. 나는 이렇게 말하고 싶었다.

"옛날에 저보다 좀 더 클까 말까한 별에 어린 왕자가 살고 있었는데, 그는 친구를 갖고 싶어서…."

인생을 이해하는 사람들의 눈에는 이런 식의 이야기가 훨씬 더 진실한 느낌을 주었을 것이다.

그러나 내가 그렇게 이야기 하지 못한 것은, 다른 사람들이 내 책을 가볍게 읽는 것이 싫었기 때문이다. 이제 이 추억을 이야기 하려니 온갖 슬픈 생각이 다 떠오른다. 내 친구가 양을 가지고 떠난 지도 벌써 6년이 되었다. 내가 여기에 그의 모습을 묘사해 보려고 애쓰는 것은 그 애를 잊어버리지 않기 위해서이다. 한 사람의 친구를 잊어버린다는 것은 슬픈 일이기 때문이다. 누구나 다 친구를 가져보는 것은 아니다. 그를 잊는다면 나도 숫자밖에 흥미가 없는 어른들과 같은 사람이 될 지도 모른다. 내가 그림물감 한 상자와 연필을 산 것은 이런 까닭에서였다. 여섯 살 적에 속이 보이거나 보이지 않는 보아뱀 그림 외에는 전혀 그려 보지 못한 내가 이 나이에 다시 그림을 시작한다는 건 힘든 노릇이다. 물론 나는 힘이 닿는 한 그의 모습과 가장 비슷한 초상화를 그리려고 노력할 것이다. 하지만 꼭 성공하리라는 자신은 없다. 어떤 그림은 그런대로 괜찮은데 어떤 그림은 아주 닮지를 않았다. 키를 어림잡는 데도 조금씩 틀리고는 한다. 여기서는 어린 왕자가 너무 크고 저기서는 너무 작다. 그의 옷 색깔에 대해서도 역시 자신이 없다.

그래서 나는 이렇게도 그려 보고 저렇게도 그려본다. 되건 안 되건 이럭저럭 더듬어 본다. 보다 중요한 부분에 가서 잘못을 저지를 지도 모른다. 그래도 나를 용서해 주어야 한다. 내 친구는 설명을 해 주는 적이 없었기 때문이다. 어쩌면 내가 자기와 비슷하다고 생각했던 것인지도 모르겠다. 그러나 불행하게도 나는 상자 안쪽에 있는 양을 볼 줄 모른다. 어쩌면 나도 조금씩 어른들처럼 되어 버린 것 같다. 아마 늙은 모양이다.

나는 별이나 출발, 여행에 대해 날마다 조금씩 알게 되었다. 어린 왕자가 무심결에 하는 말들을 통해 서서히 그렇게 된 것이었다. 사흘째 되는 날 바오밥나무의 비극을 알게 된 것도 그렇게 해서였다. 이번에도 역시 양의 덕택이었다. 심각한 의문이 생긴 듯이 어린 왕자가 느닷없이 물었다.

"양이 작은 나무를 먹는다는 게 정말이니?"

"그럼, 정말이지."

"아! 그럼 잘 됐네!"

양이 작은 나무를 먹는다는 게 왜 그리 중요한 사실인지 나는 이해할 수 없었다. 그러나 어린 왕자는 말을 이었다.

"그럼, 바오밥나무도 먹겠지?"

나는 어린 왕자에게 바오밥나무는 작은 나무가 아니라 성당만큼이나 커다란 나무이고, 한 떼의 코끼리를 데려간다 해도 바오밥나무 한 그루를 다 먹어치우지 못할 것이라고 말해주었다.

한 떼의 코끼리라는 말에 어린 왕자는 웃으며 말했다.

"코끼리들을 포개 놓아야겠네."

그런데 그가 현명하게도 이런 말을 했다.

"바오밥나무도 커다랗게 자라기 전에는 작은 나무였지?"

"물론 그렇지! 그런데 왜 양이 바오밥나무를 먹어야 된다는 거지?"

어린 왕자는 "아이 참!" 하며, 그것은 자명한 이치라는 듯이 대꾸했다. 그래서 나는 혼자서 그 수수께끼를 푸느라고 한참 머리를 짜내야만 했다. 어린 왕자가 사는 별에도 다른 모든 별들과 마찬가지로 좋은 풀들과 나쁜 풀들이 있었다.

따라서 좋은 풀들의 좋은 씨앗들과 나쁜 풀들의 나쁜 씨앗들이 있었다. 그러나 씨앗들은 눈에 보이지 않는다. 그것들은 땅속 깊이 숨어 잠들어 있다가 그 중 하나가 갑작스레 잠에서 깨어나고 싶은 기분에 사로잡힌다. 그러면 그것은 기지개를 켜고, 태양을 향해 처음엔 머뭇거리면서 그 아름답고 연약한 새싹을 내민다. 그것이 무우나 장미의 싹이면 그대로 내버려 두어도 된다.

하지만 나쁜 식물의 싹이면 눈에 띄는 대로 뽑아 버려야 한다. 그런데 어린 왕자의 별에는 무서운 씨앗들이 있었다. 그것은 바오밥나무의 씨앗이었다. 그 별의 땅은 바오밥나무 씨앗투성이였다. 그런데 바오밥나무는 손을 너무 늦게 써 때를 놓치면 그땐 정말 처치할 수 없게 된다. 별을 온통 엉망으로 만드는 것이다. 뿌리로 별에 구멍을 뚫는 것이다. 그래서 별이 너무 작은데 바오밥나무가 너무 많으면 별이 산산조각이 나버리고 마는 것이다.

"그건 규율의 문제야."

훗날 어린 왕자가 말했다.

"아침에 몸단장을 하고나면 정성들여 별의 몸단장을 해주어야 해. 규칙적으로 신경을 써서 장미와 구별할 수 있게 되는 즉시 곧 그 바오밥나무를 뽑아버려야 하거든. 바오밥나무는 아주 어렸을 때에는 장미와 흡사하게 생겼거든. 그것은 귀찮은 일이지만 쉬운 일이기도 하지."

그리고는 우리 땅에 사는 어린아이들 머릿속에 꼭 박히도록 예쁜 그림을 하나 그려보라고 했다.

"그들이 언젠가 여행을 할 때, 그것이 도움이 될 수도 있을 거야. 할 일을 뒤로 미루는 것이 때로는 아무렇지도 않을 수 있지. 하지만 바오밥나무의 경우에 그랬다가는 언제나 큰 재난이 따르는 법이야. 게으름뱅이가 살고 있는 어느 별을 나는 알고 있었어. 그는 작은 나무 세 그루를 무심히 내버려 두었지."

그래서 어린 왕자가 가르쳐 주는 대로 나는 그 별을 그렸다. 나는 성인군자와 같은 투로 말하기는 싫었다. 그러나 바오밥나무의 위험은 너무도 잘 알려져 있지 않고 소혹성에서 길을 잃게 될 사람이 겪을 위험은 너무도 크기 때문에, 난생 처음으로 나는 그런 조심성을 버리고 이렇게 말하려 한다.

"어린이들이여! 바오밥나무를 조심하라!"

내가 이 그림을 이처럼 정성껏 그린 것은 내 친구들에게 경각심을 불러일으키기 위해서이다. 그들은 나와 마찬가지로 오래전부터 자신들도 모르는 사이에 이 위험에 둘러싸여 있었다. 이 그림을 통해 내가 전하는 교훈은 이 그림을 그리느라 수고할 만한 가치가 있다는 것이다. 여러분에게는 이런 의문이 생길지도 모르겠다. 이 책에는 왜 바오밥나무의 그림만큼 장엄한 그림들이 또 없는 것일까? 그 대답은 간단하다. 다른 그림들도 그렇게 그리려 애써 보았지만 뜻대로 되지 않은 것이다. 바오밥나무를 그릴 때에는 급박한 심정으로 열성을 지니고 그렸던 것이다.

아! 어린 왕자. 그의 쓸쓸하고 단순한 생활을 이렇게 해서 나는 조금씩 조금씩 알게 되었다. 그가 오랫동안 간직할 수 있는 심심풀이로는 해질녘의 풍경을 바라보는 감미로움밖에는 없었다. 나는 이 새로운 사실을 나흘째 되는 날 아침에 알 수 있었다. 그가 내게 이렇게 말했기 때문이다.

"나는 해질 무렵을 좋아해. 해지는 걸 보러 가자."

"기다려야지."

"뭘 기다리지?"

"해가 지길 기다려야지."

어린 왕자는 처음에는 몹시 놀라는 기색이었으나 이내 자기 말이 우스운 듯 웃음을 터뜨렸다. 그리고는 나에게 말했다.

"아직도 집에 있는 것만 같거든!"

실제로 그럴 수도 있는 일이었다. 모두들 알고 있듯이 미국에서 정오일 때 프랑스에서는 해가 진다.

프랑스로 단숨에 달려갈 수만 있다면 해가 지는 광경을 볼 수 있을 것이다.

　그러나 불행히도 프랑스는 너무 멀리 떨어져 있다. 그러나 어린 왕자의 조그만 별에서는 의자를 몇 발짝 뒤로 물리기만 하면 되었다. 그래서 언제나 원할 때면 어린 왕자는 석양을 바라볼 수 있었다.

　"어느 날 나는 해가 지는 걸 마흔 세 번이나 보았어!"

그리고는 잠시 후 어린 왕자는 다시 말했다.

"몹시 슬플 때에는 해지는 모습이 보고 싶어."

"그럼 마흔 세 번이나 해지는 걸 구경하던 날, 너는 그렇게도 슬펐었니?"

그러나 어린 왕자는 대답이 없었다.

다섯째 되는 날, 역시 양으로 인해 어린 왕자의 생활의 비밀을 한 가지 알게 되었다. 그가 불쑥, 오랫동안 혼자 어떤 문제에 대해 곰곰이 생각하던 차에 튀어나온 듯한 말투로 나에게 물었다.

"양은 작은 나무를 먹으니까 꽃도 먹을 수 있겠지?"

"양은 닥치는 대로 뭐든 먹지."

"가시가 있는 꽃도?"

"그럼, 가시가 있는 꽃도 가리지 않지."

"그럼, 가시는 어디에 소용있지?"

나 역시 그것은 알지 못했다. 나는 그 때 내 모터의 볼트가 너무 꼭 죄어 있어 그것을 빼내는 일에 정신이 팔려 있었다. 비행기의 고장이 매우 중대한 것처럼 보이기 시작했다. 게다가 먹을 물의 바닥이 드러나고 있어 최악의 상태를 당하지나 않을까 하는 두려움에 나는 무척 불안한 상태였다.

"가시는 무엇에 소용되는 거지?"

어린 왕자는 한 번 질문을 한 것은 결코 포

기하는 법이 없었다. 나는 볼트 때문에 신경이 곤두 서 있었으므로 되는 대로 아무렇게나 대답해 버렸다.

"가시는 아무짝에도 소용이 없어. 꽃들이 공연히 심술을 부리는 거지!"

"그래!"

그러나 잠시 아무 말이 없던 어린 왕자는 원망스러운 듯한 목소리로 나를 향해 톡 쏘아 붙였다.

"그건 거짓말이야! 꽃들은 연약할 뿐만 아니라 순진해. 꽃들은 그들이 할 수 있는 방식으로 자신을 보호하고 있는 거야. 가시가 있으면 무서운 존재가 되는 줄로 믿고 있는 거야."

나는 아무 대꾸도 하지 않았다. 그 때 나는 '이 볼트가 끝내 말썽을 부리면 망치로 두들겨 튀어나오게 해야지' 하는 생각을 하고 있었다. 어린 왕자는 또 다시 이런 내 생각을 방해했다.

"그럼 아저씨 생각으로는 꽃들이…."

"그만해 둬! 아무래도 좋아! 난 되는 대로 대답했을 뿐이야. 나에겐 지금 중대한 일이 있어!"

그는 어리둥절해서 나를 바라보았다.

"중대한 일이라고?"

그는 그에게는 매우 흉측스럽게 보이는 물체 위로 몸을 기울이고 있는 나의 모습을 바라보고 있었다. 나는 망치를 손에 들고 손가락은 시커멓게 기름투성이가 되어 있었다.

"아저씨도 지금 어른들처럼 말을 하고 있잖아!"

그 말을 들은 나는 조금 부끄러워졌다. 그런데도 그는 사정없이 말을 이어갔다.

"아저씨는 모든 걸 혼동하고 있어. 모든 걸 혼동하고 있다구!"

그는 정말로 화가 나 있었다. 온통 금빛인 그의 머리카락이 바람에 흩날리고 있었다.

"시뻘건 얼굴의 신사가 살고 있는 별을 나는 알고 있어. 그는 꽃향기라고는 맡아 본 적이 없는 사람이었어. 별을 바라본 적도 없고, 어느 누구를 사랑해 본 적도 없으며, 오로지 계산만 하면서 살아왔어. 그러면서 온종일 아저씨처럼 '나는 중대한 일을 하는 사람이야, 중대한 일을 하는 사람이야'라고 되뇌고 있고, 그래서 교만으로 가득 차 있어. 하지만 그는 사람이 아니야. 버섯이지!"

"뭐라고?"

"버섯이라니까!"

어린 왕자는 이제 분노로 얼굴이 하얗게 질려 있었다.

"수백만 년 전부터 꽃들은 가시를 만들고 있어. 양도 수백만 년 전부터 꽃을 먹어 왔고. 그런데도 그들이 아무짝에도 쓸모없는 가시를 왜 만들어 내는지 알려는 건 중요한 게 아니라는 거지! 양과 꽃들의 전쟁은 중요한 게 아니라는 거지! 그건 붉은 얼굴의 신사가 하는 계산보다 더 중요한 건 못 된다는 거지! 그래서 이 세상 아무데도 없고 오직 나의 별에만 있는 이 세상에 단 하나뿐인 한 송이 꽃을 내가 알고 있고, 작은 양이 어느 날 아침 무심코 그걸 먹어 버릴 수도 있다는 건 중요한 일이 아니라는 거지!"

어린 왕자는 새빨개진 얼굴로 말을 이었다.

"수백만 개의 별들 중에 단 하나밖에 없는 꽃을 사랑하고 있는 사람은 그 별들을 바라보고 있는 것만으로도 행복할 수 있어. 그는 속으로 '내 꽃이 저기 어딘가에 있겠지…' 하고 생각할 수 있거든. 하지만 양이 그 꽃을 먹는다면 그에게는 갑자기 모든 별들이 사라져 버리게 되는 거나 마찬가지야! 그런데도 그게 중요하지 않단 말이야?"

그는 더 말을 잇지 못했다. 그는 갑자기 흐느껴 울기 시작했다.

어둠이 내린 뒤였다. 나는 손에서 연장을 놓아버렸다. 망치도 볼트도 목마름도 죽음도 모두 우습게 생각되었다. 어떤 별, 어떤 떠돌이별 위에 나의 별, 이 지구 위에 위로해 주어야 할 한 어린 왕자가 있는 것이었다. 나는 두 팔로 그를 껴안았다. 그를 부드럽게 흔들면서 나는 말했다.

"네가 사랑하는 꽃은 위험에 처해 있지 않아. 너의 양에게 굴레를 그려 줄게. 그리고…."

나는 더 이상 무어라 말해야 좋을지 알 수 없었다. 내 자신이 무척 서툴다는 생각이 들었다. 어떻게 해야 그를 감동시키고 그의 마음을 붙잡을 수 있을지 도무지 알 수가 없었다.

눈물의 나라는 그처럼 신비로운 것이다.

나는 곧 그 꽃에 대해 더 많은 것을 알게 되었다. 어린 왕자의 별에는 전부터 꽃잎이 한 겹인 아주 소박한 꽃들이 있었다. 그 것들은 자리를 거의 차지하지 않았고 아무도 귀찮게 굴지 않았다. 그들은 어느 날 아침 풀 속에 나타났다가는 저녁이면 사라지곤 했다.

그런데 어느 날 그 꽃은 어딘지 모를 곳에서 날아온 씨앗으로부터 싹이 텄다. 그래서 어린 왕자는 다른 싹들과 닮지 않은 그 싹을 주의 깊게 관찰했다. 새로운 종류의 바오밥나무인지도 모를 노릇이었다. 그러나 그 작은 나무는 곧 성장을 멈추고 꽃을 피울 준비를 하기 시작했다. 커다란 꽃망울이 맺히는 것을 지켜보고 있던 어린 왕자는 이제 곧 거기에서 어떤 기적 같은 것이 일어나리라 느끼고 있었다. 그러나 꽃은 그 연녹색 방 속에 숨어 언제까지고 아름다워질 준비만 하고 있었다. 꽃은 세심하게 빛깔을 고르고 있었다. 천천히 옷을 입고 꽃잎을 하나씩 둘씩 다듬고 있었다. 그 꽃은 개양귀비꽃처럼

구겨진 모습을 밖으로 내보이고 싶어 하지 않았다. 자신의 아름다움이 최고로 빛을 발할 때에야 비로소 내보이고 싶어 했다. 아! 정말, 아주 애교스러운 꽃이었다. 그의 신비로운 몸단장은 그래서 며칠이고 계속되었다.

그리하여 어느 날 아침, 해가 막 떠오르는 시각에, 그 꽃은 모습을 드러냈다.

그런데 그처럼 공들여 몸치장을 한 그 꽃은 하품을 하며 말하는 것이었다.

"아! 지금 막 잠에서 깼답니다. 용서하세요. 제 머리가 온통 헝클어져 있네요."

어린 왕자는 그 때 감탄을 억누를 수가 없었다.

"참으로 아름다우시군요!"

"그렇죠? 그리고 나는 저 해와 같은 시간에 태어났답니다."

어린 왕자는 그 꽃이 그다지 겸손한 꽃이 아니라는 것을 알아챘다. 그렇다 해도 그 꽃의 자태만은 너무도 감동적이었다.

"아침식사 시간이군요. 저를 위해 무엇을 해줄 수 있으신지요."

잠시 후 그 꽃이 다시 말했다. 그 말을 들은 어린 왕자는 신선한 물이 담긴 물뿌리개를 찾아 그 꽃에 뿌려 주었다.

이렇게 그 꽃은 태어나자마자 심술궂은 허영심으로 그를 괴롭혔다. 어느 날은 자기가 가진 네 개의 가시에 대해 이야기를 해 주었다. 그러던 중 어린 왕자에게 이런 말을 하기도 했다.

"호랑이들이 발톱을 세우고 덤벼들어도 끄떡없어요."

그러자 어린 왕자가 이렇게 항의했다.

"내 별엔 호랑이들은 없어요. 그리고 호랑이들은 풀을 먹지도 않고요."

"저는 풀이 아니에요."

그 꽃이 살며시 대답했다.

"용서해 줘요."

"난 호랑이는 조금도 무섭지 않지만 바

람은 딱 질색이랍니다. 혹시 바람막이를 가지고 있으세요?"

이 말을 들은 어린 왕자는 '바람이 질색이라니…, 식물로서
는 안 된 일이군. 이 꽃은 아주 까다로운 식물이군' 하고 속으로
생각했다.

"저녁에는 나에게 유리 덮개를 씌워주세요. 당신이 살고 있
는 이곳은 몹시 춥군요. 설비도 좋지 않고요. 내가 살던 곳
은…."

그러나 꽃은 말을 잇지 못했다. 그 꽃은 씨앗의 형태로 온 것
이었다. 그러니 다른 세상에 대해서 아는 게 있을 리 없었다. 그
처럼 빤한 거짓말을 하려다 들킨 게 부끄러워진 그 꽃은 어린
왕자의 잘못을 드러내기 위해서 기침을 두어 번 했다.

"바람막이 있으시냐고 물었잖아요?"

"찾아보려는 참이었는데 당신이 말을 계속 했잖아요!"

그러자 그 꽃은 그래도 어린 왕자에게 가책을 느끼게 하려고 더 심하게 기침을 했다.

그리하여 어린 왕자는 진심에서 우러나온 호의를 가지고 있으면서도 꽃을 의심하기 시작했다.

그는 대수롭지 않은 말들을 심각하게 받아들이고 몹시 불행해졌다.

어느 날 그는 속사정을 털어 놓았다.

"그의 말에 귀를 기울이지 말아야 했어. 꽃들의 말에 절대로 귀를 기울이면 안 돼. 바라보고 향기를 맡기만 해야 해. 내 꽃은 내 별을 향기로 뒤덮었어. 그런데도 나는 그것을 즐길 줄 몰랐어. 그 발톱 이야기에 눈살을 찌푸렸지만 실은 측은해 했어야 옳았던 거야."

그는 또 이렇게도 말했다.

"나는 그때 아무것도 이해할 줄 몰랐어. 그 꽃의 말이 아니라 행동을 보고 판단했어야 했어. 그 꽃은 나에게 향기를 풍겨주고 내 마음을 밝게 해주었어. 결코 도망치지 말았어야 하는 건데! 그 가련한 거짓말 뒤에는 애정이 숨어 있다는 걸 눈치 챘어야 하는 건데 그랬어. 꽃들은 그처럼 모순된 존재들이거든! 하지만 난 너무 어려서 그를 사랑할 줄 몰랐던 거야."

나는 어린 왕자가 철새들의 이동을 이용하여 그의 별을 떠나왔으리라 생각한다. 떠나는 날 아침 그는 자기의 별을 깨끗이 정돈해 놓았다. 불을 뿜는 화산들을 정성들여 청소했다. 그에게는 불을 뿜는 화산이 둘 있었다. 그런데 그것은 아침밥을 데우는 데 아주 편리했다. 불이 꺼져 있는 화산도 하나 있었다. 그가 말했다.

"어떻게 될지 알 수 없는 일이야."

그는 그래서 불 꺼진 화산도 똑같이 청소했다. 화산들은 청소가 잘 되어 있을 때는 부드럽게, 규칙적으로 폭발하지 않고 타오른다. 화산의 폭발은 벽난로의 불과 마찬가지인 것이다.

물론 지구위에 사는 우리들은 너무 작아 화산을 청소할 수 없다. 그래서 우리는 화산폭발 때문에 자주 곤란한 일을 겪는 것이다.

어린 왕자는 좀 서글픈 심정으로 바오밥나무의 마지막 싹들도 뽑아냈다. 다시는 돌아오지 못하리라 그는 생각하고 있었다. 그런데 익숙한 그 모든 일들이 그날 아침에는 유난히 다정스럽게 느껴졌다. 그래서 그 꽃에 마지막으로 물을 주고 유리 덮개

를 씌워주려는 순간 그는 울고 싶은 심정이었다.

"잘 있어."

그는 꽃에게 말했다. 그러나 꽃은 대답하지 않았다.

"잘 있어."

그가 되풀이했다. 꽃은 기침을 했다. 하지만 그것은 감기 때문이 아니었다. 이윽고 꽃이 말했다.

"내가 어리석었어. 용서해 줘. 행복해지도록 노력하길 바래."

비난조의 말이 아닌 꽃의 목소리는 다정스러웠다. 그 목소리에 놀란 건 오히려 어린 왕자였다. 그는 유리 덮개를 손에 든 채 어쩔 줄 모르고 멍하니 서 있었다. 꽃의 그 조용한 다정함을 이해할 수 없었다.

"그래, 난 널 좋아해. 넌 그걸 전혀 몰랐지. 내 잘못이었어. 아무래도 좋아. 하지만 너도 나와 마찬가지로 어리석었어. 부디 행복하길 바래. 유리 덮개는 내버려둬. 그런 건 이제 필요 없어."

"하지만 바람이 불면…."

"내 감기가 그리 대단한 건 아니야. 밤의 서늘한 공기는 내게 더 좋을 거야. 나는 꽃이니까."

"하지만 짐승이…."

"나비를 알고 싶으면 두세 마리의 쐐기벌레는 견뎌야지. 나

비는 무척 아름다운 모양이니까. 나비가 아니라면 누가 나를 찾아주겠어? 너는 멀리 가 있겠지. 커다란 짐승들은 두렵지 않아. 손톱이 있으니까."

그러면서 꽃은 천진난만하게 네 개의 가시를 보여주었다. 그리고 다시 말을 이었다.

"그렇게 우물거리고 있지 마, 신경질 나. 떠나기로 마음을 먹었으면 어서 가."

꽃은 울고 있는 자기 모습을 어린 왕자에게 보이고 싶지 않았다. 그토록 자존심이 강한 꽃이었다.

그는 소행성 325호, 326호, 327호, 328호, 329호, 330호와 이 웃해 있었다. 그래서 일거리도 구하고 견문도 넓힐 생각으로 그 별들부터 찾아보기로 했다.

첫 번째 별에는 왕이 살고 있었다. 그 왕은 주홍빛 천과 흰 담 비 모피로 된 옷을 입고 매우 검소하면서도 위엄 있는 옥좌에 앉아 있었다.

"아! 신하가 한 명 왔구나!"

어린 왕자가 오는 것을 보자 왕이 큰 소리로 외쳤다. 어린 왕 자는 이상한 생각이 들었다.

'나를 한 번도 본 적이 없는데 어떻게 나를 알아볼까?'

왕에게는 세상이 아주 간단하다는 것을 어린 왕자는 몰랐던 것이다. 왕에겐 모든 사람이 다 신하인 것이다.

"너를 좀 더 자세히 볼 수 있도록 가까이 다가오라."

한 사람의 왕 노릇을 하게 된 것이 몹시 자랑스러워진 왕이 말했다. 어린 왕자는 앉을 자리를 찾았으나 그 별은 흰 담비 모 피의 호화스러운 망토로 온통 뒤덮여 있었다. 그래서 그는 서 있었다. 그리고 피곤했으므로 하품을 했다. 그것을 본 왕이 말했다.

"왕의 면전에서 하품하는 것은 예의에 어긋나는 일이니라. 하품을 금지하노라."

왕의 말에 어리둥절해진 어린 왕자가 대구를 했다.

"하품을 참을 수가 없어요. 오랫동안 여행을 해서 잠을 자지 못했거든요."

"그렇다면 너에게 명령하노니 하품을 하도록 하라. 하품하는 걸 본 지도 여러 해가 되었구나. 하품하는 모습은 짐에게는 신기한 구경거리니라. 자! 또 하품을 하라. 이건 명령이니라."

왕이 말했다.

"그렇게 말씀하시니까 겁이 나서 하품이 나오지 않는군요."

어린 왕자는 얼굴을 붉히며 말했다.

"으흠! 으흠! 그렇다면 짐이, 짐이 명하노니 어떤 때는 하품을 하고 또 어떤 때는…" 하고 왕이 말했다. 그는 뭐라고 중얼중얼했다. 화가 난 기색이었다.

왜냐하면 그 왕은 자신의 권위가 존중되기를 무엇보다도 바라고 있었기 때문이다. 불복종은 용서할 수 없는 것이었다. 그는 절대 군주였다. 하지만 매우 선량했으므로 사리에 맞는 명령을 내리는 것이었다.

"만약 짐이 어떤 장군더러 물새로 변하라고 명령했는데 장군이 이 명령에 따르지 않았다면 그건 그 장군의 잘못이 아니라 짐의 잘못이니라" 라고 그는 평상시에 늘 말하곤 했다.

"앉아도 좋을까요?"

어린 왕자가 조심스럽게 물었다.

"네게 앉기를 명하노라."

흰 담비 모피로 된 망토 한 자락을 위엄 있게 걷어 올리며 왕이 대답했다.

그러나 어린 왕자는 의아해 하고 있었다. 별은 아주 조그마했다. 왕은 무엇을 다스리고 있는 것이지?

"임금님, 뭐 한 가지 여쭈어 봐도 될까요?"

"네게 명하노니, 질문을 하라."

왕은 어린 왕자에게 서둘러 말했다.

"임금님! 임금님은 무엇을 다스리고 계신지요?"

"모든 것을 다스리노라."

아주 간단히 왕이 대답했다.

"모든 것을요?"

왕은 신중한 몸짓으로 그의 별과 다른 별들 그리고 떠돌이별들을 가리켰다.

"그 모든 것을요?"

어린 왕자가 물었다.

"그 모든 것을 다스리노라."

왕이 대답했다. 그는 절대 군주였을 뿐 아니라

온 우주의 군주이기도 했던 것이다.

"그럼 저 별들도 임금님께 복종하나요?"

"물론이니라, 즉각 복종하노라. 규율을 거역하는 것을 짐은 용서하지 아니하느니라."

왕이 말했다. 그러한 굉장한 권력에 어린 왕자는 경탄했다. 그도, 그런 권능을 가질 수 있다면 의자를 뒤로 물리지 않고서도 하루에 마흔네 번이 아니라 일흔두 번, 아니 백 번, 이백 번 해가 지는 것을 볼 수 있을 게 아닌가! 문득 버리고 온 그의 작은 별에 대한 추억 때문에 조금 슬퍼진 어린 왕자는 용기를 내어 왕에게 부탁을 해 보았다.

"제게는 소원이 하나 있는데 들어주실 수 있는지요? 저는 해가 지는 것을 보고 싶습니다. 해가 지도록 명령을 내려주세요."

"짐이 어떤 장군에게 나비처럼 이 꽃에서 저 꽃으로 날아다닐 것을 명령하거나 비극 작품을 한 편 쓰라고 명령하거나 또는 물새로 변하도록 명령했는데 그 장군이 그 명령을 받고 복종하지 않는다면 그가 잘못일까, 짐이 잘못일까?"

"임금님의 잘못이지요."

어린 왕자가 자신 있게 대답했다.

"맞다. 누구에게든 그가 이행할 수 있는 것을 요구해야 하는 법이니라. 권위는 무엇보다도 이치에 근거를 두어야 하느니라. 만일 네가 너의 백성에게 바다에 몸을 던지라고 명령한다면 그들은 혁명을 일으킬 것이다. 내가 복종을 요구할 권한을 갖는 것은 나의 명령들이 이치에 맞는 까닭이다."

왕이 말을 계속했다.

"그럼 제가 해지는 것을 보게 해달하고 한 것은요?"

한 번 한 질문은 절대로 잊어버리지 않는 어린 왕자가 자신의 질문을 일깨웠다.

"해가 지는 것을 보게 해 주겠노라. 짐이 요구하겠노라. 그러나 내 통치 기술에 따라 조건이 갖추어지길 기다려야 하느니라."

"언제 그렇게 되나요?"

어린 왕자가 물었다.

"으흠, 으흠! 오늘 저녁, 오늘 저녁 7시 40분이니라! 짐의 명령이 얼마나 잘 이행되는지 너는 보게 될 것이다."

왕이 대답했다. 어린 왕자는 하품을 했다. 해지는 것을 못 보게 된 것이 섭섭했다. 그는 어느새 조금 실증이 나 있었다.

"저는 이제 여기서 할 일이 없군요. 다시 떠나도록 하겠습니다."

"떠나지 말라. 떠나지 말라. 너를 대신으로 삼겠노라!"

신하가 한 사람 있게 된 것이 몹시 자랑스러운 왕이 말했다.

"대신이요? 무슨 대신이요?"

"저, 그게…. 사법대신이니라!"

"그래요. 하지만 재판받을 사람이 아무도 없는데요!"

"그건 모르는 것이다. 짐은 아직 짐의 왕국을 순시해 보지 않았느니라. 짐은 매우 연로한데, 사륜마차를 둘 자리도 없고, 걸어 다니자니 피곤해서….."

왕이 말했다.

"아! 제가 벌써 다 보았어요."

허리를 굽혀 별의 저쪽을 다시 한 번 바라보며 어린 왕자가 말했다.

"저쪽에도 아무도 없는데요."

"그럼 네 자신을 심판하라. 그것이 가장 어려운 일이니라. 다른 사람을 심판하는 것보다 자기 자신을 심판하는 게 훨씬 더 어려운 법이거든. 네가 네 스스로를 훌륭히 심판할 수 있다면 그건 네가 참으로 지혜로운 사람인 까닭이니라."

왕이 대답했다.

"예, 저는 어디서든 저를 심판할 수 있어요. 굳이 여기서 살 필요는 없습니다."

어린 왕자가 말했다.

"으흠, 으흠! 내 별 어딘가에 늙은 쥐 한 마리가 있는 줄로 알고 있다. 밤이면 그 소리가 들리느니라. 그 늙은 쥐를 심판하거라. 때때로 그를 사형에 처하거라. 그러면 그의 생명이 너의 심판에 달려 있게 될 것이다. 그러나 매번 그에게 특사를 내려 그를 아끼도록 하라. 단 한 마리밖에 없는 까닭이니라." 왕이 대답했다.

"저는 사형선고를 내리는 건 싫습니다. 아무래도 가봐야 할 것 같습니다."

어린 왕자가 대답했다.

"가지 마라."

왕이 말했다. 어린 왕자는 떠날 준비를 끝마쳤지만 늙은 왕을 섭섭하게 하고 싶지 않았다.

"임금님의 명령이 준수되길 원하신다면 제게 이치에 맞는 명령을 내려 주시면 되지 않겠습니까. 이를테면 1분 내로 떠나도록 제게 명령하실 수 있으시잖아요. 지금 조건이 좋은 것 같습니다."

왕이 아무 대답도 하지 않았으므로 어린 왕자는 머뭇거리다가 한숨을 내쉬고는 길을 떠났다.

"너를 내 대사로 명하노라."

왕이 황급히 외쳤다. 그는 매우 위엄에 넘치는 표정을 짓고 있었다.

어린 왕자는 어른들은 참 이상하다고 생각하면서 여행을 계속 했다.

두 번째 별에는 허영심이 가득한 사람이 살고 있었다.

"아! 저기 나를 찬양하는 사람이 찾아오는군!"

어린 왕자를 보자마자 허영심 많은 사람은 멀리서부터 외쳤다.

허영심에 가득 찬 사람들에겐 다른 사람들은 모두 자기를 찬

양해 주는 사람들로 보이는 것이다.

"안녕하세요. 야릇한 모자를 쓰고 계시군요."

어린 왕자가 말했다.

"답례하기 위해서지. 나에게 사람들이 환호를 보낼 때 답례하기 위해서야. 그런데 불행히도 이리로 지나가는 사람이 아무도 없어."

허영심 가득한 사람이 대답했다.

"예?"

무슨 말인지 알아듣지 못한 어린 왕자가 되물었다.

"두 손을 마주쳐봐요."

허영심 가득한 사람이 가르쳐 주었다. 어린 왕자는 두 손을 마주쳤다. 허영심 가득한 사람은 모자를 들어 올리며 점잖게 답례했다. '왕을 방문할 때보다 더 재미있군.' 어린 왕자는 속으로 중얼거렸다. 그래서 그는 다시 두 손을 마주쳤다. 허영심 가득한 사람이 모자를 들어 올리며 다시 답례를 했다. 5분쯤 되풀이하고 나니 어린 왕자는 그 장난이 재미없어졌다.

"모자를 떨어뜨리게 하려면 어떻게 해야지?"

어린 왕자가 물었다. 그러나 허영심 가득한 사람은 그의 말을 듣지 못했다. 허영심 가득한 사람들에게는 오로지 찬양의 말만 들리는 법이다.

"너는 정말로 나를 찬양하지?"

그가 어린 왕자에게 물었다.

"찬양하는 게 뭐지?"

"찬양한다는 건 내가 이 별에서 가장 잘생겼고, 가장 옷을 잘 입고, 가장 부자이고, 가장 똑똑하다고 인정해 주는 거지."

"하지만 이 별엔 아저씨 혼자밖에 없잖아!"

"나를 기쁘게 해줘. 그렇게 나를 찬양해 줘."

"아저씨를 찬양해. 그런데 그게 아저씨에게 무슨 상관이 있지?"

어린 왕자가 어깨를 조금 들썩하면서 말했다. 그리고 어린 왕자는 그 별을 떠났다.

어린 왕자는 어른들은 참 이상하다고 생각하면서 여행을 계속 했다.

그 다음 별에는 술꾼이 살고 있었다. 그 별에 들른 것은 아주 잠시 뿐이었지만 어린 왕자를 깊은 우울감에 빠뜨렸다.

"무얼 하고 있어요?"

빈 병 한 무더기와 술이 가득 차 있는 병 한 무더기를 앞에 놓고 말없이 앉아 있는 술꾼을 보고 어린 왕자가 말했다.

"술을 마시지."

침울한 표정으로 술꾼이 대꾸했다.

"왜 술을 마셔요?"

어린 왕자가 그에게 물었다.

"잊기 위해서지."

술꾼이 대답했다.

"무엇을 잊기 위해서
요?"

측은한 생각이 든 어린
왕자가 물었다.

"부끄럽다는 걸 잊기 위해
서지."

머리를 숙이며 술꾼이 대답했다.

"부끄러운 게 뭔데요?"

그를 돕고 싶은 어린 왕자가 캐물었다.

"술을 마시는 게 부끄러워!"

이렇게 말하고 술꾼은 침묵을 지켰다. 그래서 난처해진 어린 왕자는 길을 떠나 버렸다.

어린 왕자는 어른들은 참 이상하다고 생각하면서 여행을 계속 했다.

네 번째 별은 장사꾼의 별이었다. 그 사람은 어찌나 바쁜지 어린 왕자가 찾아왔는 데도 고개조차 들지 않았다.

"안녕하세요. 담뱃불이 꺼졌군요."

어린 왕자가 말했다.

"3에 2를 더하면 5, 5에 7를 더하면 12, 12에 3을 더하면 15, 안녕! 15에 7을 더하면 22, 22에 6을 더하면 28, 다시 담뱃불을 붙일 시간이 없어. 26에 5를 더하면 31. 휴우! 그러니까 5억 162만 2730일이 되는구나."

"뭐가 5억이야?"

"응? 너 아직도 거기 있니? 저, 5억 1백만…, 너무나 바빠서 도무지 틈을 낼 겨를이 없구나. 나는 중대한 일을 하는 사람이야. 허튼 소리 할 시간이 없어! 2에다 5를 더하면 7…."

"뭐가 5억인데?"

한 번 한 질문은 절대로 포기해 본 적이 없는 어린 왕자가 다시 물었다. 장사꾼이 고개를 들었다.

"이 별에서 54년 동안 살고 있는데 내가 방해를 받은 적은 딱세 번 뿐이야. 첫 번째는 22년 전이었는데, 어디서 왔는지 모를 웬 풍뎅이가 날 방해했어. 그게 어찌나 요란한 소리를 내는지

계산이 네 군데나 틀렸었지. 두 번째는 11년 전이었는데, 신경통 때문이었어. 난 운동부족이거든. 산책할 시간이 없으니까. 난 중대한 일을 하는 사람이라서 그래. 세 번째는 바로 지금이야! 가만있자, 5억 1백만이었겠다….”

“뭐가 5억 1백만이냐니까?”

장사꾼은 조용히 일하기는 글렀다는 걸 깨달았다.

“때때로 하늘에 보이는 그 작은 것들 말이야.”

“파리?”

“아니, 반짝거리는 작은 것들 말이야.”

“꿀벌?”

“아니, 게으름뱅이들을 멍청하게 공상에 잠기게 만드는 금빛나는 작은 것들 말이야. 헌데 난 중대한 일을 하는 사람이거든!

공상에 잠길 시간이 없어."

"아! 별 말이군?"

"그래 맞아, 별이야."

"5억 개의 별들을 가지고 뭘 하는 건데?"

"5억 162만 2731개야. 나는 중대한 일을 하고 있는 사람이고 정확한 사람이지."

"그런데 그 별을 가지고 뭘 하는 건데?"

"뭘 하느냐고?"

"응."

"아무것도 안 해. 그것들을 소유하고 있는 거지."

"별들을 소유하고 있다고?"

"그래."

"하지만 내가 전에 본 어떤 왕은…."

"왕은 소유하지 않아. 그들은 다스리지. 그건 아주 다른 얘기야."

"그럼 그 별들을 소유하는 게 아저씨에게 무슨 소용이 되는데?"

"부자가 되게 해주지."

"부자가 되는 게 무슨 소용이 있어?"

"다른 별들이 발견되면 그걸 사는데 소용되지."

'이 사람도 그 술꾼처럼 말하고 있군' 하고 어린 왕자는 생각했다. 그래도 질문은 계속했다.

"별들은 어떻게 소유한담?"

"별들이 누구 거지?"

장사꾼이 투덜대며 물었다.

"모르겠는걸. 그 누구의 것도 아니겠지."

"그러니까 내 것이지. 내가 제일 먼저 그 생각을 했으니까."

"그러면 아저씨 것이 되는 거야?"

"물론이지. 임자 없는 다이아몬드는 그걸 발견한 사람의 소유가 되는 거지. 임자가 없는 섬을 네가 발견하면 그건 네 소유가 되는 거고. 네가 어떤 기막힌 생각을 제일 먼저 해냈으면 특허를 받아야 해. 그럼 그것이 네 소유가 되는 거야. 그래서 나는 별들을 소유하고 있는 거야. 나보다 먼저 그것들을 소유할 생각을 한 사람은 아무도 없거든."

"하긴 그렇군. 그렇지만 아저씨는 별들을 가지고 뭘 해?"

어린 왕자가 말했다.

"그것들을 관리하지. 세어보고 또 세어보고 하지. 그건 힘든 일이야. 하지만 나는 진지한 사람이거든!"

어린 왕자는 그래도 흡족해 하지 않았다.

"나는 말이야. 머플러를 소유하고 있을 때는 그것을 목에 두르고 다닐 수가 있어. 또 꽃을 소유하고 있을 때는 그 꽃을 꺾어 가지고 다닐 수 있고. 하지만 아저씨는 별들을 꺾을 수가 없잖아!"

"그럴 수는 없지. 하지만 그것들을 은행에 맡길 수 있지."

"그게 무슨 말이야?"

"조그만 종이조각에 내 별들의 숫자를 적어 그것을 서랍에 넣고 잠근단 말이야."

"그리고 그 뿐이야?"

"그 뿐이지"

'그거 재미있는데, 제법 시적이고. 하지만 그리 중요한 일은 아니군' 하고 어린 왕자는 생각했다. 어린 왕자는 중요한 일에 대해서 어른들과 매우 다른 생각을 가지고 있었다.

"나는 말이야 꽃을 한 송이 소유하고 있는데 매일 물을 줘. 3개의 화산도 소유하고 있어서 주일마다 그을음을 청소해 주고는 하지. 불이 꺼진 화산도 청소해 주니까 3개란 말이야. 언제 어떻게 될지 알 수 없는 노릇이거든. 내가 그들을 소유하는 건 내 화산들에게나 꽃들에게 유익한 일이야. 하지만 아저씨는 별들에게 하나도 유익하지 않잖아?"

장사꾼은 입을 열어 무슨 말을 하려 했으나 대답할 말을 찾아내지 못했다. 그래서 어린 왕자는 떠나버렸다.

'어른들은 아주 이상야릇하다' 고 어린 왕자는 여행하면서 혼자 속으로 중얼거릴 뿐이었다.

다섯 번째 별은 무척 흥미로운 별이었다. 그것은 모든 별들 중에서 제일 작은 별이었다. 가로등 하나와 가로등을 켜는 사람이 있을 자리밖에 없었다. 하늘 한 구석, 집도 없고 사람도 살지 않는 별에서 가로등과 가로등 켜는 사람이 무슨 소용이 있는지 어린 왕자는 도무지 이해할 수가 없었다. 그렇지만 그는 속으로 중얼거렸다.

'이 사람은 어리석은 사람인지 몰라. 그래도 왕이나 허영심이 많은 사람이나 장사꾼, 혹은 술꾼보다는 덜 어리석은 사람이지. 적어도 그가 하는 일은 어떤 의미가 있어. 가로등을 켤 때는 별 하나를, 꽃 한 송이를 더 태어나게 하는 것이나 같은 거야. 그가 가로등을 끌 때면 그 꽃이나 그 별을 잠들게 하는 거고. 그거 굉장히 아름다운 직업이군. 아름다우니까 정말 유익한 것이지.'

그 별에 다가가자 그는 가로등 켜는 사람에게 공손히 인사했다.

"안녕, 아저씨. 왜 가로등을 지금 막 껐어?"

"안녕, 그건 명령이야."

가로등 켜는 사람이 대답했다.

"명령이 뭐야?"

"내 가로등을 끄는 거지. 잘 자."

그리고 그는 다시 불을 켰다.

"그런데 왜 지금 막 가로등을 다시 켰어?"

"명령이야."

"무슨 말인지 모르겠는 걸?"

어린 왕자가 말했다.

"이해할 건 아무것도 없지. 명령은 명령이니까. 잘 자."

가로등 켜는 사람이 말했다. 그리고 가로등을 껐다. 그러고 나서는 붉은 바둑판무늬의 손수건으로 이마의 땀을 닦았다.

"난 정말 고된 직업을 가졌어. 전에는 무리가 없었는데. 아침에 불을 끄고 저녁이면 다시 켰었지. 그래서 나머지 낮과 밤에는 휴식을 취하고 잠을 잘 수 있었거든."

"그럼 그 후 명령이 바뀌었어?"

"명령이 바뀌지 않았으니까 그게 문제지! 이 별은 해가 갈수록 빨리 돌고 있는데 명령은 바뀌지 않았단 말이야!"

가로등 켜는 사람이 말했다.

"그래서?"

어린 왕자가 다시 물었다.

"그래서 이제는 이 별이 1분마다 한 바퀴씩 돌기 때문에 단 1초도 쉴 새가 없는 거야. 1분마다 한 번씩 껐다가 켰다가 해야 하는 거지."

"그거 참 이상하네! 아저씨네 별에선 하루가 1분이라니!"

"조금도 이상할 게 없지. 우리가 이야기를 하고 있는 지가 벌써 한 달이 되었단다."

가로등 켜는 사람이 말했다.

"한 달?"

"그래. 30분이니까, 30일이지! 잘 자."

그리고 그는 다시 가로등을 켰다. 어린 왕자는 그를 바라보았다. 명령에 그토록 충실한, 그 가로등 켜는 사람이 좋아졌다.

의자를 뒤로 물리면서 해지는 광경을 보고 싶어 하던 지난 일이 생각났다. 그 친구를 도와주고 싶었다.

"저 말이야, 쉬고 싶을 때 쉴 수 있는 방법이 있어."

"그야 언제나 쉬고 싶지."

가로등 켜는 사람이 말했다. 사람은 누구나 성실하면서도 한편으론 게으름을 피우고 싶은 것이다. 어린 왕자는 말을 계속했다.

"아저씨 별은 아주 작으니까 세 발자국만 옮겨 놓으면 한 바퀴 돌 수 있잖아. 언제나 햇빛 속에 있으려면 천천히 걸어가기만 하면 되는 거야. 쉬고 싶을 때면 걸어가도록 해. 그럼 하루해가 원하는 만큼 길어질 수 있을 거야."

"그건 별 도움이 되지 못하겠는걸. 내가 무엇보다 좋아하는 건 잠을 자는 거니까."

가로등 켜는 사람이 말했다.

"그거 유감이네."

어린 왕자가 말했다.

"유감이야. 잘 자."

가로등 켜는 사람이 말했다. 그리고는 가로등을 껐다.

'저 사람은 다른 사람들, 왕이나 허영심 많은 사람이나 술꾼, 혹은 장사꾼 같은 사람들에게 멸시를 받을 테지. 하지만 우스꽝스럽게 보이지 않는 사람은 저 사람뿐이야. 그건 저 사람이 자기 자신이 아닌 다른 일에 골몰하기 때문일 거야.'

더 멀리 여행을 계속하면서 어린 왕자는 생각했다. 그는 섭섭해서 한숨을 내쉬며 이런 생각을 했다.

'내가 친구로 삼을 수 있었던 사람은 저 사람 뿐이었는데, 그런데 그의 별은 너무 작아. 두 사람이 있을 자리가 없거든.'

그가 축복받은 별을 잊지 못하는 것은 24시간 동안에 1440번이나 해가 지기 때문이었는데, 그것은 어린 왕자가 차마 스스로에게도 고백하지 못하는 것이었다.

여섯 번째 별은 먼저 번 별보다 열배나 더 큰 별이었다. 그 별에는 무지하게 커다란 책을 쓰고 있는 늙은 신사 한 분이 살고 있었다.

"야! 탐험가가 하나 오는군!"

어린 왕자를 보며 그가 큰 소리로 외쳤다. 어린 왕자는 책상 위에 걸터앉아 조금 가쁜 숨을 몰아쉬었다. 몹시도 긴 여행을 했던 것이다.

"어디서 오는 거냐?"

그 노인이 물었다.

"이 두꺼운 책은 뭐예요? 여기서 뭘 하시는 거지요?"

어린 왕자가 물었다.

"난 지리학자란다."

노인이 대답했다.

"지리학자가 뭐하는 사람이에요?"

"바다와 강과 도시와 산, 그리고 사막이 어디에 있는지를 아는 사람이지."

"그거 참 재미있네요. 그거야말로 직업다운 직업이로군요!"

어린 왕자는 이렇게 말하고 나서 지리학자의 별을 한 번 둘러보았다. 어린 왕자는 그처럼 멋진 별을 지금껏 본 적이 없었다.

"할아버지 별은 참 아름답군요. 넓은 바다도 있나요?"

"난 몰라."

지리학자가 대답했다.

"그래요?"

어린 왕자는 실망했다. 실망한 채 다시 물었다.

"그럼 산은요?"

"난 몰라."

지리학자가 말했다.

"그럼 도시와 강과 사막은요?"

"그것도 알 수 없다."

"할아버지는 지리학자시잖아요?"

"그렇지. 하지만 난 탐험가가 아니거든. 내겐 탐험가가 절대적으로 부족하단다. 도시와 강과 산, 바다와 태양과 사막을 세러 다니는 건 지리학자가 하는 일이 아냐. 지리학자는 아주 중요한 사람이니까 한가로이 돌아다닐 수가 없지. 서재를 떠날 수 없어. 서재에서 탐험가들을 만나는 거지. 그들에게 여러 가지 질문을 하여 그들의 기억을 기록하는 거야. 탐험가의 기억 중에 매우 흥미로운 게 있으면 지리학자는 그 사람의 정신상태를 조사시키지."

"그건 왜요?"

"탐험가가 거짓말을 하면 지리책에 커다란 이변이 일어나게 될 테니까. 탐험가가 술을 너무 마셔도 그렇지."

"그건 왜요?"

어린 왕자가 말했다.

"왜냐하면 술에 잔뜩 취한 사람에겐 모든 게 둘로 보이거든. 그렇게 되면 지리학자는 산이 하나밖에 없는 곳에 산이 두 개라고 기록할 지도 모르잖아."

"내가 아는 어떤 사람도 그럼 나쁜 탐험가가 될 수 있겠군요?"

어린 왕자가 말했다.

"그럴 수도 있겠지. 그래서 탐험가의 정신 상태가 훌륭하다고 생각될 때는 그의 발견을 조사하지."

"직접 가보시나요?"

"아니지, 그건 너무 번잡스러우니까. 그 대신 탐험가에게 증거를 제시하라고 요구하는 거야. 가령 커다란 산을 발견했을 때는 커다란 돌멩이를 가져오라고 요구하는 거지."

지리학자는 갑자기 흥분했다.

"그런데 너는 멀리서 왔지! 너는 탐험가야! 너의 별이 어떤 별인지 이야기해줘!"

그러더니 지리학자는 노트를 펴고 연필을 깎았다. 탐험가의 이야기를 처음에는 연필로 적었다가 그가 증거를 가져오면 그제야 잉크로 적는 것이었다.

"자, 시작해 볼까?"

지리학자가 물었다.

"글쎄요, 내 별은 별로 흥미로울 게 없어요. 아주 작거든요. 화산이 셋 있어요. 둘은 불을 내뿜는 화산이고 하나는 불이 꺼진 화산이지요. 하지만 언제 어떻게 될지 모르지요."

"그래, 언제 어떻게 될지 알 수 없지."

지리학자가 말했다.

"제겐 꽃 한 송이도 있어요."

"꽃은 기록하지 않아."

지리학자가 말했다.

"왜요? 그게 더 예쁜 데요!"

"꽃들은 일시적인 존재니까."

"일시적인 존재? 그게 뭔데요?"

"지리책은 모든 책들 중 가장 귀중한 책이야. 지리책은 유행에 뒤지는 법이 없지. 산이 위치를 바꾸는 일은 매우 드물거든. 바닷물이 비어 버리는 일도 매우 드물고. 우리는 영원한 것들을 기록하는 거야."

"하지만 불 꺼진 화산들이 다시 깨어날 수도 있어요. 일시적인 존재가 뭐예요?"

한 번 한 질문은 평생 포기해 본 적이 없는 어린 왕자가 말을 가로막았다.

"화산이 꺼져 있든 깨어 있든 우리에게는 마찬가지야. 우리에게 중요한 건 산이지. 산은 변하지 않거든."

"그런데 일시적인 존재란 뭐예요?"

한 번 한 질문은 평생 포기 해 본 적이 없는 어린 왕자가 다시 되물었다.

"그건 머지않아 사라져 버릴 위험에 있다는 뜻이지."

"내 꽃은 머지않은 장래에 사라져 버릴 위험에 처해 있나요?"

"물론이지."

'내 꽃은 일시적인 존재야. 세상에 대항할 무기라곤 네 개의 가시밖에 없고! 그런데 나는 그 꽃을 내 별에 혼자 내버려 두고 왔어!' 하고 어린 왕자는 생각했다. 그것은 후회스러운 느낌의 시작이었다. 그러나 그는 다시 용기를 냈다.

"어디를 가보는 게 좋을까요?"

어린 왕자가 물었다.

"지구라는 별로 가봐. 대단히 이름 높은 별이거든."

그래서 어린 왕자는 그의 꽃에 대해 생각하며 또 다시 길을 떠났다.

일곱 번째 별은 그래서 지구였다.

지구는 그저 그렇고 그런 보통 별이 아니었다. 그 곳에는 111명의 왕(물론 흑인 나라의 왕을 포함해서)과 7000명의 지리학자와 90만 명의 장사꾼, 750만 명의 술주정뱅이, 3억 1100만명의 허영심 많은 사람들, 즉 약 20억쯤 되는 어른들이 살고 있었다.

전기가 발명되기 전까지는 여섯 대륙을 통틀어 46만 2511명이나 되는 가로등 켜는 사람들을 두어야 했다는 이야기를 들으면 여러분은 지구가 얼마나 큰지 짐작이 갈 것이다.

그래서 좀 멀리 떨어진 곳에서 보면 눈부시게 멋진 광경이 벌어지는 것이었다. 그들이 무리지어 움직이는 모습은 마치 오페라의 발레단처럼 질서정연한 것이었다. 맨 처음은 뉴질랜드와 오스트레일리아의 가로등 켜는 사람들의 차례였다. 가로등을 켜고 나면 그들은 잠을 자러 갔다. 그러고 나면 중국과 시베리아의 가로등 켜는 사람들이 발레 무대에 나타났다. 그들 역시무대 뒤로 사라지면 러시아와 인도의 가로등 켜는 사람들이 나타나는 것이었다. 그 다음에는 아프리카와 유럽의 가로등 켜는 사람들, 또 그 다음에는 남아메리카의 가로등 켜는 사람들, 또 그 다음에는 북아메리카의 가로등 켜는 사람들이 차례로 나타났다. 그런데 그들은 무대에 나타나는 순서를 한 번도 엇갈리는 법이 없었다. 그것은 무척 장엄한 광경이었다.

오직 북극의 단 하나밖에 없는 가로등 켜는 사람과 북극에 있는 그의 동료들만이 한가롭고 태평스러운 생활을 하고 있었다. 그들은 1년에 두 번 일을 했다.

재치를 부리려다 보면 조금 거짓말을 하는 수가 있다. 가로등 켜는 사람들에 대해 내가 한 이야기는 아주 정직한 것은 못 된다. 지구를 잘 알지 못하는 사람들에게 자칫하면 지구에 대한 잘못된 생각을 가지게 할 수도 있는 이야기였다.

사람들이 지구 위에서 차지하는 자리란 실로 아주 작은 것이다. 지구에서 사는 20억의 사람들이 어떤 모임에서처럼 서로 좀 바짝바짝 붙어 서 있다면 세로 20마일 가로 20마일의 광장으로도 충분할 것이다. 그들을 태평양의 아주 작은 섬 한 곳에 몰아넣을 수도 있을 것이다.

물론 어른들은 이런 말을 하면 믿지 않을 것이다. 그들은 자신들이 굉장히 많은 자리를 차지하고 있다고 생각하기 때문이다. 그러니까 여러분은 그들에게 계산을 해보라고 일러 주어야 한다. 그들은 본래 숫자를 좋아하기 때문이다. 그럼 그들은 기분 좋아할 것이다. 하지만 여러분은 그 문제를 푸느라 시간을 허비할 필요는 없다. 그것은 쓸데없는 것이다. 여러분은 내 말을 믿지 않는가.

어린 왕자는 그래서 지구에 발을 들여놓았을 때 사람이라곤 통 보이지 않는 데 놀랐다. 그가 잘못해서 다른 별로 찾아온 게 아닌가 겁이 나 있을 때, 달빛 같은 고리가 모래 속에서 움직이는 것이 보였다.

"안녕."

어린 왕자가 무턱대고 말했다.

"안녕."

뱀이 말했다.

"지금 내가 도착한 별이 무슨 별이지?"

어린 왕자가 물었다.

"지구야. 아프리카지."

뱀이 대답했다.

"그래. 그럼 지구에는 사람이 한 명도 없니?"

"여긴 사막이야. 사막에는 아무도 없어. 지구는 커다랗거든."

뱀이 말했다. 어린 왕자는 돌 위에 앉아 눈길을 하늘로 향했다.

"누구든 언제고 다시 자기별을 찾아낼 수 있게 별들이 환히 불 밝혀져 있는 건지도 몰라. 내 별을 바라봐. 바로 우리들 위에 있어. 그런데 어쩌면 저렇게 멀리 있지!"

"아름답구나. 여긴 왜 왔니?"

뱀이 물었다.

"난 어떤 꽃하고 사이에 골치 아픈 일이 있단다."

어린 왕자가 말했다.

"그래!"

뱀이 대답했다. 그리고 그들은 서로 잠자코 있었다.

"사람들은 어디에 있지? 사막에선 조금 외롭구나."

어린 왕자가 마침내 다시 입을 열었다.

"사람들 가운데서도 외롭기는 마찬가지야."

뱀이 말했다. 어린 왕자는 한참 그를 바라보았다.

"넌 아주 재미있게 생긴 짐승이구나. 손가락처럼 가느다랗고."

어린 왕자가 말했다.

"그래도 난 왕의 손가락보다도 힘이 더 세단다."

뱀이 말했다. 어린 왕자는 미소를 지었다.

"넌 힘이 세지 못해. 발도 없고. 여행도 할 수 없잖아."

"난 배보다 더 먼 곳으로 너를 데려다 줄 수 있어."

뱀이 말했다. 그는 어린 왕자의 발뒤꿈치에 팔찌처럼 몸을 휘감더니 말했다.

"나를 건드리는 사람마다 그가 나왔던 땅으로 돌려보내 주지. 하지만 넌 순진하고 또 다른 별에서 왔으니까."

어린 왕자는 아무 대꾸도 하지 않았다.

"네가 측은해 보이는 구나. 무척이나 연약한 몸으로 이 돌투성이의 지구에 있으니. 네 별이 몹시 그리울 때면 언제고 내가 너를 도와 줄 수 있을 거야. 난….”

"응! 아주 잘 알았어. 그런데 왜 그렇게 줄곧 수수께끼 같은 말만 하니?"

"난 그 모든 걸 해결할 수 있어."

뱀이 말했다. 그리고 그들은 침묵을 지켰다.

어린 왕자는 사막을 횡단했는데 오직 꽃 한 송이를 만났을 뿐이었다. 석 장의 꽃잎을 가진 볼품이라곤 하나도 없는 꽃이었다.

"안녕."

어린 왕자가 말했다.

"안녕."

꽃이 말했다.

"사람들은 어디에 있지?"

어린 왕자가 정중하게 물었다. 그 꽃은 언젠가 상단의 무리

가 지나가는 것을 본 적이 있었다.

"사람들이라고? 한 예닐곱 사람 있는 것 같아. 몇 해 전 그들을 본 적이 있어. 하지만 그들이 지금 어디 있는지는 알 수 없는 노릇이야. 그들은 바람결에 불려 다니거든. 뿌리가 없어서 몹시 어려움을 겪고 있어."

"안녕."

어린 왕자가 말했다.

"안녕."

꽃이 말했다.

어린 왕자는 어떤 높은 산 위로 올라갔다.
그가 아는 산이라곤 그의 무릎 높이에 닿는
3개의 화산이 고작이었다. 불 꺼진 화산은
걸상으로 이용하곤 했다.

　'이처럼 높은 산에서는 이 별과
사람들 모두를 한 눈에 볼 수 있을
거야.'

그러나 바늘 끝처럼 뾰족뾰족한 산봉우리만 보일 뿐이었다.

"안녕."

어린 왕자가 혹시나 하고 말해 보았다.

"안녕~, 안녕~, 안녕~."

메아리가 대답했다.

"너는 누구지?"

어린 왕자가 말했다.

"너는 누구지~, 너는 누구지~, 너는 누구지~."

메아리가 똑같이 대답했다.

"내 친구가 되어줘. 나는 외로워."

어린 왕자가 말했다.

"나는 외로워~, 나는 외로워~, 나는 외로워~."

메아리가 대답했다.

"참 얄궂은 별이군! 메마르고 뾰족뾰족하고 험하고, 게다가 사람들은 상상력이 없고 다른 사람이 한 말을 되풀이하니. 내 별에는 꽃 한 송이가 있었지. 그 꽃은 언제나 먼저 말을 걸어왔는데…."

그래서 어린 왕자는 모래와 바위와 눈 가운데를 오랫동안 걷고 난 끝에 드디어 길을 하나 발견했다. 길들은 모두 사람들 있는 곳으로 통하는 법이다.

"안녕."

어린 왕자가 말했다.

그 곳은 정원으로 장미가 만발하였다.

"안녕."

장미꽃들이 대답했다. 어린 왕자는 그들을 바라보았다. 그들은 모두 그의 꽃과 쏙 빼닮았다.

"너희들은 누구니?"

어린 왕자는 어리둥절해서 물어보았다.

"우리는 장미꽃들이야."

장미꽃들이 대답했다.

"아, 그러니?"

그러자 어린 왕자는 자신이 아주 불행하게 느껴졌다. 이 세상에 자기와 같은 꽃은 하나뿐이라고 그의 꽃은 그에게 말해 주었던 것이다. 그런데 정원 가득히 그와 똑같은 꽃들이 5000송이나 있었으니….

'내 꽃이 이걸 보면 몹시 상심할 거야' 라고 어린 왕자는 생각했다. '기침을 지독히 해 대면서 창피한 모습을 보이지 않으려고 죽는 시늉을 하겠지. 그럼 난 간호해 주는 척 하지 않을 수 없겠지. 그러지 않으면 내게 죄책감을 주려고 정말로 죽어 버릴지도 몰라.'

그리고 그는 이렇게 생각했다. '이 세상에 오직 하나뿐인 꽃을 가져서 부자인줄 알았는데 내가 가진 꽃은 그저 평범한 한 송이 꽃일 뿐이야. 하나는 영영 불이 꺼져 버렸는지도 모를 내 무릎까지 오는 3개의 화산과 그 꽃으로는 위대한 왕자가 될 수 없어.'

그래서 그는 풀밭에 엎드려 울었다.

바로 그 때 여우가 나타났다.

"안녕."

여우가 말했다.

"안녕."

어린 왕자가 얌전히 대답하고 몸을 돌렸으나 아무것도 보이지 않았다.

"난 여기 사과나무 밑에 있어."

좀 전의 그 목소리가 말했다.

"넌 누구지? 넌 참 예쁘구나."

어린 왕자가 물었다.

"난 여우야."

여우는 대답했다.

"이리 와서 나하고 놀자. 난 아주 슬프단다."

어린 왕자가 제의했다.

"난 너하고 놀 수 없어. 나는 길들여져 있지 않거든."

여우가 대답했다.

"아! 미안해."

어린 왕자가 말했다. 그러나 잠깐 생각해 본 후에 어린 왕자
는 다시 입을 열었다.

"길들여진다는 게 뭐지?"

"너는 여기 사는 애가 아니구나. 넌 무얼 찾고 있니?"

여우가 물었다.

"난 사람을 찾고 있어."

어린 왕자가 대답했다. 그리고는 재차 다그쳐 물었다.

"길들인다는 게 뭐지?"

"사람들은 소총을 가지고 있고 사냥을 하지. 그게 참 곤란한
일이야. 그들은 닭도 길러. 그것이 그들의 유일한 낙이야. 너 닭
을 찾니?"

여우가 물었다.

"아니야. 난 친구들을 찾고 있어. '길들이다' 가 무슨 뜻이
야?"

어린 왕자가 말했다.

"그건 너무나 잊혀지고 있는 거지. 그건 '관계를 맺는다' 는
뜻이야."

여우가 대답했다.

"관계를 맺는다고?"

"그래."

여우가 말했다.

"넌 아직 내겐 수많은 다른 아이들과 다를 바 없는 한 아이에
지나지 않아. 그래서 난 너를 필요로 하지 않고. 너 역시 마찬가
지일 거야. 나도 너에게 세상에 흔한 다른 여우와 똑같은 한 마
리 여우에 지나지 않아. 하지만 네가 나를 길들인다면, 나는 너
에겐 이 세상에 오직 하나밖에 없는 존재가 될 거야."

"무슨 말인지 조금 이해가 가."

어린 왕자가 말했다.

"꽃 한 송이가 있는데, 그 꽃이 나를 길들인 걸 거야."

"그럴지도 모르지."

여우가 말했다.

"지구는 온갖 것들이 다 있으니까."

"아, 아니야! 그건 지구에서가 아니야"

어린 왕자가 말했다. 여우는 몹시 궁금한 기색이었다.

"그럼 다른 별에서의?"

"그래."

"그 별엔 사냥꾼들이 있지?"

"아니, 없어."

"그거 참 이상하군! 그럼 닭은?"

"없어."

"이 세상에 완전한 데라곤 없군."

여우는 한숨을 내쉬었다.

그러나 여우는 하던 이야기로 다시 말머리를 돌렸다.

"내 생활은 단조롭단다. 나는 닭을 쫓고 사람들은 나를 쫓지. 닭은 모두 똑같고 사람들도 모두 똑같아. 그래서 난 좀 심심해. 하지만 네가 날 길들인다면 내 생활은 환히 밝아질 거야. 다른 모든 발자국 소리와 구별되는 발자국 소리를 나는 알게 되겠지. 다른 발자국 소리들은 나를 땅 밑으로 기어들어가게 만들 테지만 너의 발자국 소리는 땅 밑 굴에서 나를 밖으로 불러낼 거야. 그리고 저기, 밀밭이 보이지? 난 빵은 먹지 않아. 밀은 내겐 아무 소용이 없어. 밀밭은 나에게 아무것도 생각나게 하지 않아.

그건 서글픈 일이지. 그런데 너는 금빛 머리칼을 가졌어. 그래서 네가 나를 길들인다면 정말 놀라운 일이 일어날 거야. 밀은 금빛이니까, 나에게 너를 생각나게 할 거거든. 그럼 난 밀밭 사이를 스쳐가는 바람소리를 사랑하게 될 거야."

여우는 입을 다물고 어린 왕자를 오래오래 쳐다보더니,

"부탁이야, 나를 길들여줘!" 라고 말했다.

"그래, 나도 그러고 싶어."

어린 왕자가 대답했다.

"하지만 내겐 시간이 많지 않아. 친구들을 찾아내야 하고 알아볼 일도 많아."

"우린 우리가 길들이는 것만을 알 수 있는 거란다."

여우가 말했다.

"사람들은 이제 아무것도 알 시간이 없어졌어. 그들은 상점에서 이미 만들어져 있는 것들을 사거든. 그런데 친구를 파는 상점은 없으니까, 사람들은 이제 친구가 없는 거지. 친구를 가지고 싶다면 나를 길들여줘."

"그럼, 어떻게 해야 하지?"

어린 왕자가 물었다.

"참을성이 있어야 해."

여우가 대답했다.

"우선 내게서 좀 떨어져서 이렇게 풀숲에 앉아 있어. 난 너를 곁눈질해 볼 거야. 넌 아무 말도 하지 말고 있어. 말은 오해의 근원이니까. 날마다 넌 조금씩 더 가까이 다가앉을 수 있게 될 거야."

다음날 어린 왕자는 그리로 갔다.

"언제나 같은 시각에 오는 게 더 좋을 거야."

여우가 말했다.

"이를 테면, 네가 오후 4시에 온다면 난 3시부터 행복해지겠지. 4시에는 흥분해서 안절부절 못할 거야. 그래서 행복이 얼마나 값진 것인가 알게 되겠지! 아무 때나 오면 몇 시에 마음을 곱게 단장해야 하는지 모르잖아. 의식이 필요하거든"

"의식이 뭐야?"

어린 왕자가 물었다.

"그것도 너무 자주 잊혀지고 있는 거야"

여우가 말했다.

"그건 어느 하루를 다른 날들과 다르게 만들고, 어느 한 시간을 다른 시간들과 다르게 만드는 거지. 예를 들면, 내가 아는 사냥꾼에게도 의식이 있어. 그들은 목요일이면 마을의 처녀들과 춤을 추지. 그래서 목요일은 신나는 날이지! 난 포도밭까지 산책을 가고. 사냥꾼들이 아무 때나 춤을 추면, 하루하루가 모두 똑같이 되어 버리잖아. 그럼 난 하루도 휴가가 없게 될 거고…"

그래서 어린 왕자는 여우를 길들였다. 출발의 시간이 다가왔을 때 여우는 말했다.

"아아! 난 울 것만 같아."

"그건 네 잘못이야. 나는 너의 마음을 아프게 하고 싶지 않았어. 하지만 내가 널 길들여 주길 네가 원했잖아."

어린 왕자가 말했다.

"그건 그래."

여우의 말이었다.

"그런데 넌 울려고 그러잖아!"

어린 왕자가 말했다.

"그래, 정말 그래."

여우가 말했다.

"그러니 넌 이익 본 게 아무것도 없잖아!"

"이익 본 게 있지. 밀밭의 색깔 때문에 말이야."

여우가 말했다. 잠시 후 그가 다시 말을 이었다.

"장미꽃들을 다시 가서 봐. 너는 너의 장미꽃이 이 세상에 오직 하나 뿐이란 것을 깨닫게 될 거야. 그리고 내게 돌아와서 작별인사를 해줘. 그러면 내가 네게 한 가지 비밀을 선물할게."

어린 왕자는 장미꽃을 보러 갔다.

"너희들은 나의 장미와 하나도 닮지 않았어. 너희들은 아직
은 아무것도 아니야."

그들에게 말했다.

"아무도 너희들을 길들이지 않았고 너희들 역시 아무도 길들
이지 않았어. 너희들은 예전의 내 여우와 같아. 그는 수많은 다
른 여우들과 똑같은 여우일 뿐이었어. 하지만 내가 그를 친구로
만들었기 때문에 그는 이제 이 세상에서 오직 하나뿐인 여우야."

그러자 장미꽃들은 어쩔 줄 몰라 했다.

"너희들은 아름답지만 텅 비어 있어."

어린 왕자가 계속해서 말했다.

"누가 너희들을 위해서 죽을 수 없을 테니까. 물론 나의 꽃도
지나가는 행인에겐 너희들과 똑같이 생긴 것으로 보이겠지. 하
지만 그 꽃 한 송이는 내게는 너희들 모두보다도 더 중요해. 내
가 그에게 물을 주었기 때문이지. 내가 벌레를 잡아준 것(나비
때문에 두세 마리 남겨둔 것 말고)도 그 꽃이기 때문이지. 불평
을 하거나 자랑을 늘어놓는 것을, 또 때로는 말없이 침묵을 지
키는 것을 내가 귀 기울여 들어 준 것도 그 꽃이기 때문이지. 그
건 내 꽃이기 때문이지."

그리고 그는 여우에게로 돌아갔다.

"안녕."

그가 말했다.

"안녕."

여우가 말했다.

"내 비밀은 이런 거야. 그것은 아주 단순하지. 오로지 마음으로만 보아야 잘 보인다는 거야. 가장 중요한 건 눈에 보이지 않는단다."

"가장 중요한 건 눈에 보이지 않는단다."

잘 기억하기 위해 어린 왕자가 되뇌었다.

"너의 장미꽃을 그토록 소중하게 만드는 건 그 꽃을 위해 네가 소비한 그 시간이란다."

"내가 내 장미꽃을 위해 소비한 시간이란다."

잘 기억하기 위해 어린 왕자가 말했다.

"사람들은 그 진리를 잊어 버렸어."

여우가 말했다.

"하지만 넌 그것을 잊으면 안 돼. 너는 네가 길들인 것에 언제까지나 책임이 있게 되는 거지. 너는 네 장미에 대해 책임이 있어."

"나는 장미에 대해 책임이 있어."

잘 기억하기 위해 어린 왕자는 되뇌었다.

"안녕."

어린 왕자가 말했다.

"안녕."

철도의 전철수(전철기를 조작하는 철도 종업원)가 말했다.

"여기서 뭘 하고 있어?"

어린 왕자가 물었다.

"한 꾸러미에 1천여 명씩 되는 기차 손님들을 꾸러미 별로 가려내고 있어. 그들을 싣고 가는 기차들을 어느 때는 오른쪽으로, 어느 때는 왼쪽으로 보내는 거지."

전철수가 말했다. 그 때 불을 환히 밝힌 급행열차 한 대가 천둥 같은 소리를 내며 조종실을 뒤흔들었다.

"저 사람들은 몹시 바쁘군. 그들은 뭘 찾고 있지?"

어린 왕자가 물었다.

"기관사 자신도 몰라."

전철수가 말했다. 그러자 이번에는 반대 방향에서 두 번째 불을 밝힌 급행열차가 소리를 냈다.

"그들이 벌써 되돌아오는 거야?"

어린 왕자가 물었다.

"아까와 같은 사람들이 아니지. 두 기차가 서로 엇갈리는 거야."

"그들은 있던 곳에서 만족하지 않았나 보지?"

어린 왕자가 물었다.

"사람들은 그들이 있는 곳에서는 언제나 만족하지 않아."

전철수가 말했다. 그러자 세 번째의 불을 밝힌 급행열차가 우렁차게 달려왔다.

"저 사람들은 먼저 번 승객들을 쫓아가고 있는 거야?"

어린 왕자가 물었다.

"그들은 아무도 쫓아가고 있지 않아. 그들은 저 속에서 잠을 자거나 아니면 하품을 하고 있어. 오직 어린아이들만이 유리창에 코를 납작 대고 있을 뿐이지."

전철수가 말했다.

"어린아이들만이 자신이 무엇을 찾고 있는지를 알고 있어."

어린 왕자가 말했다.

"그들은 누더기 같은 인형을 찾느라 시간을 허비하지. 그것은 그들에겐 아주 중요한 것이 되거든. 그래서 사람들이 그것을 빼앗기라도 하면 어린아이들은 울지."

전철수가 말했다.

"아이들은 행복하군."

어린 왕자가 말했다.

"안녕."

어린 왕자가 말했다.

"안녕."

장사꾼이 말했다. 그는 갈증을 풀어주는 새로 나온 알약을 파는 사람이었다. 일주일에 한 알씩 먹으면 마시고 싶은 욕망을 영영 느끼지 않게 되는 약이었다.

"왜 그걸 파는 거야?"

어린 왕자가 물었다.

"그건 시간을 굉장히 절약하게 해주거든. 전문가들이 계산을 해보았어. 매주 53분씩 절약된다는 거야."

장사꾼이 말했다.

"그 53분으로 뭐 하지?"

"하고 싶은 걸 하지."

'만일 나에게 마음대로 쓸 수 있는 53분이 있다면 맑은 샘을 향해 천천히 걸어갈 텐데' 하고 어린 왕자는 생각했다.

사막에서 비행기가 고장을 일으킨 지 여드레 째 되는 날이었다. 나는 비축해 두었던 물의 마지막 한 방울을 마시며 장사꾼에 대한 이야기를 듣고는, "네 체험담은 참 아름답구나. 하지만 난 아직도 비행기를 고치지 못했어. 마실 거라곤 없고, 샘을 향해 천천히 걸어갈 수만 있다면 나도 정말 행복하겠다!" 라고 말했다.

"내 친구 여우는…."

어린 왕자가 말했다.

"꼬마 친구야, 여우 이야기를 할 때가 아냐."

"왜?"

"목이 말라 죽게 되었으니까 말이야."

어린 왕자는 내 말을 알아듣지 못하고 이렇게 말했다.

"죽어 간다고 할지라도 한 친구를 가지고 있었다는 건 좋은 일이야. 난 여우 친구가 있었다는 게 기뻐."

나는 '위험이 어느 정도인지 짐작을 못하는군' 하고 생각했다. 그는 배고픔도 갈증도 느끼지 않았다. 햇빛만 조금 있으면 그에겐 충분했다. 그런데 그가 나를 바라보더니 내 마음을 안다는 듯 이렇게 대답하는 것이었다.

"나도 목이 말라. 우물을 찾으러 가."

나는 소용없다는 몸짓을 했다. 광활한 사막 한 가운데에서 무턱대고 우물을 찾아 나선다는 건 터무니없는 짓이기 때문이다. 그런데도 우리는 걷기 시작했다.

몇 시간 동안을 말없이 걷고 나니 해가 지고 별들이 불을 밝히기 시작했다. 심한 갈증으로 나는 열이 조금 나고 있었으므로 그 별들이 마치 꿈속에서처럼 시야에 들어왔다. 어린 왕자의 말이 내 기억 속에서 춤을 추고 있었다.

"너도 목이 마르니?"

내가 물었다. 하지만 그는 내 물음에 대답하지 않고 그저 이렇게만 말했다.

"물은 마음에도 좋은 것일 수 있는데…."

나는 그의 대답을 이해하지 못했으나 잠자코 있었다. 그에게 질문해서는 안 된다는 것을 나는 알고 있었다.

그는 지쳐 있었다. 그는 주저앉았다. 나도 그의 곁에 앉았다. 그러자 잠시 침묵을 지키던 그가 다시 입을 열었다.

"별들은 아름다워. 보이지 않는 한 송이 꽃 때문에…."

나는 "그렇지"하고 대답하고는 말없이 달빛 아래서 주름처럼 펼쳐져 있는 모래 언덕들을 바라보았다.

"사막은 아름다워."

그가 다시 말했다. 그것은 사실이었다. 나는 언제나 사막을 사랑해 왔다. 사막에서는 모래 언덕 위에 앉으면 아무것도 보이지 않는다. 아무 소리도 들리지 않는다. 그러나 무엇인가 침묵 속에서 빛나는 것이 있다.

"사막이 아름다운 것은 어딘가에 샘물을 숨기고 있기 때문이지."

어린 왕자가 말했다. 사막의 그 신비로운 빛남이 무엇인가를 나는 문득 깨닫고 흠칫 놀랐다. 어린 시절 나는 해묵은 낡은 집에서 살고 있었다. 그런데 전해 오는 이야기에 의하면, 그 집에는 보물이 감춰져 있다는 것이었다. 물론 그것을 발견한 사람은 아무도 없었고, 그것을 찾으려는 사람도 아마 없었을 것이다. 그런데도 그 보물 때문에 그 집 전체는 매력이 넘쳐 있었다. 우리 집은 저 가장 깊숙한 곳에 보물을 감추고 있는 것이었다.

"그래, 집이든 별이든 혹은 사막이든 그들을 아름답게 하는 건 눈에 보이지 않는 법이지!"

내가 어린 왕자에게 말했다.

"아저씨가 내 여우하고 같은 생각이어서 기뻐."

그가 말했다. 어린 왕자가 잠이 들었으므로 나는 그를 안고 다시 걷기 시작했다. 나는 감동해 있었다. 부서지기 쉬운 어떤 보물을 안고 가는 느낌이었다. 마치 이 지구에는 그보다 더 부서지기 쉬운 게 없을 것 같은 느낌까지 들었다. 창백한 이마, 감겨있는 눈, 바람결에 나부끼는 머리칼을 달빛 아래에서 바라보며 나는 생각했다.

'내가 지금 여기서 보고 있는 건 껍질 뿐이야. 가장 중요한 건 눈에 보이지 않아.'

반쯤 열린 그의 입술이 보일 듯 말 듯 미소를 띠고 있었으므로 나는 또 생각했다.

'이 잠든 어린 왕자가 나를 이토록 몹시 감동시키는 것은 꽃 한 송이에 대한 그의 성실성, 그가 잠들어 있을 때에도 램프의 불꽃처럼 그의 마음속에서 빛나고 있는 한 송이 장미꽃의 모습 때문이야.'

그러자 그가 더욱 부서지기 쉬운 존재라는 짐작이 들었다. 램프의 불은 잘 보호해 주어야 한다. 그것은 한 줄기 바람에도 꺼질 수 있는 것이다. 그리하여 그렇게 걸어가다가 나는 동이 틀 무렵에 우물을 발견했다.

"사람들은 급행열차에 올라타지만 그들이 찾으러 가는 게 무엇 인지 몰라. 그래서 초조해하며 제자리를 맴돌고 있지."

어린 왕자가 말했다. 그리고 그는 다시 말을 이었다.

"그래봤자 소용없는 것인데."

우리가 찾아낸 우물은 사하라의 우물과는 달랐다. 사하라의 우물은 그저 모래에 파놓은 구멍 같은 것이다. 그런데 그 우물 은 마을에 있는 우물과 흡사했다. 그러나 그 곳에 마을이라곤 없었다. 그리하여 나는 꿈을 꾸고 있는 게 아닌가 싶었다.

"이상하군."

내가 어린 왕자에게 말했다.

"모든 게 갖추어져 있잖아. 도르래, 물통, 밧줄…."

그는 웃으며 줄을 잡고 도르래를 잡아당겼다. 그러자 도르래 는 바람이 오랫동안 잠을 자고 있을 때 낡은 풍차가 삐걱거리듯 그렇게 삐걱거렸다.

"아저씨 들어봐. 우물을 깨웠더니 그가 노래를 불러."

어린 왕자는 말했다. 나는 그에게 힘든 일을 시키고 싶지 않 았다.

"내가 할게. 너에겐 너무 무거워."

나는 천천히 두레박을 우물 둘레의 돌까지 끌어올렸다. 나는 그것을 돌 위에 떨어지지 않게 올려놓았다. 내 귀에는 도르래의 노랫소리가 아직도 쟁쟁하게 울렸고, 아직도 출렁이고 있는 물 속에서는 햇살이 일렁이는 게 보였다.

"이 물을 마시고 싶어. 물을 좀 줘."

어린 왕자가 말했다. 그러자 나는, 그가 무엇을 찾고 있었는지 깨달았다. 나는 두레박을 그의 입술로 가져갔다. 그는 눈을 감고 물을 마셨다. 축제처럼 즐거웠다. 그 물은 보통 음료와는 다른 어떤 것이었다. 그것은 별빛 아래에서의 행진과 도르래의 노래와 내 두 팔의 노력으로 태어난 것이었다. 그것은 마치 선물을 받았을 때처럼 마음을 기쁘게 하는 것이었다. 내가 어린 소년이었을 때는 크리스마스 트리의 불빛과 자정미사의 음악, 사람들의 부드러운 미소가 내가 받는 선물을 마냥 황홀한 것으로 만들어 주었었다.

"아저씨 별의 사람들은 한 정원 안에 장미꽃을 5000송이나 가꾸지만, 그들이 찾는 것을 거기서 발견할 수는 없어."

어린 왕자가 말했다.

"그럴지도 모르지."

내가 대답했다.

"그렇지만 그들이 찾는 것은 꽃 한 송이나 물 한 모금에서도 발견될 수 있는 건데….”

어린 왕자가 말했다.

“물론이지.”

내가 대답했다. 그러자 어린 왕자는 덧붙였다.

“그러나 눈으로는 보지 못해. 마음으로 찾아야 해.”

나도 물을 마시고 난 후였다. 숨결이 가벼워졌다. 해가 솟으면 모래는 꿀 빛깔을 띤다. 나는 그 꿀 빛깔에도 행복했다. 괴로워 할 필요가 어디 있을까!

“약속을 지켜줘야 해.”

어린 왕자가 내게 살며시 말했다. 그는 다시 내 옆에 앉아 있었다.

“무슨 약속?”

“양에게 굴레를 씌워 준다고 약속했잖아. 난 그 꽃한테 책임이 있어!”

나는 끄적거려 두었던 그 그림을 주머니에서 꺼냈다. 어린 왕자는 그림들을 보고 웃으며 말했다.

“아저씨가 그린 바오밥나무들은 뿔 비슷하게 생겼어.”

“아, 그래!”

나는 바오밥나무 그림에 대해 몹시 자랑스럽게 생각하고 있던 중이었다.

"여우는 귀가 뿔 같아. 그리고 너무 길어!"

그리고 그는 또 웃었다.

"너는 너무 심하구나. 나는 속이 보이거나 안 보이거나 하는 보아뱀 밖에 못 그린다니까."

"아냐, 괜찮아. 아이들은 알고 있으니까."

그가 말했다. 그래서 난 연필로 굴레를 그렸다. 그 굴레를 어린 왕자에게 주면서 가슴이 미어지는 느낌이었다.

"네가 무슨 계획을 가지고 있는지 모르겠구나."

그러자 어린 왕자는 그 말에는 대답하지 않고 이렇게 말했다.

"내가 지구에 떨어진지도, 내일이면 1년이야."

그리고는 잠시 묵묵히 있던 그가 다시 말을 이었다.

"바로 이 근처에 떨어졌었어."

그는 얼굴을 붉혔다. 그러자 왠지 모르게 나는 또 다시 야릇한 슬픔이 솟구쳤다. 그런데도 한 가지 의문이 떠올랐다.

"그럼 1주일 전 내가 너를 알게 된 날 아침에 사람 사는 고장에서 수천 마일 떨어진 여기서 네가 혼자 걷고 있었던 것은 우연이 아니구나. 떨어진 지점으로 돌아가고 있었니?"

어린 왕자는 다시 얼굴을 붉혔다. 그래서 머뭇거리며 나는 말을 이었다.

"아마 1년이 다 되었기 때문에 그런 거겠지?"

어린 왕자는 또 얼굴을 붉혔다. 그는 묻는 말에 결코 대답하진 않았으나 얼굴을 붉힌다는 것은 그렇다는 뜻이 아닐까?

"아! 난 두려워져."

그런데 그는 이렇게 대답하는 것이었다.

"아저씨는 이제 일을 해야 해. 아저씨 기계로 돌아가. 난 여기서 아저씨를 기다리고 있을 테니 내일 저녁에 돌아와."

하지만 나는 안심이 되지 않았다. 여우 생각이 났다. 길들여졌을 때 좀 울게 될 염려가 있는 것이다.

우물 옆에는 거의 무너진 낡은 돌담이 있었다. 다음 날 저녁, 일을 마치고 돌아오면서 보니 어린 왕자가 그 위에 걸터앉아 다리를 늘어뜨리고 있었다. 그리고 이런 말을 하는 게 들렸다.

"생각나지 않니? 정확히 여기는 아니야!"

그가 다시 대꾸를 하는 걸로 미루어 또 다른 목소리가 그에게 대답하는 듯 했다.

"아니야, 아니야. 날짜는 맞지만 장소는 여기가 아니야."

나는 담벼락을 향해서 걸어갔다. 보이는 것도 들리는 것도 없는데 어린 왕자는 다시 대꾸를 하고 있었다.

"물론이지. 모래 위의 내 발자국이 어디서 시작되었는지 가서 봐. 거기서 날 기다리면 돼. 오늘밤 그리로 갈게."

나는 담벼락에서 20미터쯤 떨어져 있었는데 여전히 아무것도 눈에 띄지 않았다. 어린 왕자는 잠시 침묵을 지키다가 다시 말을 이었다.

"네 독은 좋은 거니? 틀림없이 날 오랫동안 아프게 하지 않을 자신이 있지?"

나는 가슴이 두근거려 우뚝 멈춰 섰다. 아무래도 무슨 이야기인지 도무지 알 수가 없었다.

"그럼 이제 가봐. 내려갈 테야."

그제야 나도 담벼락 밑을 내려다보고는 기겁을 하고 말았다! 거기에는 30초 만에 사람을 죽일 수 있는 노란 뱀 하나가 어린 왕자를 향해 몸을 꼿꼿이 세우고 있는 것이었다. 나는 권총을 꺼내려고 주머니를 뒤지며 막 뛰어갔다. 그러나 내 발자국 소리에 뱀은 모래 속으로 스르르 물줄기가 잦아들 듯 미끄러져 들어가더니 가벼운 금속성 소리를 내며 돌들 사이로 조금도 허둥대지 않고 교묘히 몸을 감추어 버렸다.

나는 돌담 밑에 이르러 눈처럼 새하얗게 창백해진 나의 어린 왕자를 간신히 품에 받아 안을 수 있었다.

"이게 도대체 무슨 짓이지? 이젠 뱀들과 이야기를 하고 있으니!"

나는 그가 늘 목에 두르고 있는 그 금빛 머플러를 풀었다. 관자놀이에 물을 적시고 물을 마시게 했다. 그러나 이제는 그에게 무어라 물어볼 용기가 나지 않았다. 그는 나를 진지한 눈빛으로 바라보더니 내 목에 두 팔을 감았다. 카빈총에 맞아 죽어가는 새처럼 그의 가슴이 뛰는 것이 느껴졌다.

"아저씨가 고장 난 기계를 고치게 되어서 기뻐. 아저씬 이제 집에 돌아가게 됐지?"

"그걸 어떻게 알지?"

천만 뜻밖에 기계를 고치는 데 성공했다는 걸 나는 그에게 막
알리려던 참이었다. 그는 내 물음에 아무 대답도 하지 않고 이

렇게 덧붙였다.

"나도 오늘 집으로 돌아가."

그러더니 쓸쓸히,

"내가 갈 길이 훨씬 더 멀고…, 훨씬 더 어려워…."

무엇인지 심상치 않은 일이 일어나고 있다는 것을 나는 느낄 수 있었다. 나는 그를 어린 아기처럼 품에 꼬옥 껴안았다. 그런데도 내가 붙잡을 사이도 없이 그는 깊은 심연 속으로 빠져들고 있는 것만 같은 기분이었다.

그는 물끄러미 아득한 곳을 바라보는 듯한 심각한 눈빛이었다.

"나에겐 아저씨가 준 양이 있어. 그리고 그 양을 넣어 둘 상자도 있고, 굴레도 있고…."

그는 슬픈 미소를 지었다. 나는 오랜 시간을 기다렸다. 그의 몸이 조금씩 조금씩 따뜻해지고 있음을 느낄 수 있었다.

"꼬마야, 넌 겁이 났었지."

그가 무서워하고 있었던 건 틀림없었다. 그러나 그는 부드럽게 웃었다.

"오늘 저녁엔 더 무서울 거야."

영영 돌이킬 수 없는 어떤 일이 일어나고 있다는 느낌에 나는 다시금 눈앞이 아찔해졌다. 그 웃음소리를 다시는 들을 수 없게 되리라는 생각이 견딜 수 없는 일임을 나는 문득 깨달았다. 그것은 내게 있어서 사막의 샘 같은 것이었다.

"얘, 네 웃음소리를 다시 듣고 싶어."

그러나 그는 이렇게 말하는 것이었다.

"오늘 밤으로 꼭 1년이 돼. 나의 별이 내가 작년 이맘 때 떨어져 내린 그 장소 바로 위쪽에 있게 될 거야."

"얘, 그 뱀이니, 만날 약속이니, 별이니 하는 이야기는 모두 못된 꿈같은 거 아니니?"

그러나 그는 내 물음에 대답하지 않았다. 그가 말했다.

"중요한 건 눈에 보이지 않아."

"물론이지."

"꽃도 마찬가지야. 어느 별에 사는 꽃 한 송이를 사랑한다면 밤에 하늘을 바라보는 게 감미로울 거야. 별들마다 모두 꽃이 필 테니까."

"물론이지."

"물도 마찬가지야. 아저씨가 내게 마시라고 준 물은 음악 같은 것이었어. 도르래와 밧줄 때문에…, 기억하지? 물맛이 참 좋았지."

"그래."

"밤이면 별들을 바라봐. 내 별은 너무 작아서 어디 있는지 지금 가리켜 줄 수가 없어. 그 편이 더 좋아. 내 별은 아저씨에게는 여러 별들 중의 하나가 되는 거지. 그럼 아저씬 어느 별이든지 바라보는 게 즐겁게 될 테니까. 그 별들은 모두 아저씨 친구가 될 거야. 그리고 아저씨에게 내가 선물을 하나 하려고 해."

그는 다시 웃었다.

"아, 어린 왕자야. 난 그 웃음소리가 좋다!"

"그게 바로 내 선물이 될 거야. 그건 물도 마찬가지야."

"무슨 뜻이지?"

"사람들에 따라 별들은 서로 다른 존재야. 여행하는 사람에게 별은 길잡이지. 또 어떤 사람들에겐 그저 조그만 빛일 뿐이고, 학자인 사람에게는 연구해야 할 대상이고. 내가 만난 사업가에겐 금이지. 하지만 그런 별들은 모두 침묵을 지키고 있어. 아저씬 어느 누구도 갖지 못한 별들을 갖게 될 거야."

"무슨 뜻이니?"

"밤에 하늘을 바라볼 때면 내가 그 별들 중의 하나에 살고 있을 테니까. 내가 그 별들 중의 하나에서 웃고 있을 테니까, 모든 별들이 다 아저씨에겐 웃고 있는 것처럼 보일거야. 아저씬 웃을 줄 아는 별들을 가지게 되는 거야!"

그리고 그는 웃었다.

"그래서 아저씨의 슬픔이 가셨을 때는(언제나 슬픔은 가시게 마련이니까) 나를 안 것을 기뻐하게 될 거야. 아저씨는 언제까지나 나의 친구로 있을 거야. 나와 함께 웃고 싶을 거고. 그래서 이따금 그저 괜히 창문을 열게 되겠지. 그럼 아저씨 친구들은 아저씨가 하늘을 바라보며 웃는 걸 보고 굉장히 놀랄 테지. 그러면 그들에게 이렇게 말해줘. '그래, 별들을 보면 언제나 웃음이 나오거든!' 그들은 아저씨가 미쳤다고 생각하겠지. 난 그럼 아저씨에게 못할 짓을 한 셈이 되겠지."

그리고는 그는 다시 웃었다.

"별들이 아니라 웃을 줄 아는 조그만 방울들을 내가 아저씨에게 한 아름 준 셈이 되는 거지."

그리고 그는 또 웃었다. 그러더니 다시 심각한 표정이 되었다.

"오늘밤은…, 오지 마."

"난 네 곁을 떠나지 않겠어."

"난 아픈 것 같이 보일거야. 꼭 죽는 것처럼 보일거야. 그러게 마련이거든. 그런 걸 보러 오지 마. 그럴 필요 없어."

"난 네 곁을 떠나지 않겠어."

그러나 그는 근심스러운 빛이었다.

"내가 이런 말 하는 건, 뱀 때문이야. 뱀이 아저씨를 물면 안 되거든. 뱀은 무서워. 괜히 장난삼아 물기도 하거든."

"난 네 곁을 떠나지 않을 거야."

그러나 무슨 생각을 했는지 그는 안심하는 듯 했다.

"두 번째 물때는 독이 없다는 게 사실이야."

그날 밤 나는 그가 길을 떠나는 걸 보지 못했다. 그는 소리 없이 사라져 버린 것이었다. 뒤쫓아 가서 그를 만났을 때 그는 빠른 걸음으로 주저 없이 걸어가고 있었다. 그는 그저 이렇게 말할 뿐이었다.

"아! 아저씨 왔어."

그리고는 내 손을 잡았다. 그러나 그는 다시 걱정을 했다.

"아저씨가 온 건 잘못이야. 마음 아파할 텐데, 내가 죽은 듯이 보일 테니까. 정말로 죽는 건 아닌데…."

나는 아무 말도 하지 않았다. 그는 조금 풀이 죽어 있는 듯이 보였다. 그러나 그는 다시 기운을 내려 애쓰고 있었다.

"참 좋겠지. 나도 별들을 바라볼 거야. 모든 별들은 내게 녹슨 도르래가 있는 우물로 보일 테니까. 별들이 모두 내게 마실 물을 부어 줄 거야."

나는 아무 말도 하지 않았다.

"참 재미있겠지! 아저씬 5억 개의 작은 방울들을 가지게 되고 난 5억 개의 샘물을 갖게 될 테니…."

그리고는 그 역시 더 이상 아무 말이 없었다. 그는 울고 있었기 때문이었다.

"저기야. 나 혼자 걸어가게 내버려 둬 줘."

그러더니 그는 그 자리에 앉았다. 무서웠기 때문이었다. 그가 다시 말했다.

"아저씨, 내 꽃 말인데…, 나는 그 꽃에 책임이 있어! 더구나 그 꽃은 몹시 연약하거든! 너무나 순진하고, 쓸모없는 네 개의 가시를 가지고 외부 세계에 대해 자기 몸을 방어하려고 하고…."

나는 더 이상 서 있을 수가 없어 주저앉았다. 그가 말했다.

"자…, 이제 다 끝났어."

그는 또 잠깐 망설이더니 다시 일어섰다. 한 발자국을 내디
뎠다. 나는 꼼짝도 할 수가 없었다.

그의 발목에서 노란 한 줄기 빛이 반짝 했을 뿐이었다. 그는
한 순간 그대로 서 있었다. 그는 소리치지 않았다. 나무가 쓰러
지듯 그는 천천히 쓰러졌다. 모래 바닥이라 소리조차 나지 않
았다.

27 Le Petit Prince

그러니까 그게 벌써 여섯 해 전의 일이었다.

이 이야기를 나는 아직까지 한 번도 해 본 적이 없다. 나와
다시 만난 친구들은 내가 살아 돌아온 걸 매우 기뻐했다. 나는
슬펐지만 피곤하기 때문에 그렇게 보일 뿐이라고 그들에게 말
했다.

이제는 내 슬픔도 약간 가셨다. 다시 말해…, 완전히 싹 가셔

버린 것은 아니라는 뜻이다. 하지만 나는 그가 그의 별로 돌아 갔다는 걸 알고 있다. 다음날 해가 떴을 때 그의 몸을 다시 찾아 볼 수가 없었던 것이다. 그의 몸은 그리 무겁지 않았다. 그래서 밤이면 나는 별들에게 귀 기울이기를 좋아한다. 그것들은 흡사 5억 개의 작은 방울들 같았다.

그런데 이상한 일이 일어나고 있었다. 어린 왕자에게 그려준 굴레에 가죽 끈을 달아준다는 걸 내가 잊어버린 것이다. 그래서 나는 '그의 별에게 무슨 일이 일어나고 있을까? 양이 꽃을 먹었 을까?' 하고 궁금해 하곤 한다.

어느 때는 '천만에, 먹지 않았겠지! 어린 왕자는 그의 꽃을 밤새도록 유리 덮개로 잘 덮어 놓겠지. 양을 잘 지킬 테고…' 라 고 생각해 본다. 그러면 나는 행복해진다. 그러면 모든 별들이 부드럽게 웃는다.

어느 때는 '어쩌다가 방심할 수도 있지. 그러면 끝장인데! 어 느 날 밤 유리 덮개 덮는 것을 잊었거나 양이 밤중에 소리 없이 밖으로 나왔을지도 몰라' 하는 생각이 들기도 한다. 그러면 작은 방울들은 모두 눈물방울들로 변한다.

그것은 정말 커다란 수수께끼다. 어린 왕자를 사랑하는 여러분에게는 나에게도 그렇듯이 이 세상 어딘가에서 우리가 알지 못하는 한 마리 양이 한 송이 장미꽃을 먹었느냐 먹지 않았느냐에 따라서 천지가 온통 달라질 것이다.

하늘을 바라보라. 그리고 생각해 보라. 양이 그 꽃을 먹었을까, 먹지 않았을까를. 그러면 거기에 따라 모든 것이 얼마나 달라지는지 여러분은 알게 될 것이다.

그런데 그것이 그다지도 중요한가를 어른들은 아무도 이해하지 못할 것이다.

이것은 나에게는 이 세상에서 가장 아름답고 그리고 가장 슬픈 풍경이다. 이것은 앞 페이지의 것과 같은 풍경이지만 여러분에게 잘 보여주기 위해 다시 한 번 그린 것이다. 어린 왕자가 지상에 나타났다가 다시 사라진 곳이 여기다. 이 그림을 자세히 잘 보아 두었다가 여러분이 언젠가 아프리카 사막을 여행할 때, 이와 똑같은 풍경을 꼭 알아 볼 수 있기를 바란다. 그리고 혹시 그리로 지나가게 되거든 발걸음을 서두르지 말고 잠깐 별빛 밑에서 기다려 보길 간곡히 부탁한다.

그때 만일 한 어린아이가 여러분에게 다가와서 웃으면, 그리고 그의 머리카락이 금빛이면, 그리고 묻는 말에 대답을 하지 않으면 여러분은 그가 누구인지 알아챌 수 있을 것이다. 그러면 내게 친절을 베풀어 주길! 내가 이처럼 마냥 슬퍼하도록 내버려 두지 말고 그 애가 돌아왔다고 빨리 편지를 보내 주기를….

생텍쥐페리가 보낸 사색엽서4
위험한 시기가 오면 사람들은 서로 돕는다

우리는 마침내 만나고야 말리라. 사람들은 자신의 침묵 속에 갇힌 채 오랫동안 나란히 걸을 것이며, 또한 아무도 옮기지 않는 말들을 주고받을 것이다.

그러나 위험한 시기가 오면 사람들은 서로 돕는다. 하나의 공동체에 속해 있다는 것을 발견하게 되는 것이다.

다른 사람의 마음을 발견함으로써 사람은 자신을 넓혀간다. 커다란 미소를 띠며 서로를 바라본다. 사람은 바다의 드넓음에 경탄하는 해방된 조수와도 같다.

평화로울 때에는 모든 것이 자기 안에 간직되어 있다

식별할 수 있는 어두운 거리를 쳐다보고 있노라면 나는 평화가 무엇인지 이해하게 된다.

평화로울 때에는 모든 것이 자기 안에 간직되어 있다. 평화로울 때 사람들은 어떤 물건이 어디에 있는지를 안다. 그리고 밤에 어디에 누워 잠을 자야 하는지도 안다.

아! 그러나 질서가 파괴되고 사람들이 더 이상 이 세상에서 몸 둘 곳을 찾지 못하게 되면 평화는 사라진다. 어디에서 사랑하는 이를 찾아야 하는지 더 이상 알지 못하게 되거나, 바다에 나간 남편이 집으로 돌아오지 않으면 평화는 생명을 잃게 된다. 평화란 사물들의 각각의 의미와 제자리를 찾은 후, 그 뒤에 드러난 얼굴에서 읽을 수 있을 것이다. 그것은 대지의 모든 다양한 광물들이 나무속에서 서로 결합하는 순간, 사물들이 그 자신보다 더 큰 현상의 일부를 이루게 될 때 나타나는 얼굴이다.

생텍쥐페리가 보낸 사색엽서6

사랑은 마주보는 것이 아니라
같은 방향을 함께 바라보는 것이다

외부에 있는 공동의 목적으로 우리가 형제로 맺어질 때, 우리는 비로서 자유롭게 호흡할 수 있다.

사랑은 서로 마주보는 것이 아니라 같은 방향을 함께 바라보는 것이다.

친구란 자기 자신을 찾기 위해 같은 자일을 잡고 같은 산정을 향해 올라가는 사람들이다.

마지막 음식을 사막에서 서로 나눌 수 있을 때, 그것이 우리에게 그토록 넘치는 기쁨이 되는 이유는 무엇일까?

야간비행

1 Vol de nuit

어느새 비행기 밑으로 펼쳐진 언덕들은 황금빛 저녁노을 속에 그림자를 짙게 드리우고 있었다. 그런 반면에 들판은 영원히 쓰러지지 않을 빛으로 환해지고 있었다. 이 지방은 겨울이 지나도 들판의 하얀 눈이 사라지지 않듯이, 저녁노을의 황금빛도 오래도록 남아 있었다. 남극에서 부에노스아이레스를 향해 파타고니아 노선 우편기를 조종해 오던 파비앵은 항구의 물결을 보았을 때처럼 구름이 그린 얇은 주름과 고요함으로 저녁이 다가오고 있음을 알았다. 그는 크고도 행복한 정박지로 이제 막 들어서고 있는 중이었다. 그는 이 고요함 속에서 목동처럼 느긋하게 산책하고 있다고 생각할 수도 있었을 것이다. 파타고니아 목동들이 천천히 이쪽 양 떼에서 저쪽 양 떼로 돌아다니는 것처럼, 파비앵은 한 도시에서 또 다른 도시로 돌아다니는 작은 도시의 목동이었다. 그는 두 시간 간격으로 강가에서 물을 마시거나 들판에서 풀을 뜯는 양 떼를 만나곤 했다. 그는 바다보다 사람이 드문 대초원을 100㎞쯤 달리고 나면, 가끔 초원의 넘실대는 물결 속에 인생의 짐을 싣고서 뒤로 움직이는 것만 같은 외딴 농가를 만나곤 했다. 그는 그럴 때면 비행기의 날갯짓으로 인사를 보냈다.

"산쥴리안이 눈에 들어 옴, 10분 후 착륙 예정."

항공로를 따라 있는 모든 무선전신국에 기내 무선사가 전신을 보냈다. 마젤란 해협에서 부에노스아이레스에 이르는 2500km의 항공로에는 평범하고 고만고만한 비행장들이 늘어서 있었다. 하지만 밤의 경계선에 놓인 이 산쥴리안 비행장만큼은 아프리카 오지의 마지막 귀순부락처럼 신비로워 보였다. 조종사에게 무선기사가 쪽지 하나를 건넸다.

'어찌나 천둥번개가 심한지 이어폰에 전파 방해가 심합니다. 산쥴리안에서 묵으시겠습니까?'

하늘은 수족관처럼 고요했고 앞으로 거쳐 갈 모든 비행장에서 '맑음, 바람 없음'이라고 알려왔다. 파비앵은 미소를 지으며 대답했다.

"그냥 계속해서 갑시다."

하지만 무선기사는 과일 속에서 벌레가 꿈틀대듯 어딘가 폭풍우가 숨어 있을 것만 같은 생각이 들었다. 아름다운 밤이었지만 어딘가 상한 것처럼 느껴지는 그런 밤이었다. 그래서 곧 썩을 것만 같은 이 어둠 속으로 들어가는 것이 그는 몹시 내키지 않았다.

파비앵은 산줄리안을 향해 속도를 늦춰 내려가는 동안 피곤함을 감지했다. 집과 작은 카페, 산책로의 나무들처럼 인간의 삶을 부드럽게 하는 것들이 점점 가까이 다가오고 있었다. 그는 정복을 끝낸 날 저녁에 제국의 영토를 바라보면서 인간의 소박한 행복을 발견하는, 그런 정복자가 된 듯한 기분이었다. 파비앵은 그만 무기를 버리고 그 동안의 과오와 힘듦을 돌아보면서 이제부터는 평범한 사람이 되어 창문으로 변하지 않는 풍경을 바라보고 싶었다. 이렇게 작은 마을이라 해도 살 수 있을 것 같았다. 사람들이란 일단 선택한 후에는 생활상의 우연에 만족해하며 그것을 사랑할 수도 있게 된다. 그것은 사랑이 사람을 구속하는 것과 같은 이치다.

파비앵은 오랫동안 이곳에 살며 이 땅의 영원한 한 부분으로 남고 싶었다. 왜냐하면 한 시간 가량 머물렀던 작은 도시들과 낡은 담에 둘러싸인 정원들은 그와 상관없이 영원할 것처럼 보였기 때문이었다. 마을은 비행기를 향해 올라 왔고 그에게 활짝 문을 열고 있었다. 파비앵은 우정과 상냥한 아가씨, 하얀 식탁보의 아늑함처럼 천천히 우리의 삶에 길들여지는 모든 것들을 생각했다.

어느새 마을은 비행기의 날개에 닿을 듯이 펼쳐졌고 더 이상 담의 보호를 받지 못하는 정원이 그 신비를 드러내고 있었다.

하지만 착륙을 마친 파비앵은 돌담 사이로 느리게 움직이는 몇몇 사람들 외에는 자신이 아무것도 보지 못했다는 것을 깨달았다. 이 마을은 움직이지 않는 것만으로도 그 열정의 비밀을 지키며 파비앵이 그 아늑한 마을로 들어오는 것을 거부했다. 마을의 평온함을 정복하기 위해서는 비행이라는 행동을 포기해야만 했다.

파비앵은 착륙한 지 10분이 흐른 뒤 다시 떠나야 했다. 그는 비행기에서 산줄리안을 되돌아보았다. 한줌의 빛과 별이 보일 뿐이었고, 얼마 안 가 그를 유혹했던 먼지마저 사라져버렸다.

"불을 켜야겠어. 계기판이 잘 보이질 않는군."

파비앵은 스위치를 켰다. 하지만 계기 지침을 비추는 적색램프는 아직 너무 약해서 붉게 비추지 못했다. 하늘의 푸르스름한 빛 때문이었다. 전구에 손을 대보았더니 손가락을 겨우 붉게 물들일 정도였다.

"아직 이른 것 같군."

하지만 밤은 검은 연기처럼 피어올라 이미 골짜기를 가득 채우고 있었다. 더 이상 골짜기와 평야를 분간할 수 없었다. 마을마다 등불이 켜지고 그 빛들은 서로 화답하고 있었다. 파비앵

역시 손가락으로 표지등을 깜박이며 마을에 응답을 보냈다. 등대가 바다를 향해 등댓불을 돌리듯이 집집마다 무한한 밤을 향해 자신들의 별을 밝혔다. 그러자 그 빛의 부름에 대지가 긴장하고 있었다. 인간을 지켜주는 그 모든 불빛이 이곳저곳에서 반짝이고 있었다. 배가 항구를 향해 가듯이 파비앵은 느리고 아름답게 밤 속으로 날아 들어가는 것을 감탄하며 바라보고 있었다.

파비앵은 머리를 숙여 계기판을 보았다. 계기판이 라듐의 빛을 발하기 시작하고 있었다. 그는 차례차례로 숫자를 점검한 뒤 만족감을 느꼈다. 안전하게 하늘에 자리 잡고 있음을 확인했기 때문이다. 그는 손가락으로 비행기의 강철 뼈대를 만져보았다. 그리고는 그 금속 속에 생명이 흐르고 있음을 느꼈다. 금속은 진동하는 것이 아니라 살아 있었다. 500마력의 엔진이 금속 안에서 너무나 부드러운 흐름을 만들었다. 그런 뒤 얼음같이 차가운 강철을 벨벳 같은 살로 바꾸어 주었다. 조종사는 비행하는 동안 현기증이나 취기가 아닌 살아 있는 육체의 신비로운 활동을 다시 한 번 느꼈다.

그는 이제 한 세계를 다시 만들었고 그 속에서 편안하게 자리 잡기 위해 팔꿈치를 움직였다. 그는 배전판을 가볍게 두드리고 스위치를 하나하나 만져 보았다. 그리고 약간 몸을 움직여 편안하게 등을 기대었다. 그런 뒤 변화하는 밤이 짊어진 5톤 금속체의 진동을 좀 더 잘 느낄 수 있도록 자세를 바로 잡았다. 손을 더듬어 보조 램프를 제자리에 놓은 뒤 거기서 손을 뗐다가 다시 쥐었다. 그러면서 램프가 미끄러지지 않는 것을 확인하고는 다시 램프를 놓았다. 이어서 핸들을 하나하나 건드려보며 어둠 속에서 보이지 않을 때에도 정확히 잡을 수 있도록 손가락을 훈련시켰다. 그리고 비로소 손가락이 핸들에 완전히 익숙해졌을 때에야 그는 램프를 켜고 정밀한 기기를 살폈다. 그런 다음 밤 속으로 날아가는 것을 단지 계기판을 통해서만 잠수하듯이 바라보았다. 그는 기체가 아무런 흔들림도 진동도 떨림도 없는 데다, 자이로스코프도 고도계도 엔진의 회전속도도 변화가 없음을 확인하자, 가볍게 기지개를 켜며 가죽의자에 머리를 기댔다. 그런 뒤 이루 표현할 수 없는 희망을 맛보게 하는 비행의 깊은 명상에 잠겼다.

이제 그는 밤의 한가운데에서 야간 파수꾼처럼 밤이 인간의 일면을 보여준다는 것을 깨달았다. 저 신호들, 불빛들과 불안, 어둠 속에 반짝이는 소박한 저 별빛, 그것은 외딴집이다. 별이 하나 꺼진다. 그것은 사랑으로 문을 닫는 집이다. 아니면 근심으로, 나머지 세상에 신호 보내기를 멈춘 집이다. 탁자에 턱을 괴고 등불 앞에 앉은 농부는 자신들이 무엇을 원하고 있는지 모른다. 그들을 감싼 무한한 밤 속에서 자신들의 바람이 이렇게

멀리까지 와 닿는다는 것을 모른다. 하지만 파비앵은 1000km 밖에서 날아오면서 바다 깊은 곳의 파도처럼 넘실대는 바람이 살아 숨 쉬는 비행기를 들어 올렸다 놓았다 할 때라든가, 전쟁 터처럼 요란한 천둥번개 사이로 달빛을 보며 가로지를 때라든 가, 정복자의 기분으로 차례차례 그 불빛들에 다가갈 때면 농부 들의 바람을 알아보게 된다. 그 농부들은 등불이 그들의 초라한 식탁만을 비춘다고 믿지만 그 불빛은 무인도에서 바다를 향해 절망의 등불을 흔들고 있는 것처럼 80km 떨어진 곳에도 전해 져 감동하게 한다.

2 *Vol de nuit*

파타고니아, 칠레, 파라과이 노선의 우편기 세 대가 남쪽과 서쪽, 북쪽에서 부에노스아이레스를 향해 날아오고 있었다. 자정 무렵 부에노스아이레스는 유럽행 비행기를 출발시키기 위해 이들 세 비행기의 짐을 기다리고 있는 중이었다. 무거운 비행기 보닛 안에 짐배처럼 앉아 어둠 속을 헤매며 비행하는 세 조종사는 산을 내려오는 농부처럼 천둥번개치거나 고요한 하늘을 천천히 내려올 것이다.

전 항공망 책임자인 리비에르는 부에노스아이레스 착륙장을 서성거리고 있었다. 그는 입을 다물고 있었다. 세 비행기가 도착하기 전까지는 이날 하루도 안심할 수 없기 때문이었다. 그는 매분 전보가 전달될 때마다 승무원들을 어둠 속에서 구해내 기슭까지 이끌어오는 듯한 느낌이 들었다. 무선전신국에서 받은 전신을 한 직원이 리비에르에게 다가와 보고했다.

"칠레 우편기가 부에노스아이레스 불빛을 보았다는 전갈을 해왔습니다."

"음, 알았네."

리비에르는 얼마 안 있어 그 비행기의 소리를 듣게 될 것이다. 밀물과 썰물, 신비로 가득한 바다가 오랫동안 뒤흔들던 보물을 해변으로 밀어내듯 밤은 벌써 한 대의 비행기를 넘겨주고 있었다. 그리고 잠시 후 다른 두 대의 비행기도 돌려줄 것이다. 그러면 오늘 하루는 무사히 끝나는 것이다. 지친 승무원들은 숙소로 자러 가고 다른 승무원들이 교대할 것이다. 하지만 리비에르는 조금도 쉬지 못할 것이다. 이번에는 유럽행 우편기가 그를 불안하게 하기 때문이다. 이렇게 그는 항상 불안 속에서 살 것이고, 이것은 영원할 것이다.

처음으로 이 늙은 투사는 자신이 지쳐 있음을 느끼고는 놀라워했다. 비행기의 도착이 전쟁이 끝나고 행복한 평화의 시대가 열리는 그런 승리는 결코 아니었다. 그것은 앞으로 가야할 천 걸음 중 겨우 한 걸음 내디딘 정도에 지나지 않았다. 리비에르는 오래 전부터 팽팽히 긴장된 두 팔로 아주 무거운 짐을 들고 있어온 느낌이 들었다. 휴식도 희망도 없는 노력이었다.

'나도 이젠 늙었어….'

유일하게 하는 행위에서 마음의 양식을 찾지 못하는 것은 그가 늙어가기 때문이다. 그는 지금껏 한 번도 생각해 본 적이 없는 문제에 대해서 곰곰이 생각하고 있는 자신을 보고는 놀라워했다. 언제나 멀리하며 지내왔던 안락함들이 서글픈 속삭임과 함께 덩어리지어 큰 바다로 밀려왔다.

'이렇게 가까이 그 모든 것이 와 있었단 말인가?'

그는 인생을 달콤하게 해주는 것들을 늙은 뒤 '시간이 날 때'로 조금씩 미루어 왔음을 깨달았다. 마치 어느 날 실제로 그런 여유를 가질 수 있기라도 한 것처럼, 늘그막에는 상상하던 그런 행복한 평화를 얻을 수 있기라도 한 것처럼 말이다. 하지만 평화란 없다. 어쩌면 승리란 없는 것인지도 모른다. 모든 우편기가 틀림없이 도착하리라는 보장도 없다. 리비에르는 일하고 있는 늙은 정비 감독 르루 앞에 멈춰 섰다. 르루 역시 이 속에서 40년 전부터 일해 왔다. 그는 일에 온 힘을 바친 사람이다. 르루는 밤 10시나 자정이 되어 집으로 돌아가지만 집이 그에게 다른 세계를 제공하거나 도피처가 되지는 못했다. 리비에르는 무거운 얼굴을 쳐드는 르루에게 미소 지었다.

"이것이 너무 꽉 조여 있었는데 결국 풀어냈지요."

르루가 푸르스름한 회전축을 가리키며 말했다. 리비에르는 회전축을 들여다보며 다시 직업의식에 사로잡혔다.

"작업반에게 이 부품들을 좀 더 헐겁게 박으라고 말해야 되겠군."

그는 마모된 자국을 만져본 뒤 이어 르루를 살폈다. 그의 깊게 팬 주름살을 보고 있자니 우스꽝스러운 질문이 입술에 맴돌았다. 그는 미소 지었다.

"사랑에 빠져본 적 있나, 르루?"

"오, 사랑이라! 사랑이라고요. 하지만 부장님도 아시다시피…."

"나와 같은 처지의 사람이 여기 또 하나 있었군. 그래, 시간이 없었단 말이지."

"그렇지요. 그럴 여유가 통 나질 않으니…."

리비에르는 그의 대답에 쓸쓸함이 담겨 있는지 알아보기 위해 그의 목소리에 귀를 기울였다. 하지만 그런 기색은 보이지 않았다. 르루는 지나간 인생에 대해서 판자를 멋지게 대패질한 뒤, '이제 됐다' 하고 만족스러워하는 목수와 같은 평온함을 느끼고 있었다.

리비에르는 '흠, 이제 내 인생도 다 됐군' 하고 생각했다. 그는 피로에서 오는 모든 우울한 생각들을 떨쳐버리고 격납고로 발길을 옮겼다. 칠레 우편기가 으르렁대는 소리를 내고 있었기 때문이었다.

멀리서 들리던 엔진 소리가 점점 커져 왔다. 그리고 그 소리는 굉음이 되어 뒤흔들렸다. 사방에서 불들이 켜졌다. 붉은 표지등이 격납고와 무선 전신탑과 사각 착륙장을 환하게 비추었다. 축제가 시작되고 있었다.

"착륙!"

비행기는 벌써 탐조등 불빛 속으로 들어가고 있었다. 비행기가 어찌나 번쩍이는지 새것처럼 보였다. 마침내 비행기가 격납고 앞에 멈춰 서고 정비사와 인부들이 몰려들어 우편물을 내리느라 법석을 떨고 있는데도 조종사인 펠르랭은 미동도 하지 않고 있었다.

"무슨 일 있어? 내리지 않고 뭘 하고 있는 거야?"

하지만 그는 어떤 신비로운 일에 몰입하고 있는 듯 대답이 없었다. 어쩌면 그는 아직도 귓속을 울리고 있는 비행기 소리를 듣고 있는 것인지도 모른다. 그는 천천히 머리를 끄덕였다. 이어서 그는 앞으로 몸을 숙여 뭔가를 만졌다. 그리고 그는 마침내 상사와 동료들을 향해 돌아섰다. 그는 엄숙한 표정으로 자기 소유물이라도 보듯 그들을 바라보았다. 그의 눈빛은 마치 사람들의 수를 세고 재고 무게를 달아보는 듯하였다. 그런 뒤에야 그는 축제의 불을 밝힌 격납고와 단단한 시멘트 바닥, 나아가 여인과 열기가 넘치는 활기찬 도시에 무사히 도착했다는 생각을 하게 되었다. 그는 그들 모두가 자신의 신하인 것처럼 그들 모두를 두 손에 쥐고 있는 듯한 느낌이 들었다. 이제는 그들을 만질 수도 있었고 그들의 소리를 들을 수도 그들을 모욕할 수도 있었다. 처음에 그는 편안하게 달구경이나 하면서 살아 있음을 확인하는 그들에게 욕이라도 퍼부어 주리라 생각했었다. 그러나 그는 온순한 사람이었다.

"술이나 한 잔 사주시게들!"

그는 이렇게 말하면서 비행기에서 내려왔다. 그는 이번 비행에 대한 이야기를 들려주고 싶었다.

"오늘 비행이 어땠는지 안다면…!"

이 정도면 충분히 말했다고 생각하고 그는 비행복을 벗으러 갔다. 침울한 감독관과 말없는 리비에르와 함께 자동차를 타고 부에노스아이레스를 향해 가는 동안 그는 서글퍼졌다. 어렵사리 비행을 마친 뒤 착륙하여 활기 넘치는 욕설을 내뱉는 것은 멋진 일이다. 얼마나 강렬한 기쁨인가! 그러나 다음에 그 일을 돌이켜보면 무엇인가 알 수 없는 의심이 일어난다. 태풍 속에서의 투쟁, 적어도 그것은 현실이며 명확한 것이다. 그러나 그 사물들의 얼굴, 그들이 현실을 떠나 홀로 있을 때 짓는 것은 그의 얼굴이 아니다. 그는 이렇게 생각했다.

'그것은 완전히 반란과 같은 것이다. 아주 약간 창백한 듯한 얼굴이 그렇게까지 변하다니!'

애써 펠르랭은 기억을 되살려보았다. 그는 안데스 산맥을 태평스런 모습으로 넘어가고 있었다. 흰 눈이 덮인 산맥은 너무나 평화스러워 보였다. 긴 세월이 퇴락한 성에 평화를 깃들게 하듯이 겨울눈이 거대한 산맥을 평화롭게 하고 있었다. 200km에 이르는 그 산 위에는 사람도 생명의 숨결도 그 어떤 흔적도 없었다. 스칠 듯 지나가는 해발 6000m의 산맥에는 오로지 깎아지른 듯한 능선들과 수직으로 서 있는 병풍바위들, 무시무시한 정적만이 있을 뿐이었다. 투푼가토 봉 근처에서였다….

그는 다시 생각해 보았지만 틀림없었다. 그 기적을 목격한 곳은 바로 거기였다. 처음에는 아무것도 보지 못했다. 혼자 있다고 믿었는데, 하지만 곧 혼자가 아니라 누군가 자신을 보고 있다고 느낄 때와 같은 거북스런 느낌이 들었다. 그는 너무 늦게, 그 이유도 모르는 채 자신이 노여움에 휩싸여 있음을 깨달았다. 그렇게 된 것이었다. 그런데 그 노여움은 어디서 온 것일까?

그 분노가 바위틈과 흰 눈에서 스며 나온다는 것을 그가 무슨 수로 짐작할 수 있었겠는가? 아무것도 그를 향해 다가오지 않는 것 같았고 어떤 불길한 태풍의 조짐도 없었으니 말이다. 그러나 조금도 달라 보이지 않는 그 조용한 세계에서 또 다른 한 세계가 태어나고 있었다. 펠르랭은 뭐라고 말할 수 없을 정도로 가슴을 죄며 순백의 산봉우리와 회색빛 도는 눈 덮인 능선들을 바라보았다. 산맥은 사람들 무리처럼 움직이기 시작하고 있었다. 싸워야 할 필요가 없는데도 그는 핸들을 꽉 움켜쥐었다. 알지 못하는 무슨 일인가가 일어나려고 하고 있었다. 그는 덤벼들려는 짐승처럼 근육을 긴장시켰지만 보이는 것이라곤 고요함뿐이었다. 그랬다. 고요함이었다. 그러나 그 속에는 이상한 힘이 가득 차 있었다. 그러더니 모든 것이 날카로워졌다. 능선이며 산봉우리들, 모든 것들이 뾰족해져 갔다. 산들은 돌진하는 뱃머리처럼 강풍을 향해 나아가는 것 같았다. 그 모든 것들이 전투태세를 갖춘 거대 군함처럼 그의 비행기 주위를 빙빙 선회하고 있는 것처럼 느껴졌다. 곧이어 공기와 뒤섞인 먼지가 일었다. 그것은 눈 덮인 긴 능선을 따라 돛처럼 부드럽게 펄럭이며 피어올랐다. 물러설 출구를 찾기 위해 뒤를 돌아본 그는 몸을 떨었다. 뒤로 보이는 안데스 산맥이 온통 끓어오르는 것 같았다.

"이젠 정말 끝이구나."

앞에 있는 산봉우리에서 눈이 치솟아 올랐다. 마치 눈을 뿜어내는 화산 같았다. 이어서 약간 오른쪽에 있는 또 다른 봉우리에서도 눈이 치솟아 올랐다. 보이지 않는 누군가가 달려가며 잇따라 건드리듯 모든 봉우리에서 차례로 끓어올랐다. 그 순간 처음으로 공기가 소용돌이치면서 주변의 산들이 뒤흔들렸다. 격렬한 움직임은 흔적을 별로 남기지 않는다. 그는 더 이상 비행기를 뒤흔들었던 그 무시무시한 소용돌이가 기억나지 않았다. 휘몰아치는 회색 눈보라 속에서 죽을 힘을 다해 싸웠다는 것만 생각날 뿐이었다. 그는 생각에 잠겼다.

'태풍, 그것은 별것이 아니다. 살아남을 수도 있다. 그러나 그 직전! 태풍과 맞닥뜨리는 그 순간이란!'

그는 수천의 태풍 중에서 한 얼굴을 알아봤다고 생각했지만 그 얼굴은 어느새 잊혀져 있었다.

리비에르는 펠르랭에게 눈길을 주고 있었다. 이 사람은 20분 후 자동차에서 내리면 피로와 무거운 기분을 가지고 군중 속으로 섞일 것이다. 어쩌면 '정말 피곤하군, 이놈의 더러운 직업!' 하고 생각할 지도 모른다. 그리고 아내에게는 '안데스 산맥 위의 상공보다는 집이 훨씬 좋군' 따위의 말도 하겠지. 하지만 펠르랭은 사람들이 그렇게 애착을 갖는 것들에는 그다지 관심이 없을 것이다. 불과 몇 시간 전에 그 모든 것이 얼마나 하찮은 것인지를 경험하지 않았던가. 그는 세상의 또 다른 쪽에서 불빛 찬란한 도시를 다시 볼 수 있을지 어떨지도 모른 채, 또한 어릴 때부터 따라다니는, 귀찮으면서도 정겨운 친구들의 결점을 다시 찾게 될지 어떨지도 모른 채 몇 시간을 보냈다. 리비에르는 다음과 같이 생각했다.

'어떤 사람들 속에서든 눈에 띄지는 않지만 위대한 사명을 띤 사람들이 있다. 그들 자신도 모르고 있지만. 그렇지 않으면….'

리비에르는 찬미자들이 두려웠다. 그들은 모험의 신성함을 이해하지 못하며, 그들이 하는 경탄은 그 참뜻을 왜곡시키면서 인간의 가치를 떨어뜨리기 때문이다. 하지만 펠르랭은 빛 속에서 언뜻 본 세계가 어떤 가치를 지녔는지에 대해 누구보다도 잘 알고 있었다. 그러면서도 속된 찬사를 경멸로 거부할 수 있는 고귀한 성품을 또한 지니고 있었다. 그래서 리비에르는 "어떻게 빠져나올 수 있었나?" 하며 그를 칭찬했다. 그는 대장장이가 쇳덩이 받침대에 대해서 말하듯 펠르랭이 단지 업무에 대해서, 비행기에 대해서 이야기 하는 것이 좋았다.

펠르랭은 먼저 퇴각할 길이 막혀 있었다는 것을 얘기했다. 그리고 거의 사과라도 하는 수준으로 "어쩔 도리가 없었습니다" 하고 말했다. 이어 그는 눈보라가 몰아쳐 아무것도 볼 수가 없었다고 했다. 하지만 때마침 불어온 난폭한 기류가 비행기를 7000m 상공으로 떠밀어 올리는 바람에 살아날 수 있었다면서 다음과 같이 덧붙였다.

"비행하고 있는 동안 내내 산등성이에 닿을 듯이 날았던 것 같습니다."

그는 자이로스코프에 대해서도 얘기했는데 눈이 공기구멍을 막아버리기 때문에 그 위치를 바꿔야 할 것이라고 얘기했다.

"눈이 그 속에 꽁꽁 얼어붙어 빙판 같았지 뭡니까."

그리고 얼마 후에는 또 다른 기류에 밀려 고도 3000m 상공으로 곤두박질쳤는데 어떻게 아무것도 부딪치지 않았는지 이해할 수 없다고 말했다. 그것은 그가 이미 평야 위를 날고 있기 때문이었다.

"맑은 하늘로 들어서고 나서야 그걸 알아차릴 수 있었죠."

그 순간 그는 마치 동굴 속에서 빠져나오는 듯한 느낌이 들었다고 그 때의 소감을 밝혔다.

"그래, 폭풍이 멘도사에서도 있었나?"

"아니오, 맑은 하늘에 바람 한 점 없는 날씨에 착륙을 했지요. 하지만 태풍은 내 뒤를 바싹 뒤쫓아 오고 있었습니다."

'아무튼 너무나 기괴한 폭풍'이었기에 얘기한다고 말했다. 태풍의 위쪽은 구름처럼 앞을 가린 하얀 눈 때문에 보이지 않았다. 그렇지만 그 아래쪽은 시커먼 용암처럼 들판을 휘몰아치면서 도시들을 하나씩 하나씩 집어삼키고 있었다.

"그런 광경을 보기는 태어나 처음이었습니다."

그리고 그는 어떤 기억에 사로잡힌 듯 말을 멈추었다.

"그건 태평양에서 불어오는 태풍인데, 너무 늦게 통보를 받았네. 그간 그런 태풍이 안데스 산맥을 넘어온 적은 한 번도 없었으니 말이야."

리비에르는 감독관을 돌아보며 말했다.

"계속해서 그 태풍이 동쪽으로 진행하리라곤 예상할 수가 없었던 거지."

　그것에 대해 아무것도 모르는 감독관은 그저 잠자코 앉아서
듣고만 있었다.

감독관은 주저하는 듯 펠르랭을 돌아보았다. 그는 울대뼈가 움찔거렸지만 아무 말도 하지 않았다. 잠시 생각에 잠기더니 앞을 똑바로 바라보며 예의 침울하면서도 위엄 있는 표정으로 돌아갔다. 그는 침울함을 들고 다녀야 할 무슨 짐이라도 되는 양 끌고 다녔다. 분명치 않은 이유로 리비에르의 부름을 받고 전날 아르헨티나에 도착한 그는 어디에 두어야 할지 모르겠는 자신의 커다란 손과 감독관으로서의 위엄을 거추장스러워 하고 있었다. 그에게는 환상적인 일이나 호쾌한 기백을 칭찬할 권리가 주어져 있지 않았다. 오직 임무를 어김없이 이행한 성실함에 대해서만 칭찬을 해야 했다. 직원들과 어울려 술을 마실 권리도 동료들과 반말을 할 권리도 없었다. 그야말로 같은 비행장에서 또 다른 감독관을 우연히 마주치지 않는 한 농담 한마디 할 권리도 없었다.

그는 '정말이지 감독을 한다는 것은 힘든 일이야' 하고 생각했다. 사실을 있는 대로 말하자면 그는 감독을 하는 것이 아니라 그저 머리를 끄덕일 뿐이었다. 아는 것이 없었기 때문에 그는 부딪히는 모든 일에 대해 그저 고개를 천천히 끄덕이기만 했다. 직원들에게 그는 별로 사랑받지 못했다. 감독관이란 사랑을 베풀기 위해 존재하는 것이 아니라 보고서를 작성하라고 있는 자리이기 때문이다. 특히 리비에르에게서 다음과 같은 편지를 받은 이후로 그는 새로운 방법이나 기술적인 해결책을 제안하기를 단념했다.

'로비노 감독은 시가 아니라 보고서를 제출하기를 바랍니다. 로비노 감독은 스스로의 능력을 발휘하여 직원들의 정신을 고무시켜야 합니다.'

그 후부터 그는 밥을 먹듯이 매일같이 사람들의 결점을 찾아내려고 애를 썼다. 그는 술 마시는 기계공이나 뜬눈으로 밤샘하는 비행장 주임이나 비행기를 거칠게 착륙시키는 조종사들을 감시했다. 로비노에 대해 리비에르는 '크게 똑똑하지는 않지만 그래서 더욱 쓸모가 있는 사람이다' 라고 생각하고 있었다. 리비에르가 만든 규칙은, 그 자신에게는 인간을 이해한다는 것이었지만 로비노에게는 규칙만을 아는 것이었다.

"로비노 감독, 제 시간에 출발하지 않는 사람은 누구라도 정근수당을 주지 말아야 합니다."

"안개가 심할 때 같은 어쩔 수 없는 불가항력의 경우에도 말입니까?"

"물론이지요, 안개 때문이든 무엇 때문이든 안 됩니다."

이 말을 들은 로비노는 오히려 부당한 처사도 두려워하지 않는 강직한 상사를 두었다는 점에서 일종의 자부심 같은 것을 느꼈다. 직원들에게 불쾌감을 주는 처사이긴 해도 로비노 역시 그만큼 위엄 있는 권한을 얻을 수 있기 때문이었다. 그 뒤 그는 모든 비행장의 책임자에게 자주 이렇게 말하게 되었다.

"당신에게는 정근수당을 지급할 수가 없습니다. 제 시간을 넘겨 10시 15분에 이륙했기 때문입니다."

"하지만 감독님, 5시 30분에는 10m 앞도 볼 수 없었단 말입니다."

"이것은 규칙입니다."

"하지만 로비노 씨, 우리가 안개를 쓸어내 버릴 수는 없는 것 아닙니까!"

그럴 때면 로비노는 피하듯 입을 다물어버렸다. 그는 간부급에 속해 있었다. 간부들 중에서 그는 어떻게 직원들을 처벌해야 비행시간을 개선할 수 있을지 아는 유일한 사람이었다.

'달리 생각을 하지 않는 사람이니 잘못 생각할 염려는 없는 사람이지.'

로비노에 대해 리비에르는 이렇게 생각했다. 조종사가 기체를 파손하면 무사고 상여금을 받지 못한다는 규칙도 있었다.

"하지만 말입니다. 숲에서 고장이 났을 때는 어떻게 하지요?" 하고 로비노가 물었다.

"그건 숲에서도 마찬가지입니다."

로비노는 그 지시를 따랐다. 그 후 그는 조종사들에게 취한

듯이 다음과 같이 말했다.

"미안한 말입니다만 고장은 다른 데서 나야 합니다."

"하지만 감독관님, 그걸 어떻게 마음대로 할 수 있단 말입니까?"

"이것은 규칙입니다."

리비에르는 이렇게 생각했다.

'규칙이란 종교의식과도 같은 것이다. 부조리해 보이지만 인간을 단련시킨다.'

리비에르에게는 그것이 공평하게 보이든 불공평하게 보이든 별 상관이 없었다. 어쩌면 그에게 그런 말들은 아무 의미 없는 것인지도 모른다. 저녁이면 야외음악당을 서성거리는 작은 도시의 사람들을 보면서 리비에르는 직원들을 생각했다.

'공평이니 불공평이니 하는 것은 그들에게 별 의미가 없다. 그들은 존재하지 않기 때문이다.'

그에게 있어 인간이란 반죽해야 할 가공되지 않은 생밀랍이었다. 이 물질에 영혼을 불어넣고 의지를 창조해 주어야 한다. 그는 이런 엄격함을 통해 직원들을 강제하려는 것이 아니라 그들이 스스로의 굴레에서 벗어날 수 있도록 해줄 생각이었다. 그역시 늦게 이륙하는 모든 비행기에 대해 벌을 가하는 것이 불공평한 처사라는 것을 알고 있었다. 하지만 그는 비행장마다 정시 이륙에 대한 의지를 불태우도록 촉구했다. 그가 이러한 의지를 만들어낸 것이다. 날씨가 나쁘면 그는 직원들이 쉴 수 있는 좋은 기회로 즐거워하는 것이 아니라 조바심내며 날씨가 개기를 기다리게 만들었다. 이것은 하찮은 잡역부에게까지도 해당되어 날씨가 개기를 기다린다는 것을 부끄럽게 생각하도록 만들었다. 그래서 칠흑 같은 악천후 속에서 작은 틈이라도 생기면 그때를 놓치지 않았다.

"북쪽이 트였다, 출발!"

이런 리비에르 덕분에 모두가 1만 5000km의 항공로를 오가는 우편기를 그 무엇보다 소중히 여기는 마음을 가지게 되었다. 가끔 리비에르는 이런 생각을 했다.

'그들은 행복하다. 자기들이 하고 있는 일을 사랑하기 때문이다. 그리고 그들이 그 일을 사랑하는 것은 내가 엄격하기 때문이다.'

어쩌면 직원들을 괴롭혔을지도 모르지만 그들에게 큰 기쁨을 주기도 했다. 그는 다음과 같이 생각했다.

'고통도 기쁨도 함께 하는 것이 인생이지만 큰 의미가 있는 의연한 삶을 살도록 그들을 이끌어주어야 한다.'

리비에르는 자동차가 시내로 들어서자 회사 사무실 앞에 내려달라고 했다. 로비노는 펠르랭과 둘만 남게 되자 펠르랭을 바라보며 무슨 말인가 하려는 듯 입술을 반쯤 벌렸다.

그런데 그날 저녁 로비노는 무기력했다. 승리자 펠르랭 앞에 있자, 자신의 생활이 무미건조하게 느껴졌다. 무엇보다 감독관이란 지위와 권한을 가진 그 자신 로비노가, 피로에 지쳐 눈을 감은 채 자동차 한 쪽에 박혀 기름에 찌든 시커먼 손을 한 펠르랭보다 못하다는 것을 깨달았다. 처음으로 로비노는 감탄의 마음이 일어났고 그런 마음을 털어놓고 싶었다. 그는 무엇보다도 우정을 나누고 싶었다.

그는 여독과 그날 있었던 몇몇 실수들로 지쳐 있었다. 어쩌면 자신이 좀 우스꽝스러워 보인다고 느끼고 있는지도 몰랐다. 그날 저녁 그는 연료 재고량을 조사하다 계산 착오를 일으켰다. 그런데 그가 혼내려 했던 바로 그 직원이 딱해하며 그를 대신해 계산을 끝마쳐주었다. 뿐만 아니라 B.6형 연료 펌프 조립을 B.4형 연료 펌프로 잘못 알고 야단을 쳤었다. 그런데도 그 엉큼한 정비공들은 20분 동안 그가 '변명의 여지없는 무지'를 드러내며 그들을 야단치도록 내버려두었다. 호텔 방으로 돌아가는 것 또한 두려웠다. 툴루즈에서 부에노스아이레스에 이르기까지 그는 일이 끝나면 언제나처럼 호텔 방으로 돌아갔다. 그리고는 방에 틀어박힌 채 비밀로 가득한 무거운 마음으로 가방에서 종이뭉치를 꺼내 천천히 '보고서'라고 쓴 뒤 용기를 내어 몇 줄 쓰다가는 모두 찢어버리곤 했다. 그는 회사를 큰 위기에서 구해내는 장한 일을 하고 싶었다. 그러나 회사는 한 번도 위험에 빠진 적이 없었다. 이제까지 그가 구해낸 것이라곤 녹슨 프로펠러 회전축밖에 없었다. 그가 비행장 책임자 앞에서 심각한 표정으로 그 녹슨 회전축을 손가락으로 천천히 만지자 그 책임자가 다음과 같이 말했다.

"그건 이전 비행장에다 말씀하세요. 이 비행기는 방금 거기서 도착했으니까요."

그럴 때면 로비노는 자신의 역할에 회의를 느꼈다. 그는 펠르랭과 가까워지려고 용기를 내어 말했다.

"저녁이나 함께 하지 않겠소? 대화라도 좀 나눌까 해서 말이오. 가끔은 워낙 하는 일이 힘들어서…"

그리고는 자신을 너무 낮췄다는 생각이 들었는지 고쳐 말했다.

"내가 책임져야 할 일이 너무 막중해서 말이오!"

직원들은 자신들의 사생활에 로비노를 끼워주고 싶어 하지 않았다. 그들은 모두 다음과 같이 생각하고 있었다.

'로비노 감독관이 아직 보고서에 쓸 만한 것을 찾지 못했다

면 분명 허기진 사람처럼 나를 잡아먹으려고 들 거야.'

하지만 그날 저녁 로비노는 자신의 비참한 처지만을 생각하고 있었다. 온몸에 번진 습진으로 괴로워한다는 자신의 유일한 비밀을 털어놓으며 동정을 받고 싶었다. 자만으로는 어떤 위로의 말도 들을 수 없기 때문에 겸손한 태도를 보이고자 마음먹었다. 그에게도 프랑스에 여자가 있었다. 출장에서 돌아오는 밤이면 여자의 마음을 사로잡아 그를 사랑하게 하려고 그녀에게 자신이 감독했던 일을 들려주었다. 하지만 여자는 그의 바로 그런 점을 싫어했다. 그는 그 여자에 대해서도 이야기하고 싶었다.

"그럼 나하고 저녁을 같이 하는 것으로 알겠소."

사람 좋기로 유명한 펠르랭은 차마 거절을 하지 못했다.

6 Vol de nuit

사무실로 리비에르가 들어갔을 때 직원들은 꾸벅꾸벅 졸고 있었다. 외투를 입고 모자를 쓴 그의 모습은 언제나 영원한 나그네처럼 보였다. 작은 체구를 지닌 그는 지나갈 때 옅은 바람조차 일으키지 못했다. 또한 반백의 머리와 평범한 옷차림은 거의 눈에 띄지 않을 정도였다. 하지만 그가 풍기는 어떤 열의가 사람들을 활기차게 만들었다. 사무원들은 허둥거렸고 사무장은 최근 서류를 바삐 들춰보았으며 타자기는 탁탁 소리를 내기 시작했다. 전화 교환수는 교환대에 접속선을 꽂아놓고는 두꺼운 장부에 전신 내용을 적어나갔으며, 자리에 앉은 리비에르는 그 전신들을 읽어 나갔다. 칠레 노선 우편기가 위기를 겪은 후여서 그는 이제 근심 없이 하루의 전신들을 다시 읽어 나가는 중이었다. 전신들은 모두 모든 일이 순조롭다거나 비행기가 통과하고 난 비행장에서 차례로 성공을 점치며 보낸 것들이었다. 파타고니아 노선 우편기 역시 빠르게 전진하고 있었다. 운 좋게도 바람이 남쪽에서 북쪽으로 불며 물결처럼 비행기를 밀어 예정시간보다 빠른 속도로 날아오고 있었다.

"전신을 보여주게, 기장."

비행장마다 맑은 날씨와 푸른 하늘과 순풍을 알리고 있었다. 저녁 노을이 아메리카 대륙을 황금빛으로 물들이고 있었다. 모든 것들이 순조롭게 돌아가는 것에 리비에르는 기쁨을 느꼈다. 지금 이 순간 파타고니아 우편기는 어둠 속에서 뜻밖의 모험을 겪고 있을지도 모르지만 성공할 확률은 컸다. 리비에르는 장부를 밀쳐냈다.

"음, 좋아."

그런 뒤 그는 세계의 절반을 감시하는 밤의 파수꾼으로서 상황실을 둘러보러 나갔다.

리비에르는 열린 창문 앞에 발걸음을 멈추고는 밤을 헤아렸다. 밤은 부에노스아이레스를 감싸고 있었다. 또한 교회의 커다란 중앙 홀처럼 아메리카 대륙을 에워싸고 있었다. 그는 밤하늘의 그 장엄함에도 놀라지 않았다. 칠레의 산티아고 하늘은 다른 곳의 하늘이다. 하지만 일단 우편기가 칠레의 산티아고를 향해 날아가면 항공로의 이 끝에서 저 끝까지 단 하나의 광활한 하늘로 이어지게 되는 것이다. 지금 무선전신국에서 소식을 기다리고 있는 또 다른 우편기, 파타고니아 어부들은 그 우편기가 반짝이는 불빛을 보고 있을 것이다. 비행하는 우편기에 대한 불안이 리비에르를 짓누르고 있을 때 그 불안은 비행기의 엔진 소리와 함께 여러 수도와 지방을 날아가고 있었다.

아무 걱정 없는 이 맑은 밤에 비행기가 위험에 빠졌을 때, 구조할 길이 없을 것 같아 혼란스러웠던 많은 밤들이 떠올랐다. 부에노스아이레스의 무선전신국에서 천둥소리와 뒤섞인 비행기의 신음소리에 귀 기울이고 있노라면, 때로 이 음험한 불순물 밑에서 황금과도 같은 통신 음파가 들리지 않곤 했다. 그럴 때면 밤의 장애물 속을 눈먼 화살처럼 비행하는 우편 비행기의 우울한 노래 속에서 얼마나 가슴 아파 해야 했던가!

리비에르는 밤샘하는 날 감독관이 있어야 할 자리는 사무실이라고 생각했다.

"로비노 감독을 불러주게."

그 때 로비노는 펠르랭을 친구로 만들려는 중이었다. 그는 조종사 앞에 가방을 열어 보였다. 그 속에는 감독관이 보통 사람과 별다를 게 없음을 보여주는 잡다한 물건들이 들어 있었다. 개성이라곤 없는 와이셔츠, 세면도구와 말라깽이 여자 사진, 감독관은 그 사진을 들어 벽에 핀으로 꽂았다. 그는 이런 방법으로 펠르랭에게 자신의 욕망과 애정과 후회에 대한 구차한 고백을 하고 있는 중이었다. 조종사 앞에 그 보물들을 볼품없는 순서대로 늘어놓으며 그는 자신의 비참함을 드러내놓았다. 그것은 정신적인 습진, 그 자신의 감옥을 보여주는 것이었다. 하지만 로비노에게도 다른 사람과 마찬가지로 작은 빛은 있었다. 그는 가방 깊숙한 곳에서 소중하게 감싼 작은 주머니를 꺼내들며 마음이 따뜻해지는 것을 느꼈다. 한동안 말없이 주머니를 토닥이더니 이윽고 손을 떼며 말했다.

"이건 내가 사하라에서 가져온 거지…."

로비노 감독관은 비밀을 털어놓는 것에 얼굴이 붉어졌다. 그는 신비의 문을 열어주는 이 거무스름한 조약돌들로 인해서 인생의 환멸과 가정생활의 불행 등 모든 음울한 현실을 위로받을 수 있었다. 그는 좀 더 얼굴을 붉히며 말했다.

"이와 똑같은 돌들이 브라질에도 있지…."

펠르랭은 전설 속 아틀란티스에 정신이 팔린 감독관의 어깨를 토닥였다. 그리고 멋쩍어하면서 다음과 같이 물었다.

"지질학과에 관심이 있으신 모양이지요?"

"흠, 그게 내 낙일세."

그의 인생에서 단 하나, 돌멩이만이 유일하게 기쁨이 되어주었다.

로비노는 그를 찾는다는 연락에 서글퍼졌지만 곧 의연함을 되찾았다.

"이제 가봐야겠군. 본부장님이 중대한 결정을 내리기 위해 나를 찾으신다고 하니까."

리비에르는 로비노가 사무실에 들어섰을 때 까맣게 그를 잊고 있었다. 그는 회사의 항공 노선이 붉게 표시된 벽에 붙은 지도를 들여다보고 있었다. 그의 지시를 감독관은 기다리고 있었다. 한참 후에 리비에르는 돌아보지도 않은 채 그에게 물었다.

"로비노 감독, 이 지도를 어떻게 생각하고 있소?"

리비에르는 뜬금없이 이따금 꿈에서 깨어나듯 수수께끼 같은 질문을 던지곤 했다.

"본부장님, 이 지도는…."

감독관은 솔직히 그 지도에 대해서 아무 생각도 없었다. 하지만 그는 진지한 표정으로 지도를 응시하며 유럽과 아메리카 대륙을 대충 훑어보았다. 리비에르는 감독관에게 아무 말도 해주지 않은 채 혼자 골똘히 생각했다.

'이 항공망의 얼굴은 아름답지만 냉혹하다. 우리에게서 많은 사람들, 많은 젊은이들을 앗아갔다. 이미 이루어진 위엄을 뽐내는 얼굴이지만 얼마나 많은 문제를 드러내는가!'

하지만 리비에르에게는 그 무엇보다 목적이 우선이었다. 리비에르 옆에 서서 여전히 지도를 보고 있던 로비노 감독은 조금씩 허리를 꼿꼿이 세웠다. 그는 리비에르에게서 어떤 연민도 기대하지 않고 있었다. 언젠가 행여나 하는 마음으로 꼴사나운 병 때문에 자신의 인생을 망쳤다는 고백을 했더니 리비에르는 놀리듯 한마디를 던졌다.

"그것 때문에 잠을 못 잔다면 당신이 하는 일에는 도움이 되겠군."

그것은 반 농담이었다. 리비에르는 이렇게 단정 짓는 습관이 있었다.

'불면증이 음악가에게 아름다운 작품을 만들게 한다면 그것은 아름다운 불면증이다.'

하루는 그가 르루를 가리키며 다음과 같이 말했다.

"이 사람을 봐요. 사랑을 쫓아버리는 이 추함이 얼마나 아름다운지…"

그는 르루에게 있는 고귀한 모든 것은 평생 일에만 몰두하게 만들었던 못생긴 외모 덕분이었다고 생각했다.

"그래 많이 친해졌소, 펠르랭과는?"

"그, 그건…!"

"비난하려는 것이 아니오."

리비에르는 반쯤 돌아서 고개를 숙인 채 잔걸음으로 로비노를 데리고 갔다. 그의 입가에 서글픈 미소가 떠올랐지만 로비노는 그 뜻을 알 수 없었다.

"다만 알아야 할 것은…, 당신은 펠르랭의 상사란 것이오."

"네."

로비노가 대답했다. 리비에르는 저 하늘 위에서 매일 밤 드라마 같은 사건들이 만들어진다고 생각했다. 지금부터 날이 밝을 때까지 많은 것과 싸워야 할지도 모르는데 의지가 약해지면 패배로 돌아갈 수도 있었다.

"로비노 감독, 무엇보다도 당신이 맡은 일에 충실해야 합니다."

리비에르는 한마디 한마디에 힘을 주어 말했다.

"어쩌면 내일 밤에라도 당신은 그 펠르랭에게 위험한 출발을 명령하게 될 지도 모르는 일이오. 그는 당신 명령에 복종해야 될 거요."

"네…."

"당신은 여러 사람들, 당신보다 더 가치 있는 사람들의 목숨을 책임지고 있는 것이오."

그는 주저하듯이 말했다.

"그것은 아주 중대한 일이오."

리비에르는 여전히 잔걸음을 걸으며 잠시 입을 다물었다.

"만일 그들이 우정 때문에 당신에게 복종한다면 당신은 그들을 속이는 겁니다. 당신은 개인적으로 그들에게 어떤 희생도 요구할 권리가 없소."

"물론…, 없습니다."

"그리고 그들이 우정을 믿고 힘든 일에서 자기들을 빼주겠거니 하고 생각한다면 그 역시 그들을 속이는 겁니다. 그들은 복종하지 않으면 안 됩니다. 거기 앉으시오."

리비에르는 부드럽게 로비노를 자기 책상 쪽으로 밀었다.

"로비노 감독, 나는 당신을 본 위치로 돌려놓겠소. 지쳐 있다 하더라도 당신을 위로해줄 사람은 부하직원들이 아니오. 당신은 상사요. 그렇게 나약한 모습을 보이다니 어리석군요. 자, 받아쓰시오."

"저는…."

"받아써요. '로비노 감독관은 이러이러한 이유로 조종사 펠르랭에게 이러이러한 벌을 내림….' 어떤 이유든 당신이 알아서 찾아내야 할 것이오."

"본부장님!"

"로비노 감독, 내 말을 이해했다면 그렇게 하시오. 부하들을 사랑하는 건 좋은 것이오. 그러나 그들이 알지 못하게 사랑해야 하오."

이제 로비노는 새로이 열성적으로 프로펠러 회전축을 닦게 명령할 것이다. 한 비상 착륙장에서 전신을 보내왔다.

"비행기가 보임. 비행기에서 '회전 속도 낮춤, 착륙하겠음' 이란 전신을 보내왔음."

아마도 30분은 지체될 것이다. 리비에르는 특급열차가 선로 위에 멈춘 채로 시간이 지나도 평원에서 한 뼘도 벗어나지 못하고 있을 때와 같은 안타까움을 느꼈다. 괘종시계의 큰 바늘이 지금은 죽음의 공간을 가리키고 있었다. 이 두 바늘의 컴퍼스가 벌린 간격 속에서 얼마나 많은 사건이 일어날 수 있을까. 리비에르는 기다리는 지루함을 잊으려고 밖으로 나갔다. 밤은 배우 없는 무대처럼 텅 비어 있는 것처럼 보였다.

"이런 밤을 놓치다니!"

그는 창문을 통해서 별이 총총한 하늘과 그 멋진 항공표지 등 이렇게 헛되이 버려지는 밤의 금빛 달을 원망스러운 듯이 바라보고 있었다. 하지만 비행기가 이륙하는 순간, 밤은 리비에르에게 더욱 감동적이고 아름답게 느껴졌다. 밤은 그 태내에 생명을 잉태하고 있고 리비에르는 그 생명을 돌보고 있는 것이다.

"어떤가, 날씨는?"

리비에르는 무전으로 승무원에게 날씨를 묻게 했다.

"매우 좋음."

이어서 통과한 몇몇 도시의 이름이 들려왔다. 리비에르에게 그 도시들은 전투에서 함락한 도시들이었다.

한 시간 뒤, 파타고니아 우편기 무선기사는 누군가의 어깨에 떠밀리듯 부드럽게 몸이 들리는 것 같은 기분이 들었다. 그는 주위를 살펴보았다. 검은 먹장구름이 별빛을 가리고 있었다. 그는 지상을 내려다보았다. 풀숲에 숨은 반딧불이 같은 마을의 불빛을 찾아보았다. 하지만 그 검은 숲에서 빛을 발하는 것이라곤 하나도 없었다. 그는 전진과 후퇴를 반복하며 정복한 땅을 돌려줘야 하는 힘든 밤을 직감하고는 기분이 나빠졌다. 조종사의 생각을 알지 못하는 그로서는 이대로 가다가는 두껍게 벽처럼 내린 밤에 부딪칠 것만 같은 기분이 들었다. 지평선에 닿을 듯한 곳에서 대장간의 불빛처럼 무엇인가 어렴풋이 번쩍이는 것을 발견한 무선기사가 조종사 파비앵의 어깨를 건드렸다. 하지만 그는 꼼짝도 하지 않았다. 멀리서 천둥번개를 동반한 폭풍의 첫 소용돌이가 비행기를 공격해오고 있었다. 부드럽게 들어 올려진 금속의 기체가 무선기사의 몸을 짓누르는 것 같았다. 그러더니 이내 녹아서 자취도 없이 사라져버리는 느낌이 들었다. 그는 몇 초 동안 밤 속을 홀로 떠돌고 있는 듯한 기분이 들었다. 그래서 그는 양 날개의 강철 뼈대에 두 손을 꼭 짚고 매달렸다. 그의 눈에는 조종석의 적색 램프 외에는 이 세상에서 보이는 것이라 곤 아무것도 없어 보였다. 그렇기 때문에 그는 그 작은 램프에 만 의지한 채 아무 도움도 없이 밤의 한 가운데로 떨어지는 것 같은 기분이 들어 소름이 끼쳤다. 그는 조종사가 어떤 결정을 내릴지 감히 물어볼 용기가 나지 않았다. 그래서 두 손으로 강철 뼈대에 꽉 매달린 채 조종사 쪽으로 몸을 수그리고는 그의 어두운 뒷덜미만 바라보고 있었다.

꼼짝도 않는 머리와 어깨만이 희미한 빛 속에서 보였다. 왼쪽으로 약간 기대어 앉은 그 몸뚱이는 시커먼 덩어리에 지나지 않았다. 하지만 폭풍우와 맞선 그의 얼굴은 번개가 칠 때면 아마 잠깐씩 드러날 것이다. 하지만 무선기사에게 그의 얼굴은 보이지 않았다. 태풍을 이겨내기 위해 조종사의 얼굴에 나타나는 모든 감정들, 그 긴장감, 의지와 분노, 창백한 얼굴과 여기저기서 번쩍이는 번개 사이에 주고받는 모든 중요한 감정들을 무선기사로서는 볼 수가 없었다. 하지만 무선기사는 꼼짝도 않는 그림자 같은 몸뚱이 속에 뭉쳐진 힘을 감지했고 그것을 사랑했다. 그 그림자는 그를 폭풍 속으로 데려가기도 했지만 그를 보호해 주는 것이기도 했다. 조종간을 꽉 쥐고 있는 양손은 짐승의 목을 조르듯 이미 태풍을 제압하고 있겠지만 힘이 잔뜩 들어간 어깨는 꼼짝도 않고 있어 깊은 신중함을 느낄 수 있었다.

무선기사는 어쨌거나 비행을 책임지고 있는 사람은 조종사라고 생각했다. 그는 이제 불을 향해 달려드는 말의 엉덩이에 앉아 끌려가면서 눈앞의 시커먼 형체가 표현하는 물질적이고 무게가 있는 것, 영원한 그 무엇을 음미하고 있었다. 왼쪽에서 또 하나의 번개가 깜박이는 등대처럼 희미하게 번쩍였다. 그것을 알려주려고 조종사의 어깨를 건드리려던 무선기사는 조종사가 천천히 고개를 돌려 새로운 적을 향해 몇 초간 얼굴을 쳐들고 있는 것을 목격했다. 그러더니 다시 천천히 고개를 돌려 원래의 자세로 돌아가는 것을 보았다. 그 어깨는 여전히 미동도하지 않고 있었으며 목덜미 역시 가죽의자에 기대어져 있었다.

좀 걸으면서 다시 몰려드는 불안감을 덜기 위해 리비에르는 밖으로 나왔다. 행동, 그것도 극적인 행동을 위해서만 살고 있는 그는 이상하게도 드라마가 방향을 바꾸어 개인적인 것이 되는 걸 느꼈다. 그는 소도시의 시민들이 야외음악당 주변을 서성이며 겉으로는 조용한 삶을 살지만, 가끔은 그들의 인생도 드라마처럼 힘든 일을 겪고 있을 거라고 생각했다. 병과 사랑과 죽음 등 어쩌면 그 자신이 겪은 고통이 많은 교훈을 주고 있는 것인지도 몰랐다. 그는 '그래서 시야가 트인다' 라고 생각하고 있었다.

그는 밤 11시경쯤 마음이 좀 차분해지자 사무실로 향했다. 그는 천천히 영화관 앞에 모인 인파들을 헤치며 앞으로 나갔다. 그는 네온불빛에 의해 거의 지워진 채 좁은 길 위의 하늘에서 반짝이는 별을 바라보며 생각했다.

'나는 두 대의 우편기가 비행 중인 오늘밤, 온 하늘을 책임지고 있다. 저 별은 이 군중 속에서 나를 찾다가 발견했다는 신호다. 그래서 나는 지금 이곳에서 이방인 같고 좀 고독하게 느껴지는 것이다.'

음악 한 소절이 떠올랐다. 어제 저녁 친구들과 함께 들었던 어느 소나타의 몇 음절이었다. 친구들은 그 음악을 이해하지 못했다.

"저런 음악은 우리를 지겹게 할 뿐이지. 물론 자네도 지겹다고 생각하고 있지만 그렇다고 말하지 않고 있는 것이 아닌가?"

"글쎄…."

그가 대답했다. 그 때도 그는 오늘밤처럼 외롭다는 생각이 들었었다. 하지만 그는 이내 그런 고독의 귀중한 가치를 깨달을 수 있었다. 그 음악은 평범한 사람들 중에서 오직 그에게만 감미로운 비밀을 담은 메시지를 전해줬던 것이다. 별의 신호도 마찬가지였다. 이 많은 사람들의 어깨 너머로 오직 그만이 들을 수 있는 언어로 말하고 있는 것이었다. 길 위의 누군가가 떠밀었을 때 그는 또 다시 생각했다.

'화 내지 않으리라. 나는 잔걸음으로 인파 속을 걸어가는, 병든 아이의 아버지와도 같다. 그 아버지 마음속에는 집안에 흐르는 무거운 침묵을 간직하고 있다.'

그는 사람들을 둘러보았다. 종종걸음으로 걸어가는 사람들 중에서 그들의 창작물이나 사랑을 간직하고 있는 사람들이 있는지 살펴보았다. 그리고는 이어 등대지기의 고독을 생각했다.

그는 사무실의 고요함이 마음에 들었다. 그는 천천히 사무실을 지나갔고 그때마다 그의 발자국 소리가 울려 퍼졌다. 타자기는 덮개 아래 잠들어 있었고, 가지런히 정리된 서류가 든 커다란 장들은 잠겨 있었다. 10년 동안의 경험과 일의 기록들. 그는 돈이 가득한 은행의 지하 금고를 둘러보고 있는 듯한 기분이 들었다. 그 곳의 장부 하나하나는 금은보화보다 더 값진 것, 살아 있는 힘을 축적하고 있다는 생각이 들었다. 그 힘은 살아 있지만 잠이 든, 은행의 돈과도 같은 것이었다. 어디선가 홀로 숙직하는 직원을 만나게 될 것이다. 어디선가 한 사람이 삶과 의지를 지속시켜 툴루즈에서 부에노스아이레스까지, 이 비행장에서 저 비행장으로의 연결이 끊어지지 않도록 일하고 있는 것이다.

'자신이 얼마나 위대한지 그 사람은 모른다.'

어디선가 우편기들은 사투를 벌이고 있고 야간비행은 병마처럼 계속된다. 그러므로 잘 보살펴주어야만 했다. 손과 무릎, 가슴과 가슴을 맞대고 어둠과 맞서 싸우는 그들, 눈에 보이지는 않지만 움직이는 무엇인가가 있다는 것 외에는 아무것도 모른채, 맹목적으로 바다를 빠져나오듯 팔을 허우적거리며 헤쳐 나오는 그들을 도와주어야 했다. 가끔 그들은 처절한 고백을 하기도 했다.

"내 손을 보기 위해서도 램프를 켜야 했다."

사진사의 붉은 현상액 속에서 유일하게 드러나는 것 같은 두 손의 솜털. 그것은 세상에 남아 있는 유일한 것이며 구해내야만 하는 것이다. 리비에르는 사업부 사무실 문을 밀고 들어갔다. 한쪽 구석을 단 한 개의 램프가 환하게 비추고 있었다. 탁탁거리는 타자기 소리만이 사무실의 정적에 어떤 의미를 부여해주고 있었다. 전화벨 소리가 간간이 울렸다. 그러면 숙직원이 일어나 끈질기게 울려대는 벨소리를 향해 걸어갔다. 숙직원이 수화기를 들면 보이지 않는 불안이 가라앉았다. 그는 어두운 구석에서 조용히 대화를 나누었다. 그리고 고독과 졸음이 묻어 있는, 이해할 수 없는 비밀을 간직한 얼굴로 태연하게 자신의 책상으로 돌아왔다. 두 대의 우편기가 비행 중인 때 바깥의 밤으로부터 걸려오는 전화는 얼마나 위협적인가? 리비에르는 저녁 등불 아래 모인 가족들에게 충격을 줄 전보와 영원처럼 긴 몇 초 동안 아버지의 얼굴에 비밀로 남는 그 불행에 대해 생각했다. 처음에 그것은 멀리 내지르는 외침과는 거리가 꽤 있는 아주 조용하고도 힘없는 물결이었다. 그래서 그는 매번 조용히 전화벨이 울릴 때마다 그 불행한 외침의 약한 메아리 소리를 들었다. 그때마다 숙직원은 물속에서 고독하게 헤엄치는 사람처럼 느릿느릿 그림자를 드리우고 램프 불빛을 향해 돌아왔다. 리비에르는 그 동작이 많은 비밀을 간직하고 있는 것처럼 보였다.

"자넨 그냥 있게, 내가 받을 테니."

리비에르는 수화기를 들고 외부 세계의 윙윙대는 소리를 들었다.

"리비에르요."

잡음에 이어 목소리가 들렸다.

"무선전신국을 연결하겠습니다."

이어 다시 들리는 잡음, 교환대에서 접속선을 끼우는 소리였다. 그리고 또 다른 목소리가 흘러 나왔다.

"여기는 무선전신국. 전신을 알려드리겠습니다."

리비에르는 전신을 받아쓰고는 고개를 끄덕였다.

"알았소, 고맙소."

별로 중요한 것은 없었다. 업무에 관한 정규적 보고였다. 리우데자네이루에서는 어떤 정보를 요청했고, 몬테비데오에서는 날씨에 대한 보고를 했다. 그리고 맨도사에서는 자재에 관한 문의를 했다. 이것은 회사의 일상 업무였다.

"그래, 우편기들은 어떻지요?"

"하도 폭풍우가 심한 관계로 비행기와의 통신은 하지 못했습니다."

"알았소."

이 곳의 밤은 청명하고 별이 빛나고 있었다. 그런데도 무선

전신 기사들은 멀리 있는 폭풍우의 입김을 알아차리고 있음을 리비에르는 깨닫고 있었다.

"그럼, 잠시 후에 봅시다."

리비에르가 일어나자 숙직원이 다가왔다.

"결재하실 서류들입니다."

"알겠네."

리비에르는 이 밤의 짐을 함께 지고 있는 그 직원에게 깊은 우정을 느꼈다.

'전쟁터 전우의 한 사람이다. 이 사람은 오늘의 밤샘이 우리 둘을 얼마나 결합시켜 주고 있는지 모를 것이다.'

9 *Vol de nuit*

리비에르는 한 뭉치의 결재 서류를 들고 사무실로 들어갔다. 그때 몇 주 전부터 오른쪽 옆구리에서 그를 괴롭히던 알 수 없는 통증을 느꼈다.

'어딘가 좋지 않은 것 같은데.'

그는 잠시 벽에 기대어 섰다.

'참, 어처구니없는 일이군.'

그는 간신히 안락의자에 몸을 의지했다. 그는 자신이 결박당한 사자처럼 느껴졌다. 그러자 커다란 슬픔이 밀려왔다.

'기껏 이렇게 되려고 그토록 열심히 일해 왔단 말인가! 내 나이 50세. 50년을 살아오는 동안 나 자신을 단련시키고 싸우면서 사건의 방향을 바꿔왔다. 그런데 이제 와서 이런 통증에 맥을 못 추고 중대사인 양 신경을 쓰고 있다니 얼마나 우스운 일인가.'

그는 통증이 가라앉기를 기다리며 땀을 닦았다. 그리고 이후 통증이 가라앉자 일을 시작했다. 그는 천천히 결재 서류를 들여다보았다.

"부에노스아이레스에서 엔진 301을 분해하면서 확인한 결과…' 책임자에게 중징계를 내릴 것임."

그는 결재란에 서명했다.

"플로리아노폴리스 비행장은 명령을 어겼기 때문에…."

그는 결재란에 서명했다.

"징계 처분에 따라 비행장 주임 리샤르를 전근시킬 것임. 그는…."

그는 결재란에 서명했다. 그리고는 일단 가라앉기는 했지만 여전히 몸속에 살아 있는 옆구리 통증이 새삼 스스로에 대해 생각해 볼 것을 강요했기 때문에 그는 씁쓸해졌다.

'내가 공정한 사람인지, 불공정한 사람인지 하는 것은 나도 모른다. 내가 심하게 굴면 사고는 줄어든다. 그 책임은 인간에게 있는 것이 아니다. 그것은 오묘한 힘과 같아서 모든 사람을 벌주지 않으면 아무도 벌 줄 수가 없다. 만약 내가 아주 공정하다면 야간비행은 매번 치명적 운명에 부딪힐 것이다.'

그는 그토록 엄격하게 이 길을 닦아온 것에 대해 피로를 느꼈다. 그러자 문득 동정심이란 좋은 것이라는 생각이 들었다. 그는 이런 저런 생각에 잠긴 채로 계속해서 결재서류를 훑어보았다.

"…우리 작업반에서 오늘부로 로블레를 제명함."

그는 그 늙은이를 떠올렸다. 그러자 오늘 저녁에 그 늙은이와 나누었던 대화가 따라왔다.

"본보깁니다, 유감스럽지만 이건 본보기로 내리는 벌이니 어쩔 수 없소."

"하지만 본부장님…, 본부장님. 한 번만, 단 한 번만 선처해 주십시오! 난 평생을 바쳐서 이 일을 해왔단 말입니다!"

"그렇더라도 본보기가 필요합니다."

"하지만 본부장님! 이걸 좀 봐주세요, 본부장님!"

이렇게 말하며 늙은이는 낡은 지갑에서 오래된 신문지 조각을 꺼내들었다. 그 자신이 젊었을 때, 비행기 옆에 서 있는 사진이 실린 신문이었다. 리비에르는 이 천진한 영광 위에서 떨고 있는 늙은 손을 보았다.

"본부장님, 1910년이었지요. 아르헨티나 노선 최초의 비행기 엔진을 이 곳에서 조립한 사람은 바로 저였습니다. 1910년부터 비행기 작업반 일을 해왔으니…, 어언 20년입니다. 그런데 어떻게 이럴 수가 있습니까, 본부장님. 그러시면 본부장님, 젊은 녀석들이 작업반을 얼마나 비웃겠습니까? 아! 그놈들은 정말 비웃을 겁니다!"

"그건 내가 상관할 바가 아니오."

"본부장님, 그러면 우리 애들은 어떡하라는 말입니까? 저한테는 자식들이 있습니다."

"그래서 잡역부 일자리를 드리겠다고 말했지요."

"본부장님, 그러면 제 체면은요. 제 체면은 어떻게 되는 겁니까! 생각해보세요. 20년 동안 비행기 작업반에서 일해 온 나 같은 늙은 직공을…."

"잡역부 일을 하시오."

"본부장님, 거절하겠습니다. 거절할 것입니다."

늙은 두 손이 떨렸고 리비에르는 쭈글쭈글한 주름이 잡힌 두껍고 아름다운 살갗에서 눈을 돌렸다.

"고집 피우지 말고 잡역부 일을 하시오."

"본부장님, 싫습니다. 그것만은 못하겠습니다. 제 말씀 좀 들어보세요…."

"이제 그만 가보시지요."

리비에르는 다음과 같이 생각했다.

'내가 이렇게 매몰차게 해고한 것은 그 사람이 아니다. 어쩌면 그의 책임이 아닐 수도 있겠지만 그를 거쳐 일어났을지도 모를 잘못을 잘라버린 것이다. 왜냐하면 사건이란 인간의 명령에 따라 복종하다가 터지는 것이기 때문이다. 그리고 인간이란 가없은 물건일 뿐이며 인간 역시 만들어지는 것이다. 그러니 잘못이 인간들을 통해 일어났다면 그들을 제거할 수밖에 없는 것이다.'

"제 말 좀 들어보세요."

그 불쌍한 노인은 무슨 말을 하려고 했을까? 왜 자신의 오래된 기쁨을 빼앗아가는 것이냐고? 비행기 강철 위에서 나는 연장 소리를 그렇게 좋아 했는데, 왜 그의 위대한 시적 인생을 빼앗아 가느냐고? 그리고…, 그도 살아야 한다고 말하고 싶었던 것일까?

리비에르는 '정말 피곤하군' 하고 생각했다. 온 몸을 어루만지는 듯한 열이 났다. 그는 서류를 톡톡 치면서 생각했다.

'그 늙은 동료의 얼굴을 좋아했는데….'

늙은 두 손이 다시 떠올랐다. 두 손을 모으려고 힘없이 움직이던 그 두 손. 이 한 마디로 충분했을 것이다.

'알았어요, 알았어. 그대로 일을 계속 하시오.'

리비에르는 늙은 손에 흘러넘칠 기쁨을 떠올려보았다. 얼굴이 아니라 늙은 직공의 손이 표현할 그 기쁨은 세상에서 가장 아름다운 것일 거라고 생각되었다.

'이 서류를 찢어버릴까?'

리비에르는 늙은이가 저녁에 집으로 돌아가 가족들에게 할 겸손한 자랑을 연상해 보았다.

"그럼 계속해서 일을 하는 거예요?"

"당연한 것 아니겠어? 아르헨티나 노선의 첫 비행기를 조립한 사람이 난데!"

그렇게 되면 젊은 녀석들에게 웃음거리도 안 될 것이며 선배의 위신도 다시 서게 되겠지.

'찢어버릴까?'

그 때 전화벨이 울렸다. 리비에르가 수화기를 들었다. 한참 만에 바람과 먼 공간이 인간의 목소리에 가져다주는 그 울림과 깊이, 이윽고 목소리가 들렸다.

"여기는 비행장입니다. 누구신지요?"

"리비에르요."

"아, 본부장님, 650호가 활주로에 대기 중입니다."

"알았네."

"마침내 준비 완료되었습니다. 마지막 순간에 전기회로를 다시 손봐야 했습니다. 접속에 결함이 있었습니다."

"알았네. 누가 배선했나?"

"확인해 보겠습니다. 허락하신다면 처벌하겠습니다. 기내 전등에 고장이라도 났다간 치명적인 일이 생길 수도 있으니까요!"

"물론이지."

리비에르는 생각했다.

'어디서든 잘못을 발견했을 때 즉시 뽑아내지 않으면 여기저기서 고장이 나게 된다. 우연이라도 잘못의 원인을 발견했을 때 그것을 그냥 눈감아버리는 것은 죄다. 역시 로블레를 해고해야 한다.'

아무것도 모르는 숙직원은 여전히 타자를 치고 있었다.

"그건 뭔가?"

"보름간의 회계입니다."

"그게 왜 아직도 안 된 것인가?"

"그게, 그러니까…."

"일단 나중에 보세."

'사람이 아닌 사건들이 이렇게 큰 작용을 하다니 이상한 일이로군. 위대한 업적 주위에 처녀림을 들어 올리는 것처럼 알지 못할 힘이 나타나 점점 커가고 강해져 솟아오르는 것이 이상하

다.'

리비에르는 작은 칡넝쿨에 의해 무너진 그 사원들을 생각했다.

'위대한 업적이란….'

그는 마음을 달래보려고 이러한 생각도 해 보았다.

'나는 그 사람들 모두를 사랑한다. 내가 맞서 싸우는 것은 그들이 아니다. 그들을 거쳐서 나오는 그 무엇, 바로 그것이다….'

그는 고통스러웠고 심장은 빠르게 뛰었다.

'나는 내가 하는 일이 옳은 일인지 아닌지 모른다. 나는 인생이니 정의니 슬픔이니 하는 것들의 정확한 가치를 모른다. 한 인간의 기쁨이 얼마나 가치가 있는지 모른다. 떨리는 손이니 연민이니 부드러움이니 하는 것들이 어떤 가치를 지니고 있는지도 정확하게 모른다.'

그는 상상했다.

'인생은 온통 모순 덩어리다. 그저 할 수 있는 한 그럭저럭 살아가는 수밖에 없다…. 그러나 영원히 계속된다는 것, 창조한다는 것, 자신의 덧없는 육체를 무엇과 바꾼다는 것은….'

리비에르는 잠시 생각에 잠겼다가 이어 벨을 눌렀다.

"유럽 우편기 조종사에게 출발하기 전에 나한테 들르라고 전화해주게."

그는 생각에 잠겼다.

'이 우편기가 헛되이 되돌아와서는 안 된다. 내가 부하직원들을 격려해주지 않으면 밤은 언제나 그들을 불안하게 만들 것이다.'

전화벨 소리에 잠이 깬 조종사의 아내는 남편을 바라보며 생각
했다.

'좀 더 자게 둬야지.'

그녀는 잘 빠진 남편의 벗은 가슴에 감탄하며 아름다운 배를
연상했다. 남편은 항구에 정박한 배처럼 편안한 침대에서 쉬고
있었다. 아무것도 그의 잠을 방해하지 못하도록 그녀는 신의 손
길이 바다를 잠재우는 것처럼 손가락으로 주름과 그림자, 파도
를 없애 침대를 편안하게 했다. 그녀는 일어나 창문을 열고 얼
굴에 바람을 쐬었다. 그 방에서는 부에노스아이레스가 내려다
보였다. 사람들이 춤을 추고 있는 옆집에서 음악이 바람을 타고
흘러왔다. 지금은 즐거움과 휴식의 시간이었다. 십만의 성채 안
에 사람들을 꽉 채우고 있는 이 도시, 모든 것이 평화롭고 안전
했다. 그러나 그녀는 누군가 "전투준비!" 하고 소리칠 것만 같
았고 그러면 오직 한 남자, 자기 남편만이 벌떡 일어날 것 같았
다. 그는 아직 잠들어 있지만 그것은 곧 돌격해야 하는 예비대
의 불안한 휴식이었다. 이 잠든 도시는 남편을 지켜주지 않고
있었다. 남편이 도시의 먼지 속에서 젊은 신처럼 일어날 때면

그 불빛들은 그에게 덧없는 것으로 여겨질 것이다. 그녀는 남편의 단단한 두 팔을 바라보았다. 한 시간 뒤면 유럽 노선 우편기를 몰, 한 도시의 운명만큼이나 중대한 책임을 지고 있는 팔이었다. 그녀는 마음이 혼란스러웠다. 수백만의 사람들 가운데 오직 남편만이 이 얄궂은 희생을 각오하고 있었다. 그녀는 가슴이 아팠다. 남편은 아내의 따뜻한 품에서 빠져나가는 것이었다. 남편을 먹이고 보살피고 어루만져주었던 것은 그녀 자신을 위해서가 아니라 이제 그를 앗아갈 이 밤을 위해서였다. 그녀가 전혀 모르는 투쟁과 불안과 승리를 위해서였다. 다정한 남편의 손길은 길들여진 것에 불과했다. 그리고 정작 그녀는 그 손이 하는 진정한 일은 알 수가 없었다. 그녀는 그의 미소와 남편으로서 애쓰는 마음을 알고 있었다. 하지만 폭풍우와 맞서 싸울 때의 숭고한 분노는 모르고 있었다. 그녀는 음악이니 사랑이니 꽃이니 하는 다정한 것들로 남편을 묶어 놓고 있었다. 하지만 매번 출발할 시간이 되면 남편은 괴로워하는 기색도 없이 그 끈들을 풀어버렸다. 남편이 눈을 떴다.

"지금 몇 시요?"

"자정이에요."

"날씨는 어떻소?"

"모르겠어요…."

남편이 일어나 기지개를 켜며 창가로 걸어갔다.

"그리 춥지는 않겠군. 바람이 어느 쪽으로 불지?"

"그걸 내가 어떻게 알아요?"

그는 창밖으로 몸을 구부렸다.

"남풍이로군. 좋았어. 적어도 브라질까지는 순조롭게 갈 수 있겠어."

그는 달을 바라보고는 부자가 된 것처럼 뿌듯한 기분이 들었다. 그리고는 도시를 내려다보았다. 불빛 찬란한 도시가 정답게도 따뜻하게도 느껴지지 않았다. 어느새 그에게는 그 불빛들이 헛된 모래처럼 무너지는 모습이 보였다.

"무슨 생각을 하세요?"

그는 포르트알레그레 쪽에 안개가 끼었을지도 모른다는 생각을 하고 있었다.

'전략이 있지. 어디로 해서 돌아가야 하는지 알고 있거든.'

그는 여전히 창밖으로 몸을 내민 채였다. 그는 발가벗고 막 바다로 뛰어들려는 사람처럼 깊은 숨을 들이쉬었다.

"당신은 슬퍼하는 기색조차도 없군요…. 이번에는 얼마나 걸리죠?"

일주일 혹은 열흘, 그도 알 수 없었다. 슬프다니, 천만에. 왜 슬프단 말인가? 그 들판과 도시와 산들…, 그것들을 정복하러 떠나는 홀가분한 기분이었다. 그는 한 시간 안에 부에노스아이레스를 정복했다가 버리게 될 것이라는 생각도 했다. 그는 미소 지으며 생각했다.

'이 도시…, 나는 순식간에 여기서 멀어질 것이다. 밤에 떠난다는 것은 멋진 일이야. 남쪽을 향해 가스 핸들을 잡아당기고 10초만 지나면 어느새 풍경은 바뀌어 북쪽을 향해 날아가고 있지. 그 때 도시는 깊은 바다 속에 지나지 않게 되지.'

아내는 남편이 정복하기 위해 버리고 가야 할 모든 것들을 생각하고 있었다.

"집이 싫으세요, 당신은?"

"아니, 집을 좋아하지…."

하지만 아내는 남편의 마음이 이미 집을 떠나 있다는 것을 알고 있었다. 그의 어깨는 벌써 하늘과 대항하고 있는 것처럼 보였다. 그녀는 하늘을 가리켰다.

"날씨가 좋네요. 당신 비행기가 날아갈 노선에 온통 별들이 깔려 있어요."

그는 웃었다.

"정말 그렇군."

그녀는 남편의 어깨에 손을 얹은 뒤 따뜻한 체온이 느껴지자 가슴이 뭉클해졌다. 이 육체가 위협받고 있단 말인가….

"당신은 정말 강한 사람이에요. 하지만 그렇더라도 제발 조심하세요!"

"그렇게 하겠소. 내 조심하리다…."

그는 다시 웃어 보이고는 옷을 입었다. 이 축제를 위해 가장 거친 천으로 된 옷과 가장 무거운 가죽옷을 골라 농부 같은 차림을 했다. 남편의 옷이 두툼해질수록 그녀는 더욱 감탄스레 바라보았다. 그녀는 손수 남편의 혁대를 채우고 장화를 잡아당겨 주었다.

"이 장화는 불편하구려."

"그럼 여기 있는 다른 장화를 신어요."

"끈 하나 갖다 줘요, 보조 램프에 달 만한 것으로."

그녀는 남편을 훑어보았다. 그 두툼한 복장에 허술한 것이 없는지 꼼꼼하게 바로잡아 주었다. 모든 것이 완벽했다.

"참 멋져요, 당신은."

그녀는 남편이 정성껏 머리를 빗는 것을 알아차렸다.

"별들한테 잘 보이려고 그러는 건가요?"

"아니오. 내가 늙었다는 것을 느끼고 싶지 않아서 그러는 것이오."

"그래도 질투가 나는데요…."

그는 또 다시 웃으며 아내에게 키스를 한 뒤 두툼하게 입은 옷

속으로 그녀를 꽉 껴안아 주었다. 그런 뒤 여전히 웃으면서 작은 소녀를 들어 올리듯 번쩍 아내를 안아서는 침대 위에 눕혔다.

"좀 더 잠을 자구려!"

그리고는 문을 닫고 밤의 낯선 사람들 속으로 정복의 첫걸음을 디뎠다. 아내는 그대로 침대에 누운 채로 이제 남편에게는 바다 밑바닥에 지나지 않을 꽃들과 책들의 그 아늑함을, 쓸쓸한 기분으로 바라보고 있었다.

리비에르가 그 조종사를 맞이했다.

"그러고 보니 지난번 비행에서 실수를 했더군. 날씨가 좋았는데도 불구하고 자넨 되돌아왔어. 그대로 통과할 수도 있었는데 말이야. 겁이 났었나?"

뜻밖의 질문을 받고 놀란 조종사는 입을 다물었다. 그는 천천히 두 손을 비볐다. 그러더니 고개를 들어 리비에르를 똑바로 바라보며 대답했다.

"예."

리비에르는 겁이 났었다고 솔직히 말하는 용기 있는 이 젊은 이를 마음 깊이 동정했다. 조종사는 변명해보려고 했다.

"아무것도 보이지 않았습니다. 물론 좀 더 멀리 가면…, 어쩌면…, 무선전신국에서 알려주는 대로…, 그러나 조종석 램프 불빛이 희미해서 제 손도 볼 수가 없었습니다. 날개라도 보려고 표지등을 켜보았지만 아무것도 보이지 않았지요. 다시 올라오기 힘든 커다란 구멍 깊은 곳에 빠져버린 듯한 기분이었습니다. 그 때 엔진이 진동하기 시작했습니다."

"아니야."

"아니라니요?"

"그건 아니야. 나중에 우리가 엔진을 조사해 봤는데 아무 이상도 없었어. 하지만 겁을 먹으면 언제나 엔진이 진동한다는 생각이 드는 법일세."

"누군들 겁먹지 않겠습니까! 산들에 둘러싸여 있었고 올라가려고 하면 거친 회오리바람에 휩싸여버리고 마는데. 아시겠지만 앞이 전혀 안 보일 때…, 회오리 바람이란…, 올라가는 것이 아니라 오히려 100m나 떨어지게 하지요. 자이로스코프는 물론 압력계조차도 보이지 않았어요. 엔진 회전 속도가 떨어지는 것 같더니 뜨겁게 달아오르고, 기름의 압력도 떨어지는 것 같았어요. 그 모든 것이 어둠 속에서 무슨 병처럼 일어났지요. 불 켜진 도시를 다시 보게 되었을 때 얼마나 기뻤는지 모릅니다."

"자넨 상상력이 지나치게 풍부하군. 그만 나가보게."

조종사는 밖으로 나갔다. 리비에르는 안락의자 깊숙이 몸을 파묻고 반백의 머리 위에 손을 얹었다.

"부하들 중에 가장 용감한 친구야. 그날 밤 무사히 돌아올 수 있었던 것은 정말 훌륭한 일이었어. 그렇지만 나는 그 친구를 공포심에서 구해주어야 한다…."

그러다가 다시 마음이 약해지는 것을 느끼자 이렇게 마음을 잡았다.

'사랑 받으려면 동정하기만 하면 된다. 하지만 나는 동정하지 않는다. 아니, 동정하지 않는 것이 아니라 그것을 겉으로 드러내지 않는다. 그러나 나 역시 우정과 인간적인 따뜻함에 둘러싸여 살고 싶다. 의사는 자기 직업 속에서 우정과 인간적인 따뜻함을 얻는다. 그러나 내가 맡은 일은 사건을 방지하는 것이다. 나는 그들을 사건에 대처할 수 있도록 훈련시켜야만 한다. 저녁 때 사무실에서 항공 지도 앞에 있으면 이 알 수 없는 법칙이 잘 느껴진다. 내가 신경 쓰지 않으면, 규칙이 잘 지켜지고 있다고 그대로 내버려두면 이상하게도 사고가 터지고 만다. 마치 나의 의지만이 비행기가 부서지는 것을 막고, 우편기 도착을 지연시키는 폭풍을 막을 수 있기라도 한 것처럼 말이다. 때때로 내 능력에 나 스스로도 놀란다.'

그는 또 이렇게도 생각했다.

'정원사가 잔디밭에서 끊임없이 투쟁하는 것도 어쩌면 이와 같은 것일 게다. 끝없이 잡풀이 자라나는 원시림을 단지 그의 손의 무게만으로 다시 땅 속으로 기어들어 가게 하는 것과 마찬가지다.' 리비에르는 그 조종사를 생각했다.

'나는 그를 두려움에서 구해낸 것이다. 내가 공격한 것은 그가 아니라, 그를 통해서 미지의 것 앞에 인간을 꼼짝 못하게 하는 그 힘을 공격한 것이다. 만약 내가 그의 말을 듣고 동정한다면, 그리고 그의 모험을 진지하게 받아들인다면 그는 자신이 미지의 세계에서 살아 돌아온 것이라고 믿을 것이다. 그런데 사람이 두려워하는 유일한 것이 바로 이 미지란 것이다. 캄캄한 우물 같은 심연 속에 내려갔다가 다시 올라왔지만 아무것도 만나지 못했노라고 말하게 해야 한다. 밤의 가장 깊은 곳까지 내려간 그 조종사를 두터운 어둠 속에서 손이나 비행기 날개를 비춰볼 광부용 작은 램프조차도 없이 어깨만으로 그 미지의 세계에서 헤쳐 나오게 해야 하는 것이다.'

하지만 이런 투쟁 속에서 리비에르와 조종사들은 마음속 깊이 말 없는 우애로 결속되어 있었다. 그들은 싸워 이기겠다는 같은 욕망을 지닌 한 배를 탄 사람들이었다. 밤을 정복하기 위해 치렀던 또 다른 싸움들에 대해 리비에르는 생각했다. 이 암흑의 영토를 정부 관계자들은 탐험되지 않은 미개간지처럼 두려워했다. 어딘지 모를 곳에 밤이 감추고 있는 폭풍과 예기치 못할 안개의 난관을 향해 시속 200km로 비행기를 보낸다는 것이 그들에게는 군사 비행에서나 있을 수 있는 모험처럼 여겨지고 있었다. 맑은 날 밤에 떠나서 폭격을 한 뒤 같은 비행장으로 돌아오면 그만인 것이 군사 비행이었다. 하지만 규칙적인 야간 비행은 실패할 수도 있는 법이다. 그래서 리비에르는 이렇게 대답했다.

"속도 경쟁은 우리에게 죽느냐 사느냐의 문제입니다. 낮 동안 일껏 철도나 배를 앞질러 놓으면 그것을 매일 밤마다 잃고 있기 때문입니다."

리비에르는 지겹게 손익이니 보험이니 특히 여론이니 하는 따위에 대해서 들었다.

"여론이란…, 조성하면 됩니다."

그는 이렇게 대꾸했다. 그는 그러면서 이렇게 생각했다.

'얼마나 많은 시간을 잃어버렸던가! 무엇인가…, 그 모든 것을 능가하는 무엇인가가 있다. 생명이 있는 것들은 살아남기 위해 모든 것과 부딪치며 자신들만의 법칙을 만들어낸다. 그것은 막을 수 없는 일이다.'

리비에르는 언제 어떻게 상업적인 항공이 야간비행을 착수할지는 알 수 없었다. 하지만 이 불가피한 해결책만은 준비해야 했다. 그는 정부 관계자의 초록색 책상보 앞에서 턱을 괸 채 알 수 없는 힘이 솟는 듯한 감정으로 그렇게 많은 반박을 들었던 기억이 났다. 그 반박들은 그에게 이미 유죄 선고를 받은 것처럼 무의미하게 느껴졌다. 그리고 그는 몸속에 묵직하게 뭉쳐지는 힘을 느꼈다.

리비에르는 '내 판단은 무게가 있다. 나는 설득하고야 말 것이다. 그것은 자연스러운 추세다' 하고 생각했다. 모든 위험을 피할 수 있는 완벽한 해결책을 요구했을 때 그는 다음과 같이 대답했다.

"경험이 규칙을 끌어내게 될 것입니다. 규칙을 잘 안다는 것이 결코 경험을 능가할 수는 없습니다."

오랜 투쟁 끝에 리비에르는 승리를 거두었다. 어떤 이들은 '그의 신념' 때문이라고 말했고, 또 다른 이들은 '그의 고집과 밀고 나가는 힘' 때문이라고 말했다. 하지만 리비에르는 자신이 올바른 방향을 제시했기 때문이라고 간단하게 말했다. 하지만 처음에는 얼마나 신중을 기했던가! 비행기는 해뜨기 한 시간 전에 겨우 이륙할 수 있었고, 해가 지고 한 시간 뒤에는 착륙을 해야만 했다. 리비에르는 경험으로 미루어 안전하다는 확신이 들었을 때에만 비로소 우편기를 깊은 밤 속으로 보낼 수 있었다. 동조자 없이 비난까지 받으며, 그는 지금도 외로운 투쟁을 계속하고 있는 것이다.

리비에르는 비행 중인 우편기들이 보내온 마지막 보고를 알아보기 위해 벨을 눌렀다.

    그러는 동안 파타고니아 노선 우편기는 폭풍에 더 가까워지고 있었다. 그리고 조종사인 파비앵은 그 폭풍을 피해 가기를 단념하고 있었다. 그는 번개의 줄기가 그 지방 안쪽으로 깊이 내리꽂히며 구름의 요새를 드러내는 것을 목격했다. 그리고 그것을 보고는 폭풍이 너무도 넓게 펼쳐져 있음을 판단했다. 폭풍 아래쪽으로 지나가보고, 그래도 여의치 않으면 되돌아가리라 생각했다. 비행기의 고도는 1700m를 가리키고 있었다. 그는 고도를 낮추기 위해 핸들을 잡은 손바닥에 힘을 주었다. 그러자 엔진이 심하게 진동하고 비행기가 흔들렸다. 파비앵은 어림짐작으로 하강의 각도를 바꾸었다. 그리고 지도에서 산의 높이를 확인해 보니 500m 였다. 그는 여유를 가지기 위해 700m의 고도로 비행하리라 마음먹었다. 도박에 전 재산을 거는 것처럼 비행기 고도를 낮추는 것이었다. 회오리바람에 휘말리면서 비행기가 심하게 요동쳤다. 파비앵은 보이지 않는 붕괴로부터 위협받고 있는 느낌이 들었다. 그는 되돌아가면 하늘에 총총히 박힌 별들을 다시 보게 될 수 있을 것으로 생각하고 있었다. 하지만 방향을 바꾸지는 않았다. 파비앵은 이길 확률을 계산해 보았다.

다음 착륙지인 트렐레우에서 하늘에 구름이 잔뜩 덮여 있다고 알려온 것으로 보아 아마 이것은 국지적인 폭풍일 것이다. 이 캄캄한 콘크리트 속에서 기껏해야 20분만 견뎌내면 되는 일이었다.

하지만 그러면서도 그는 불안을 느끼고 있었다. 그는 바람이 몰아치는 쪽으로 몸을 기울여 칠흑의 어둠 속에서도 여전히 돌고 있는 저 희미한 빛이 무엇인지 알아보려고 애를 썼다. 하지만 그것은 빛이라고도 할 수 없었다. 짙은 어둠 속에서 일어난 농도의 변화가 아니면 눈이 피로해서 보이는 신기루 같은 것이었다. 그는 무선기사가 전해주는 쪽지를 폈다.

"현재 위치가 어떻게 되지요?"

파비앵도 그것을 알기 위해서라면 무슨 대가라도 치렀을 것이다.

"나도 모르겠소. 우린 그저 나침반에 의지해서 폭풍우 속을 통과해야만 하오. 그리고 그러고 있는 중이오."

그는 다시 몸을 숙였다. 엔진에 달라붙어 있는 배기관의 불꽃 때문에 잘 보이지 않았다. 그것은 달빛만 비춰도 보이지 않을 빛이지만 이 암흑 속에서는 눈에 보이는 모든 것을 흡수해버리고 마는 창백한 한 다발의 불꽃이었다. 그는 그 불꽃을 바라보았다. 그것은 바람에 횃불처럼 무성하게 나부끼고 있었다.

파비앵은 자이로스코프와 나침반을 확인하기 위해 매 30초마다 조종석 밑으로 얼굴을 디밀었다. 그는 더 이상 오랫동안 눈을 부시게 만드는 희미한 적색 램프를 켤 용기조차 나지 않았다. 하지만 다행히도 라듐 숫자판 계기들은 모두 별처럼 창백한 빛을 내고 있었다. 그 곳, 바늘과 숫자들 속에서 조종사는 확실치 않은 안전을 느끼고 있었다. 그것은 파도가 집어삼킨 배속의 선실에서 느끼는 안전과도 다르지 않은 것이었다. 밤과 밤이 품고 있는 모든 것들, 암초와 표류들, 언덕 같은 것들이 하나같이 놀라운 운명을 품고 비행기를 스쳐가고 있었다.

"현재 위치가 어떻게 되는 겁니까?"

무선기사가 다시 물었다. 파비앵은 다시 고개를 들고 왼쪽으로 몸을 기울인 채 끔찍한 마음으로 살펴보기 시작했다. 그는 이 어둠의 굴레에서 벗어나려면 얼마의 시간이 걸리고, 얼마의 노력을 해야 하는지 알 수가 없었다. 영원히 거기서 벗어나지 못할지도 모른다는 의심이 들 정도였다. 왜냐하면 그는 실낱같은 희망을 가지기 위해 수없이 읽고 또 읽어 더럽고 구겨진 작은 종이쪽지에 목숨을 걸고 있기 때문이었다. '트렐레우, 4분의 3 흐린 하늘. 약한 서풍'이라고 적힌 쪽지였다. 만일 트렐레우의 하늘에 구름이 4분의 3만 덮여 있다면 구름 틈새로 도시의 불빛이 보일 것이다. 그러면 적어도….

그는 멀리서 희망을 주는 흐릿한 불빛에 의지해 비행을 계속했다. 하지만 그는 자신 없었기 때문에 무선기사에게 다음과 같이 써서 건네주었다.

'빠져나갈 수 있을지 모르겠음. 돌아가는 길은 날씨가 좋은지 알아봐주게.'

하지만 무선기사의 대답에 그는 놀랐다.

"'이곳으로 귀향 불가능. 폭풍우' 라는 통보가 코모도로에서 왔습니다."

그는 예사롭지 않은 폭풍의 공격이 안데스 산맥을 넘어 대양을 향해 방향을 바꾸고 있음을 감지하기 시작했다. 그렇다면 그가 도시에 닿기 전에 태풍이 먼저 도시들을 휩쓸어버릴 것이다.

"산안토니오의 날씨는 어떤지 물어보게."

"산안토니오에서는 서풍이 불고, 서쪽에서 폭풍이 일고 있으며, 하늘이 완전히 구름으로 덮였다는 회신입니다. 산안토니오에서는 잡음 때문에 이쪽 소리가 영 들리지 않는다고 합니다. 저 역시 잘 들리지 않습니다. 전파 방해 때문에 안테나를 좀 더 올려야 할 것 같아요. 되돌아가겠습니까? 어떻게 하시겠습니까?"

"날 귀찮게 말고 바이아블랑카의 날씨나 물어보게…"

"'20분 이내에 서쪽 바이아블랑카 상공으로 거센 폭풍이 몰아닥치리라 예상됨' 이라는 회신입니다."

"그럼 트렐레우의 날씨는?"

"'폭우를 동반한 태풍이 초속 30m로 서쪽으로 전진 중' 이라는 회답입니다."

"부에노스아이레스에 이렇게 연락하게. '사방이 막혔음. 1000km에 걸쳐 폭풍이 불고 있어 아무것도 보이지 않음. 어떻게 하면 좋을지 알려주기 바람' 이라고."

조종사에게 이 밤은 어느 공항으로도(모든 항구가 접근할 수 없는 것처럼 보였다) 닿을 수 없고, 새벽으로도(1시간 40분이 지나면 연료가 동이 날 것이다) 이르지 못하는 속수무책의 밤이었다. 이제 얼마 안 있어 이 끝없는 어둠 속을 무작정 흘러 다닐 수밖에 없을 것이다. 날이 샐 때까지 버틸 수만 있다면….

파비앵은 이 힘든 밤이 지난 후 파도에 밀려 닿아 있을, 황금빛 모래사장처럼 새벽을 생각했다. 위기에 처한 비행기 아래로 평원이 펼쳐져 있으리라. 평온한 대지는 잠든 농가와 가축 떼와 언덕들을 받치고 있을 것이고, 어둠 속을 떠돌고 있는 모든 표류물들도 해를 끼치지 않는 것들이 되어 있으리라. 할 수만 있다면 그는 새벽을 향해 헤엄이라도 쳐나갈 것이다! 그는 포위당

했다고 생각했다. 좋든 나쁘든 이 칠흑의 어둠 속에서 모든 것
이 해결될 것이다. 그것이 사실이다. 때때로 그는 동이 트는 것
을 볼 때 회복기로 들어서고 있다고 생각했었다. 하지만 해가
뜨는 동쪽을 아무리 뚫어져라 쳐다본들 무슨 소용이겠는가. 그
와 해 사이에는 어찌나 깊은 밤이 가로놓여 있는지 다시는 해가
떠오르지 않을 것만 같아 보였다.

"아순시온 노선 우편기는 순항 중이고 2시경엔 도착할 걸세. 그런데 난항에 빠진 것 같은 파타고니아 노선 우편기는 상당히 지연될 것 같네."

"알겠습니다. 본부장님."

"유럽 노선 우편기를 이륙시키려면 파타고니아 노선 우편기를 기다리지 못하게 될 것 같아. 아순시온 노선 우편기가 도착하는 즉시 지시를 받도록 연락하게. 모든 준비를 다 해놓고."

리비에르는 북쪽 비행장들로부터 온 전신을 다시 읽었다. 유럽 노선 우편기에는 달빛 환한 항로가 열려 있었다.

'맑은 하늘, 보름달, 바람 없음.'

환한 하늘 위로 선명히 드러나는 브라질의 산들은 은빛 파도 속으로 검은 숲의 촘촘한 머리채를 수직으로 담그고 있었다. 그 숲 위엔 달빛이 지치지 않고 쏟아졌지만 그 빛으로 물들지는 않았다. 바다에는 섬들이 표류물처럼 시커멓게 떠 있었다. 그리고 이 달빛은 전 항로에 빛의 샘물처럼 한없이 퍼지고 있었다. 리비에르가 출발 명령을 내리면, 유럽 노선 우편기는 밤새 부드러운 달빛이 흐를 조용한 세계로 들어갈 것이다. 어둠과 빛의 균형을 위협할 것이라고는 아무것도 없는 세계, 맑은 바람의 애무조차 스며들지 않는 세계, 그러나 조금씩 차가워져 몇 시간 내로 온 하늘을 망쳐 놓을 수 있는 그런 바람 한 점 없는 세계로 들어갈 것이다.

하지만 리비에르는 그 환한 달빛 아래서 채굴이 금지된 금광 앞에 선 광부처럼 망설였다. 남쪽에서 일어난 사건들이 야간비행 파수꾼 리비에르를 불리한 입장에 놓이게 했던 것이다. 파타고니아 노선 우편기의 사고로 인해 그의 반대파들은 꽤 유리한 입장에 설 수 있게 되었다. 그로 인해 어쩌면 리비에르의 신념은 힘을 잃게 될 지도 모를 일이었다. 리비에르 스스로에게 그 신념은 확고부동했다. 다만 그의 일에서 생긴 허점이 비극적인 사건을 일어나게 했을 뿐이었다. 이번 비극적인 사건도 그 허점을 드러내주었을 뿐 다른 아무것도 증명해주지 않았다.

'어쩌면 서부 지방에 관측소가 필요할지도 모른다. 생각해봐야겠군.'

그는 또 이런 생각도 했다.

'야간비행을 계속해야 할 이유엔 어떠한 변화도 없다. 게다가 사고를 일으킬 수 있는 원인 하나가 줄었다. 이번 사고의 원인이 밝혀졌으니까. 실패는 강자를 더 강하게 만든다. 불행하게도 사람을 걸고 하는 이 도박에서는 사물의 진정한 의미는 전혀 고려되지 않는다. 표면적으로 이기거나 지거나 할 뿐이지 큰 차이는 없는 것이다. 그런데도 인간은 겉으로 드러나는 실패에 의해 구속당한다.'

리비에르는 벨을 눌렀다.

"아직 아무 연락이 없나, 바이아블랑카에서는?"

"없습니다."

"그 비행장에 전화해주게."

5분 후 그는 다음과 같이 물었다.

"왜 아무런 연락도 없는 것인가?"

"우편기로부터 아무 소식을 받지 못했습니다."

"교신이 완전히 두절된 건가?"

"그건 잘 모르겠습니다. 뇌우가 너무 심합니다. 우편기가 발신을 했더라도 우리가 들을 수 없을 겁니다."

"트렐레우에서는 들린다고 하던가?"

"이곳에서는 트렐레우와도 교신이 되지 않습니다."

"전화해보도록 해요."

"했습니다만 전화선이 끊어졌습니다."

"그래, 거기 날씨는 어떻소?"

"아주 나쁩니다. 서쪽과 남쪽에서 번개가 치고, 몹시 무덥습니다."

"바람은?"

"아직 약합니다만 10분이 지나면 거세질 것 같습니다. 번개가 빠르게 가까워지고 있습니다."

잠시 침묵이 지나갔다.

"바이아블랑카? 듣고 있소? 알겠소. 10분 후에 다시 전화 주시오."

리비에르는 남쪽 비행장에서 온 전신들을 뒤적였다. 모두가 우편기의 연락 두절을 알리는 것이었다. 몇몇 비행장에서는 더 이상 부에노스아이레스에 연락을 하지 않고 있었고 지도 위에는 연락이 두절된 지방을 나타내는 표시가 점점 늘어나고 있었다. 이미 태풍이 휩쓸어버린 이들 지방의 소도시들은 문이란 문은 모두 닫고, 캄캄한 길가의 집들은 밤바다에서 표류하고 있는 배처럼 세상과 단절되어 있었다. 새벽만이 그 지방들을 구해줄 것이다. 하지만 지도를 들여다보고 있는 리비에르는 맑은 하늘의 대피소를 발견하리라는 희망을 버리지 않고 있었다. 서른 군데도 넘는 지방 도시의 경찰에 기상을 묻는 전보를 쳐두었는데, 이제 그 답이 오기 시작했던 것이다. 2000km에 걸친 모든 무선전신국들은 어디서든지 우편기와 연락이 닿는 대로 30초 이내에 부에노스아이레스로 연락하라는 지시를 받고 있었다. 그러면 부에노스아이레스에서 파비앵에게 대피소의 위치를 알려

줄 예정이었다.

새벽 1시에 소집된 사무원들이 다시 사무실에 모여 있었다. 그들은 어쩌면 야간비행이 중지될 지도 모른다느니, 유럽 노선 우편기도 이제는 해가 있을 때만 이륙하게 될 지도 모른다느니 하는 이야기를 조심스레 주고받고 있었다. 그리고 그들은 낮은 목소리로 파비앵과 태풍, 특히 리비에르에 대해서 이야기했다. 그들은 바로 옆방에 있는 리비에르가 대자연의 거부로 점점 녹초가 되어갈 것이라고 생각했다. 그러다가 모든 목소리가 한 순간 뚝 그쳤다. 리비에르가 문 앞에 나타났기 때문이었다. 코트를 입고 눈 위까지 깊숙이 모자를 눌러 쓴 영원한 나그네의 모습이었다. 그는 과장을 향해 조용히 다가갔다.

"1시 10분이오. 유럽 노선 우편기 서류는 다 정리되어 있겠지?"

"저…, 제 생각에는…."

"자네는 생각해야 할 것이 아니라 실행해야 하네."

그는 뒷짐을 진 채 천천히 열린 창 쪽으로 돌아섰다. 한 사무원이 그에게 다가왔다.

"본부장님, 회답을 별로 받지 못할 것 같습니다. 내륙 지방에서도 벌써 전화선이 많이 끊겼다는 연락이 왔습니다…."

"알았네."

꼼짝 하지 않은 채 리비에르는 어둠을 응시했다.

이렇듯 매번 들리는 소식이라고는 우편기를 위협하는 것뿐이었다. 전화선이 끊기기 전 각 도시에서 보낸 소식들은 마치 적군의 침략을 알려주듯 태풍이 전진하고 있다는 소식뿐이었다.

'내륙 지방과 안데스 산맥에서 태풍이 몰려오고 있음. 바다를 향해 모든 항로를 휩쓸어가고 있음…'

리비에르는 별들은 너무 반짝이고, 공기는 너무 습하다고 생각했다. 정말 속을 알 수 없는 밤이로군! 밤은 반들거리는 과일의 속살처럼 갑자기 군데군데 썩어들고 있었다. 부에노스아이레스의 하늘에는 아직도 별들로 가득했다. 하지만 그것은 한 순간의 오아시스에 불과한 것이었다. 그것은 우편기의 영역 밖에 있는 항구일 뿐이었다. 나쁜 바람이 불어와 썩게 만드는 위협적인 밤이었다. 정복하기 힘든 밤이었다. 어디선가 한 대의 비행기가 그 깊은 어둠 속에 빠져 위험에 처해 있었다. 그런데도 사람들은 이 해안에서 그저 무기력하게 바라보며 불안에 떨고만 있는 것이었다.

파비앵의 아내는 전화를 걸었다. 남편이 돌아오는 밤이면 그녀는 언제나 파타고니아 우편기의 진행 상황을 예상해보곤 했다.

'지금 트렐레우를 이륙했겠지….'

그리고는 다시 잠들었다. 잠시 후 그녀는 '이제 산안토니오에 다가가고 있을 거야. 도시의 불빛을 보고 있겠지…' 하고 생각했다. 그녀는 일어나 커튼을 젖히고 하늘을 살폈다.

'저 모든 구름들이 그이를 힘들게 하겠는데….'

가끔 달이 목동처럼 산책하는 때도 있었다. 그러면 젊은 아내는 달과 별들, 남편을 둘러싸고 있는 수많은 것들에 안심하며 다시 잠자리에 들었다. 그러다 새벽 1시경이 되면 그녀는 남편이 가까이 있는 느낌이 들었다.

'이제 멀지 않은 곳에 있어. 부에노스아이레스를 보고 있을 거야….'

그녀는 다시 일어나 남편을 위해 음식과 따뜻한 커피를 준비했다.

'그 높은 곳은 굉장히 추울 거야….'

그녀는 남편을 맞이할 때 언제나 눈 덮인 산정에서 내려오는 사람처럼 대했다.

"춥지 않아요? - 아니, 춥지 않소! - 그래도 몸 좀 녹이세요…."

1시 15분경이면 모든 것이 준비되었다. 그러면 그녀는 전화를 걸었다. 오늘 밤 역시 다른 때와 다르지 않게 그녀는 물었다.

"파비앵 씨 착륙했나요?"

전화를 받던 사무원이 약간 당황했다.

"누구십니까?"

"파비앵 씨 아내입니다."

"아! 네…, 그런데 무슨 일로 그러십니까, 부인?"

"제 남편이 착륙을 했나 해서요?"

"아니오."

"그럼, 연착인가요?"

"네…."

또 다시 침묵이 흘렀다.

"네…, 연착입니다."

"아!…."

'아!' 는 상처 입은 육체가 내는 소리였다. 연착은 아무것도 아니다…, 아무것도 아니야…, 하지만 그것이 오래 지연되는 때에는….

"아! 그러면 몇 시쯤에나 도착할 수 있을까요?"

"몇 시쯤에나 도착할 수 있느냐고요? 우리도…, 그건 잘 모릅니다."

이제 그녀는 벽에 부딪치는 듯한 느낌이 들었다. 아무도 대답하지 않았고 그녀는 자신이 던진 질문의 메아리만 듣고 있었다.

"부탁입니다, 말씀해주세요. 남편은 지금 어디에 있는 거지요?"

"어디에 있느냐고요? 기다려보세요…."

이렇게 머뭇거리는 태도가 그녀를 불안하게 했다. 저기 저 벽 뒤에서 무슨 일인가 일어나고 있었다.

"19시 30분에 코모도를 이륙했습니다."

"그 다음은요?"

"그리고는…, 매우 늦어져서…, 날씨가 나빠서 몹시 늦어지고 있습니다."

"아! 날씨가 나쁘다고요…."

저기 부에노스아이레스 하늘에 한가로이 떠 있는 저 달은 얼마나 불공평하고 음흉한가! 그녀는 코모도로에서 트렐레우까지 불과 두 시간밖에 걸리지 않는다는 것이 갑자기 떠올랐다.

"그렇다면 그이가 트렐레우를 향해 무려 여섯 시간이나 비행하고 있단 말이잖아요? 하지만 비행기에서 통신은 보내오겠지요! 그래, 뭐라고 하던가요?"

"뭐라고 했냐고요? 날씨가 이럴 때는…, 잘 아시겠지만…, 통신이 들리지 않습니다."

"날씨가 그렇게 나쁜 건가요?"

"그러면 부인, 무슨 소식이라도 있으면 즉시 전화 드리겠습니다."

"아! 그러니까 아무것도 모르고 있는 거군요…."

"부인, 안녕히 계십시오."

"아니오, 잠깐만요! 본부장님과 통화해야겠어요."

"부인, 본부장님은 지금 매우 바쁘십니다. 지금은 회의 중이라서…."

"그런 건 나하고 아무 상관없는 일이에요. 조금도 상관없단 말이에요. 그러니 본부장님을 바꿔주세요."

과장이 얼굴에 흐르는 땀을 닦았다.

"그럼, 잠깐만 기다려보세요…."

과장은 리비에르의 방문을 밀고 들어갔다.

"파비앵 부인이 본부장님과 통화하기를 원합니다."

리비에르는 생각했다.

'이것이 바로 내가 걱정하던 것이다.'

이 비극의 감정적인 요소들이 나타나기 시작한 것이다. 처음에 그는 이런 감정적인 것들을 거부할 생각을 가지고 있었다. 어머니나 아내는 수술실에 들어가지 않는 법이다. 또한 위험에 처한 배 위에서도 감정을 억제해야만 하는 것이다. 감정이 앞서면 사람을 구하는데 도움이 되지 않는다. 그렇지만 결국 리비에르는 전화를 받기로 했다.

"이리로 전화를 연결시켜주게."

멀리서 떨고 있는 작은 목소리가 들려왔다. 리비에르는 즉시 그 부인에게 아무 대답도 해줄 수 없으리라는 것을 깨달았다. 서로 대치해 이야기해본들 아무 소용도 없는 그런 일이기 때문이다.

"부인, 제발 진정하세요! 이런 직업에서는 오랫동안 소식이 끊기는 것은 흔한 일입니다."

그는 이제 개인적인 작은 비탄의 문제가 아닌, 자기 일과 관련된 문제의 한계점에 미쳐 있는 것이었다. 리비에르 앞에 직면해 있는 것은 파비앵의 부인이 아니라 생의 또 다른 의미였다. 리비에르가 할 수 있는 것은 단지 그 가냘픈 목소리, 너무나 슬프지만 적의에 찬 그 목소리를 들어주고 동정하는 일밖에 없었다. 일과 개인적 행복은 함께 나눌 수 있는 것이 아니라 서로 대립하는 것이었다. 이 부인 역시 가족이라는 절대적인 세계의 이름으로 자신의 의무와 권리를 말하고 있는 것이었다. 저녁 식탁을 밝히는 등불의 이름으로, 자신의 육체를 요구하는 다른 육체의 이름으로, 희망과 애정과 추억의 이름으로 이야기하고 있는 것이었다. 그녀는 자신의 행복을 요구했고 그것이 옳은 것이었다. 그리고 리비에르 역시 옳았다. 하지만 그는 이 부인의 말에 아무것도 반박할 수가 없었다. 그는 가정의 검소한 불빛에 비친 그 자신의 설명할 수 없는 비인간적인 진실을 발견했다.

"부인…."

그녀는 더 이상 듣고 있지 않았다. 그는 그녀가 연약한 주먹으로 벽을 치다가 지쳐 그의 발밑에 쓰러져버린 듯한 느낌이 들었다. 언젠가 다리 건설 현장에서 부상자를 들여다보고 있을 때 한 기사가 리비에르에게 이렇게 말했다.

"이 다리가 한 인간의 얼굴을 이렇게까지 으깨지게 만들 정도의 가치가 있는 걸까요?"

이 다리를 이용하는 농부들 중에서 다른 다리로 돌아가는 수고를 덜기 위해 이렇게 끔찍한 얼굴을 만들어도 좋다고 여길 사람은 한 사람도 없을 것이다. 그럼에도 사람들은 다리를 세운다. 기사는 이렇게 덧붙였다.

"보편적인 이익은 개인의 이익이 모여서 이루어집니다. 그 외에는 아무것도 정당화할 것이 없습니다."

얼마 후 리비에르는 스스로에게 이렇게 대답했다.

"인간의 생명을 값으로 따질 수 없다 하더라도 우리는 항상 뭔가 인간의 생명보다 더 값진 것이 있는 것처럼 행동한다. 그런데 그것이 무엇일까?"

리비에르는 비행기 탑승원을 생각하자 가슴이 메었다. 일이란, 그것이 다리를 건설하는 것이라 할지라도 인간의 행복을 깨뜨린다. 이제 리비에르는 '무슨 명목으로' 행동하고 있는지 스스로 묻지 않을 수 없었다.

'이제 어쩌면 사라져버릴지도 모를 그 승무원들은 행복하게 살 수도 있었을 텐데' 하고 생각하며 저녁 등불이 켜진 황금빛 성역 안에서 얼굴을 숙이고 있는 두 사람의 얼굴을 떠올렸다.

'무슨 명목으로 내가 그들을 그 황금빛 영역에서 빼냈단 말인가?'

무슨 권리로 그들의 개인적인 행복을 빼앗았단 말인가? 그 행복을 지켜주는 것이 최상의 법이 아니었을까? 그런데 그 자신마저도 그런 행복을 깨뜨리고 있었다. 그러나 운명적으로 언젠가는 그 황금빛 성전도 신기루처럼 사라져 버릴 것이다. 늙음과 죽음은 리비에르 자신보다 더 냉혹하게 그 성역을 파괴해 버린다. 어쩌면 이 세상에는 구해내야 할 무엇인가 다른 것, 인간의 생명보다 더욱 영속적인 무엇인가가 존재하는지도 모른다.

어쩌면 리비에르가 일하고 있는 것은 인간의 그런 면을 구하기 위한 것이 아니었던가? 그렇지 않다면 그의 일에는 아무런 정당성이 없다.

'사랑한다는 것, 그저 사랑한다는 것은 얼마나 막다른 골목인가!'

리비에르는 사랑한다는 의무보다 더 큰 의무에 대한 막연한 느낌을 가지고 있었다. 그것 역시 애정에 관계되는 일이겠지만 그것은 여느 애정들과는 아주 다른 것이었다. 그는 어떤 구절 하나가 떠올랐다.

'문제는 그 애정을 영원하게 만드는 것이다….'

어디서 읽었던 구절이던가?

'당신이 당신 속에서 추구하는 것은 죽어 사라진다.'

그는 태양신을 모셨던 페루의 옛 잉카 족의 신전을 떠올렸다. 산 위에 똑바로 서 있는 그 돌들. 그 돌들이 없었다면 오늘날의 인간을 무겁게 지배하는 경이적인 문명에서 무엇이 남아 있겠는가?

'그 옛날의 지도자는 대체 어떤 냉혹함으로, 아니면 어떤 이상한 사랑의 명목으로 백성들에게 산꼭대기에 신전을 쌓으라고 명령하면서 그들 문명의 영원성을 세우게 했을까?

리비에르는 또 다시 저녁이면 야외음악당 주변을 서성이는 작은 도시의 수많은 군중들을 떠올리며 생각했다.

'그런 종류의 행복, 그런 겉치레는…'

옛 통치자들, 그들은 어쩌면 인간의 고통에는 연민을 느끼지 않았지만, 인간의 죽음에 대해서는 엄청난 연민을 느꼈을 것이다. 개인의 죽음에 대해서가 아니라 사막에 묻혀 사라져 버릴 종족에 대한 연민일 것이다. 그래서 그 지도자는 사막에 묻혀버리지 못할 돌기둥이나마 세우고자 백성을 끌고 산으로 갔던 것이다.

어쩌면 네 번으로 접은 이 종이쪽지가 그를 구해줄 지도 모를 것이다. 파비앵은 이를 악물고 그것을 펼쳤다.

'부에노스아이레스와는 통신 불능. 손가락이 감전되어 무전기를 조작할 수조차 없음.'

화가 난 파비앵이 답장을 쓰려고 했다. 그러나 조종간에 손을 떼는 순간 거센 파도와 같은 것에 휩쓸리는 느낌이 들었다. 회오리바람은 5톤이나 되는 금속 안에 든 그를 들어 올리고 흔들어댔다. 그는 답장 쓰기를 단념했다. 그는 다시 조종간을 잡고 공기의 파도를 잠재웠다. 파비앵은 깊이 숨을 들이마셨다. 만일 무전기사가 폭풍우에 겁을 먹고 안테나를 걷어 들이기라도 한다면 도착하는 즉시 그의 얼굴을 박살내버리겠다고 생각했다. 무슨 수를 써서든 부에노스아이레스와 연락이 닿아야 했다. 그곳에서부터 1500km나 떨어진 이 어둠의 심연 속에 빠진 그들에게 구원의 밧줄이라도 던져줄 수 있기라도 한 것처럼. 거의 무용지물이지만, 땅이 있음을 증명해주는 등대와 같은 여인숙의 가물거리는 불빛 하나 없었기 때문에 그는 적어도 목소리라도, 이미 존재하지 않는 세상에서 들려오는 단 한 사람의 목소리라도 필요했다. 조종사는 뒤에 앉은 무선기사에게 이 비극적인 현실을 알리려고 적색 램프 불빛에 주먹을 흔들어보였다. 하지만 무선기사는 황폐해진 공간에 파묻혀버린 도시들과 꺼진 불빛을 내려다보느라 그것을 보지 못했다.

파비앵은 충고가 들려온다면 그것이 무엇이든 다 따랐을 것이다. 그는 다음과 같이 생각했다.

'누군가 나에게 빙빙 맴을 돌라고 한다면 돌겠다. 그리고 곧바로 남쪽으로 진행하라고 한다면…'

커다란 달그림자 아래 아늑하고 평화로운 대지가 어딘가에 존재하고 있을 것이다. 저 아래 안전한 땅의 꽃처럼 아름다운 등불 아래서 지도 위 항로를 들여다보고 있을 학자처럼 박식하고 전능한 동료들은 그 평화의 대지를 알고 있을 것이다. 그런데 그는 회오리바람과 산사태처럼 빠른 속도로 시커먼 급류를 밀어붙이고 있는 이 어둠 외에 대체 무엇을 알고 있단 말인가. 동료들은 구름 속의 이 물기둥과 불꽃 속에 갇힌 두 사람을 버리지 않을 것이다. 그럴 수는 없을 것이다. 그들이 파비앵에게 '기수를 240도 방향으로…'라고 지시한다면 그는 기수를 240도 방향으로 돌릴 것이다. 그러나 그는 혼자였다.

기계까지도 그에게 반항하는 것처럼 느껴졌다. 매번 급강하할 때마다 엔진이 어찌나 심하게 흔들리는지 마치 비행기 전체가 노여움에 부들부들 떠는 것처럼 여겨졌다. 파비앵은 조종석에 얼굴을 박고 자이로스코프 수평기를 들여다보며 비행기를 제압하기 위해 안간힘을 썼다. 천지창조 때의 암흑세계와 같이 모든 것이 뒤범벅이 된 어둠 속에서 길을 잃은 그는 더 이상 하늘과 대지를 구별할 수 없었다. 이제 위치계의 바늘들이 점점 더 빨리 움직이고 있어 숫자를 읽기조차 힘들 정도가 되었다. 이미 그 지침들에게 속은 조종사는 고도를 잃어버린 채 악전고투하며 점점 더 어둠 속으로 빨려들어 가고 있었다. 그는 고도계 숫자를 읽었다. '500m.' 그것은 언덕의 높이였다. 그는 언덕들이 현기증 나는 물결을 일으키며 그를 향해 다가오는 듯한 기분이 들었다. 아주 작은 덩어리에 부딪쳐도 으스러지고 말 텐데 대지의 모든 덩어리들이, 볼트에서 나사가 풀려 나온 듯 그의 주위를 미친 듯이 돌기 시작하였다. 그러더니 심원한 춤을 추며 점점 더 그를 조이면서 그에게로 다가오고 있는 것만 같았다. 그는 최후의 결심을 했다. 충돌의 위험을 무릅쓰고라도 아무 데나 착륙하는 수밖에 없었다. 적어도 언덕이라도 피하기 위해 하나밖에 없는 조명탄을 발사했다. 불붙은 조명탄은 빙빙 돌며 평평한 곳을 비추다 꺼졌다. 그 곳은 바다였다. 그는 재빨리 생각했다.

'다 틀렸어. 40도의 오차를 잡아놓았는데도 항로에서 빗나

가고 말았어. 이건 태풍이야. 대체 육지는 어디에 있는 것일까?

그는 서쪽을 향해 방향을 바꾸었다. 그리고 생각했다.

'이제 조명탄도 없어. 자살이나 마찬가지야…'

언젠가 한 번은 일어날 일이었다. 그런데 뒤에 앉은 동료는…

'안테나를 걷어버린 것이 틀림없어.'

하지만 조종사는 더 이상 그를 원망하지 않았다. 조종사가 이제 두 손을 놓기만 하면 두 사람의 생명은 한낱 먼지처럼 사라져버릴 것이다. 그의 두 손에 동료와 자신의 박동치는 심장이 달려 있는 것이었다. 그러자 갑자기 그는 자신의 두 손에 겁이 났다.

숫양의 발길질처럼 사나운 회오리바람 속에서 조종간의 진동을 완화시키기 위해 그는 온 힘을 다해 핸들을 움켜잡았다. 그렇게 하지 않았다면 그 진동 때문에 비행기 조종석이 부서져버렸을 것이다. 그는 여전히 핸들을 움켜잡고 있었다. 그런데 너무 힘껏 움켜잡은 탓인지 이제는 손의 감각을 느낄 수가 없을 정도였다. 손의 감각을 느껴보려고 손가락을 움직여보았다. 하지만 손이 말을 듣는지 어쩐지 조차도 알 수 없었다. 무엇인가 알 수 없는 것이 자신의 두 팔 끝에 매달려 있었다. 감각도 힘도 없는 얇은 막 같은 것이었다. 그는 생각했다.

'내가 힘껏 잡고 있다는 것만 생각해야 한다…'

그는 자신의 생각이 손끝까지 전달되는지에 대해 알 수 없었다. 단지 어깨의 통증만으로 핸들의 진동을 느끼고 있었기에, '내 손에서 핸들이 빠져나갈 거야. 내 손이 펴질 것이다…' 하는 생각이 들었다. 그러면서도 그는 그런 상상을 했다는 것조차 무서웠다. 왜냐하면 이번에는 그의 두 손이 상상력의 신비한 힘에 복종하여 어둠 속에 그를 놓아버리고는, 천천히 펴지는 것처럼 느껴졌기 때문이었다. 아직은 싸우면서 자신의 운을 시험해 볼 수 있었다. 운명은 외부에서 오는 것이 아니라 내면에 있는 것이다. 인간은 자신이 나약하다는 것을 깨닫는 순간이 있게 마련이다. 그리고 그럴 때면 정신이 아득해지는 것처럼 여러 가지 실수를 하게 되는 것이다. 그런데 바로 그 순간, 폭풍우 틈새로 마치 덫으로 유인하는 죽음의 미끼처럼 그의 머리 위에 몇 개의 별이 반짝였다. 그는 그것이 함정이라는 것을 알았다. 어떤 틈새로 보이는 세 개의 별을 향해 일단 올라가고 나면 다시는 내려올 수 없게 되어 있어 그 곳에서 별을 깨물며 영원히 머물러 있어야 하는 것이다….

하지만 빛에 대한 목마름이 너무나 강했기에 그는 그만 올라가고 말았다.

별들이 주는 지표 덕분에 파비앵은 폭풍의 소용돌이를 피하면서 올라갈 수 있었다. 그를 창백한 별이 자석처럼 끌어당기고 있었다. 그는 불빛을 찾아 그토록 오랫동안 고생을 했다. 그렇기 때문에 아무리 희미한 빛이라도 놓치지 않을 생각을 하고 있었다. 여인숙의 어렴풋한 불빛에도 마음이 뿌듯해지는 것처럼 그는 그토록 애타게 찾았던 그 빛 주위를 죽을 때까지라도 빙빙 돌 것만 같은 기분이 들었다. 그는 이렇게 해서 빛으로 가득 찬 곳을 향하여 올라가고 있었다.

그는 빙글빙글 돌면서 열려 있는 우물 속으로 서서히 올라갔다. 그리고 비행기가 오르고 나면 우물은 다시 닫혀버렸다. 올라갈수록 구름은 그 어두운 진창에서 벗어나 점점 더 맑고 하얀 파도처럼 그를 지나쳐갔다. 파비앵은 구름 사이로 솟아올랐다. 그의 놀라움은 형언할 수 없었다. 어찌나 밝은지 눈이 부실 지경이어서 잠시 눈을 감아야만 했다. 그는 밤하늘과 구름이 그토록 눈부시리라고는 상상도 해보지 못했다. 보름달과 모든 별자리들이 구름을 찬란하게 빛나는 물결로 만들어놓고 있었다. 그가 이렇게 솟아오른 바로 그 순간 비행기는 알 수 없는 무엇에 의해 평정을 되찾아 갔다. 비행기를 기울게 하는 그 흔한 파도 하나 없었다. 그는 방파제를 넘어간 배처럼 보호받는 물결 속으로 들어서고 있었다. 행복한 섬들이 있는 작은 만처럼, 숨겨진 미지의 하늘로 들어서는 것이었다. 비행기 아래 폭풍우는 회오리바람과 폭우와 번개를 동반한 3000m 두께의 또 다른 세상을 만들고 있었다. 하지만 별들을 향해서는 수정과 흰 눈 같은 얼굴을 하고 있었다.

파비앵은 알 수 없는 곳에 도달했다고 생각했다. 그의 손과 옷, 비행기 날개 등 모든 것이 빛을 발하고 있었기 때문이었다. 게다가 그 빛은 별들에게서 내려오는 것이 아니라 그의 아래쪽과 주위에 있는 하얀 구름에서부터 나오고 있었다. 아래에 있는 구름은 달에서 받은 눈처럼 흰빛을 그대로 반사하고 있었다. 탑처럼 높이 솟은 좌우 양쪽에 있는 구름도 역시 마찬가지였다. 비행기는 우윳빛 속에 잠겨 돌고 있었다. 파비앵이 돌아보니 무선기사가 미소 짓고 있었다.

그가 "이젠 됐어요!" 하고 외쳤다. 하지만 그의 목소리는 비행기 소리에 묻혀버렸다. 그래서 그들은 다만 미소만 주고받았다. 피비앵은 다음과 같이 생각했다.

'지금 미소 지을 때가 아닌데 내가 미소 짓다니 완전히 정신이 나갔어. 우린 이제 끝장인데 말이야.'

그렇긴 하지만 그는 수천 개의 암흑의 팔에서는 놓여났다. 한동안 자유롭게 꽃밭을 걷도록 허락된 죄수처럼 그를 결박했던 줄이 풀려진 것이었다.

파비앵은 정말 아름답다고 생각했다. 그는 자신과 무선기사 외에 살아 있는 것이라곤 아무것도 없는, 그 외의 다른 것이라곤 아무것도 없는 세계에서 보석처럼 빽빽하게 쌓여 있는 별들 사이를 방황하고 있는 중이었다. 우화 속에 나오는 도시의 도둑들이 보물창고 안에 갇혀서 도저히 빠져나올 수 없게 된 것과 같았다. 그들은 차가운 보석 속에서 엄청난 부자가 되었다. 하지만 그것은 사형선고를 받은 몸으로 떠돌고 있는 것과 같은 것이었다.

17 Vol de nuit

파타고니아 노선의 기항지인 코모도로리바다비아의 무선기사들 중 한 사람이 갑작스러운 몸짓을 하였다. 그러자 무전실에서 무기력하게 철야 근무를 하고 있던 직원들이 모두 그에게로 몰려들었다. 그들은 환하게 불빛을 받고 있는 백지를 들여다보았다. 무선기사의 손은 머뭇거리고 있었고 연필은 흔들리고 있었다. 무선기사의 손은 여전히 글자를 쓰고 있었지만 손가락은 이미 떨리고 있었다.

"폭풍우인가?"

무선기사는 '그렇다' 는 뜻이 담긴 고개를 끄덕였다. 그는 폭풍우로 인한 잡음 때문에 잘 알아들을 수가 없었다. 잠시 후 그는 알아보기 어려운 부호들을 받아 적고 나서 단어들로 바꾸었다. 사람들은 그런 다음에야 문장으로 읽을 수 있었다.

'폭풍우 위 3800m 상공에 갇혔음. 해상을 벗어났기 때문에 내륙을 향해 정서 방향으로 비행 중. 아래쪽은 완전히 봉쇄되었음. 아직도 해상을 비행중인지도 모름. 폭풍우가 내륙까지 확대되었는지 알려주기 바람.'

뇌우 때문에 그 전신을 부에노스아이레스까지 보내려면 여러 무선국을 차례차례 거쳐야 했다. 그 전신은 이 탑에서 저 탑으로 차례로 점화되는 봉화처럼 밤 속을 전진했다. 부에노스아이레스에서는 다음과 같은 전신을 보내라고 지시했다.

'내륙도 전반적으로 폭풍권. 연료는 얼마나 남았는가?'

'반시간 정도 더 비행할 수 있음.'

이 전신은 여러 무선전신국에서 밤샘하는 무선기사를 통해서 부에노스아이레스까지 전달되었다. 비행기 승무원들은 30분 이내로 태풍 속으로 휘말려들어 땅바닥으로 내동댕이처질 운명에 놓여 있었다.

리비에르는 깊은 생각에 잠겨 있었다. 이제는 더 이상 희망을 가질 수 없었다. 그 승무원들은 밤 속 어딘가로 사라져 버리리라. 리비에르는 어린 시절 깊은 충격을 받았던 한 장면이 떠올랐다. 시체를 찾기 위해 못의 물을 모두 빼내는 장면이었다. 이번에도 대지에서 이 어두운 밤의 덩어리가 모두 흘러가버리기 전에는, 날이 새어 모래사장과 평야와 밀들이 다시 모습을 드러내기 전에는 아무것도 발견하지 못하리라. 어쩌면 순박한 농부가 평화로운 초원과 황금빛 모래사장을 배경으로 팔베개를 하고 잠든 것 같은 그 두 사람을 발견할 지도 모를 것이다. 하지만 그전에 밤이 먼저 그들을 삼켜버릴 것이다. 리비에르는 전설의 바다 속처럼 깊은 밤 속에 묻힌 보물들을 생각했다. 아직은 쓸모없는 꽃일지라도 그 꽃들을 가득 달고 날이 밝기를 기다리는 밤의 사과나무들, 향기와 잠든 어린 양들, 아직 빛깔이 없는 꽃들이 가득한 이 밤은 풍요로웠다. 비옥한 밭이며 젖은 숲이며 싱그러운 개자리풀이 조금씩 조금씩 해를 향해 피어오를 것이다. 이제 더 이상 공격적이지 않는 언덕과 초원 사이에서, 세상의 지혜 속에 두 사람은 잠이 든 것처럼 보일 것이다. 그리고 무엇인가가 보이는 이 세계에서 보이지 않는 세계로 흘러가 버릴 것이다.

리비에르는 파비앵의 부인이 걱정 많고 따뜻한 사람이라는 것을 알고 있었다. 그 사랑은 가난한 아이에게 빌려주었던 장난 감처럼 그녀에게 잠시 빌려주었던 것에 지나지 않았다. 리비에 르는 아직 몇 분 동안은 조종간에 운명을 맡기고 비행하고 있을 파비앵의 손을 생각했다. 애무를 하던 그 손. 어느 가슴 위에 얹 혀 신의 손처럼 가슴을 설레게 했던 그 손. 어느 얼굴 위에 놓여 표정을 변하게 했던 그 손. 기적을 이루던 그 손을 생각했다.

파비앵은 밤의 찬란한 구름바다를 떠돌고 있었다. 하지만 좀 더 아래로 내려간다면 그것으로 끝장일 것이다. 그는 홀로 살고 있는 별자리들 속에서 길을 잃었다. 하지만 그는 아직도 두 손 으로 세상을 붙잡은 채 가슴에 대고 균형을 잡고 있었다. 그는 핸들을 꽉 잡고 인간적인 부의 무게를 실은 채, 절망 속에서도 이 별에서 저 별로 곧 빼앗겨버릴 소용없는 보물을 끌고 다니고 있는 중이었다….

리비에르는 무선전신국 중 어느 한 곳에서는 아직도 파비앵 의 목소리를 듣고 있을 것이라고 생각했다. 이제 파비앵과 세상 을 연결시켜 주는 유일한 것은 단조의 음악적 파동뿐이었다. 신 음 소리도 비명 소리도 없었다. 그러나 그것은 절망이 만들어낸 가장 순수한 음악이었다.

로비노가 그를 고독한 생각에서 깨어나게 했다.

"본부장님, 제 생각엔…, 이렇게 해보는 것이 어떨까 하는 데요."

로비노는 제안할 아무것도 없었다. 하지만 그렇게라도 해서 자신의 성의를 표시하고자 했다. 그는 해결책을 찾고 싶은 간절한 마음에 수수께끼의 해답을 찾듯이 궁리를 했다. 하지만 어떤 해결책을 찾더라도 리비에르가 그의 말을 들어준 적은 단 한 번도 없었다.

"이보오, 로비노, 인생에 해결책이란 없는 것이오. 단지 전진하는 힘이 있을 뿐이지. 그 힘을 창조해야만 합니다. 그러면 해결책은 저절로 나오게 되어 있지요."

그래서 로비노는 정비사들 속에서 전진하는 힘을 창조하는 것에 자신의 역할을 한정시켰다. 이 전진하는 보잘 것 없는 힘은 프로펠러축에 녹이 스는 것을 방지하고 있었다. 하지만 이 밤의 사건은 로비노를 무기력하게 만들어버렸다. 감독관이란 직책은 폭풍이나 유령과 별반 다를 것이 없어 승무원들에게 아무것도 해줄 수가 없었다. 승무원들은 이제 정근 수당을 받기 위해서가 아니라 오직 죽음이라는 처벌을 피하기 위해서 사투를 벌이고 있는 중이었다. 그것은 로비노의 처벌을 무기력하게 만드는 것이기도 했다. 이제 아무 쓸모가 없어진 로비노는 할일 없이 이 사무실 저 사무실을 기웃거리고 있었다.

파비앵의 아내가 면회를 청했다. 불안에 사로잡힌 그녀는 사무실에서 리비에르가 만나주기만을 기다리고 있었다. 사무원들은 몰래 눈을 들어 그녀의 얼굴을 쳐다보았다. 그 때문에 그녀는 일종의 수치심을 느꼈고 두려운 듯 주변을 둘러보았다. 그곳에 있는 모든 것이 그녀를 거부하고 있었다. 시체를 밟고 걸어가듯 일을 계속하고 있는 사람들이 그랬고, 인간의 목숨이나 고통이 무정한 숫자들의 찌꺼기처럼 남아 있는 서류들이 그랬다. 그녀는 자신에게 파비앵에 대해서 말할 수 있는 흔적이 남아 있는지 찾아보았다. 침대와 커피, 꽃다발…. 그녀의 집에서는 모든 것이 남편의 부재를 알려주고 있었다. 하지만 이곳에서는 그 어떤 것도 찾을 수가 없었다. 모든 것이 동정이나 우정, 추억과는 대조적인 것들이었다. 아무도 그녀 앞에서 큰 소리로 말하지 않았기에 그녀가 들은 소리라곤 견적서를 달라고 소리치는 한 직원의 욕설밖에 없었다.

"제기랄! 산토스로 발송하는 발전기의 견적서 말이야."

그녀는 몹시 놀라서 그 사람을 바라보았다. 그리고는 벽에

걸린 지도에 눈길이 머물렀다. 그녀의 입술이 약간 떨리고 있었다. 그녀는 이곳에서는 자신이 생각하고 싶지 않은 진실을 불러일으키는 불편한 존재라는 느낌을 받고는 거북스러워했다. 이곳에 온 것이 후회스러워 어딘가로 숨어버리고 싶었다. 그리고 사람들의 시선을 끌까봐 눈물이 나도 참았고 기침이 나도 참았다. 벌거벗은 몸으로 있어서는 안 될 곳에 있는 듯한 느낌이 들었다. 하지만 파비앵이 사라졌다는 진실은 너무나도 절박한 것이었다. 사람들은 그녀의 얼굴에서 그것을 읽으려고 슬쩍슬쩍 그녀를 바라보는 눈길을 멈추지 않았다. 그녀는 매우 아름다웠다. 그녀는 남자들에게 행복의 성스러운 세계를 보여주고 있었다. 사람들은 자기도 모르는 사이에 하는 행동이 얼마나 숭고한 것을 손상시키는지를 보여주고 있었다. 그 많은 시선을 받으며 그녀는 눈을 감았다. 그녀는 사람들이 자기도 모르는 사이에 어떻게 한 가정의 평화를 깨버릴 수 있는지를 보여주고 있었다.

리비에르가 그녀를 맞아들였다. 그녀는 자신이 준비한 꽃과 커피, 그녀 자신의 젊은 육체에 대해서 호소하기 위해 온 것이었다. 한층 더 냉랭하게 느껴지는 사무실에서 그녀의 입술은 또 다시 갸날프게 떨렸다. 그녀는 완전히 다른 이 세계에서 자신의 진실을 설명하기 어렵다는 것을 깨달았다. 그녀 마음속에 있는 거의 야생적이라 할 수 있는 격렬한 사랑과 헌신이 이곳에서는 귀찮고도 이기적인 모습을 띠고 있는 것처럼 보여 졌다. 그녀는 도망이라도 치고 싶은 심정이었다.

"방해를 해서 죄송합니다만…"

"아닙니다, 부인. 유감스러운 것이 있다면 부인이나 저나 그냥 기다리는 수밖에 달리 어쩔 도리가 없다는 것 뿐이지요."

그녀는 어깨를 약간 으쓱거렸고 리비에르는 그 의미를 금방 알아차렸다.

'집으로 돌아가 보게 될 등불과 준비해 놓은 저녁 식사와 꽃들이 다 무슨 소용이겠어요…'

언젠가 한 젊은 어머니가 리비에르에게 다음과 같이 말한 적이 있었다.

"내 자식의 죽음을 아직도 이해할 수 없어요. 정말 힘든 건 오히려 아주 사소한 것들이에요. 우연히 보게 되는 옷가지며, 한밤중에 깨어났을 때 솟구치는 그리움, 이제는 내 젖처럼 아무 쓸모 없어진 그 애정…"

파비앵의 죽음으로 인해 내일부터는 이 부인에게도 모든 행위와 모든 물건들이 의미를 잃어가기 시작할 것이다. 파비앵은 서서히 그의 집을 떠날 것이다. 리비에르는 마음 깊은 곳에서 우러나는 연민을 내색하지 않았다.

"부인…"

그 젊은 부인은 리비에르에게 어떤 힘을 행사했는지 모른 채 거의 겸손한 미소를 지으며 사무실을 나갔다. 리비에르는 무거운 마음으로 의자에 앉았다.

"하지만 그 부인은 내가 찾고 있는 것을 발견하게 해주었어…"

그는 북부지역 비행장에서 온 방호 전신을 건성으로 토닥거렸다. 그는 다음과 같이 생각했다.

'우리는 영원히 살기를 바라지는 않는다. 다만 행동이나 사물이 갑자기 그 의미를 상실하는 것을 보지 않기를 바란다. 그러면 우리를 둘러싸고 있는 허무함이 나타난다….'

그의 눈길이 전신들에 멈췄다.

'우리에게 있어서 죽음이 스며드는 것은 이런 것들을 통해서이다. 이제는 의미를 상실해버린 이 보고들….'

그는 로비노를 바라보았다. 지금으로서는 아무 쓸모없는 이 무능한 남자는 더 이상 의미가 없는 사람이었다. 리비에르는 그에게 다소 거칠게 말했다.

"내가 일일이 당신 할 일을 일러주어야 하겠소?"

그런 뒤 리비에르는 직원들이 있는 사무실 문을 열었다. 파비앵의 부인은 알아보지 못했다. 하지만 그는 그 조종사의 실종을 분명하게 알려주는 표시들에 충격을 받고 있었다. 파비앵의 비행기인 R. B. 903호의 카드가 게시판의 비행불능 난에 꽂혀 있었다. 유럽 노선 우편기의 서류를 준비하던 사무원들은 출발이 늦어지리라는 것을 알고는 일을 대충대충 게을리 하고 있었다. 이제 비행장에서 아무 목적 없이 밤샘을 하고 있는 작업반들에게 어떤 지시를 내려야 할지 전화로 물어오고 있었다. 생명의 활동력이 약화되고 있었다. 리비에르는 죽음이란 바로 이런 것이라고 생각했다. 그의 작업은 이제 바람 없는 바다에서 고장

난 범선과도 같았다.

그는 로비노의 목소리를 들었다.

"본부장님…, 그들은 결혼한 지 여섯 주밖에 되지 않았습니다."

"가서 일이나 하시오."

리비에르는 사무원들을 둘러보다가 그들 너머에 있는 잡역부들, 정비사들, 조종사들, 신념을 갖고 그의 일을 도와주었던 모든 이들을 바라보았다. 그는 '섬들'에 대한 이야기를 듣고 배를 만들었던 옛날 도시들을 생각했다. 그것은 사람들에게 그들의 희망이 바다에 돛처럼 펼쳐지는 것을 볼 수 있게 하기 위해서였을 것이다. 한 척의 배로 인해 모든 이들이 성장하고 그 자신으로부터 벗어나 자유로워졌던 것이다.

'어쩌면 목적이란 아무것도 정당화시키지 못할지 모르지만, 행동은 죽음으로부터 해방시켜준다. 그 사람들은 그들이 만든 배에 의해서 계속 살아가고 있는 것이다.'

전신들에는 그것의 진정한 의미를, 밤샘하는 직원들에게는 그들의 걱정을, 승무원들에게는 그들의 비장한 목적을 들려줄 때 리비에르 또한 죽음과 대항해 싸우는 것이 될 것이다. 바다에서 바람이 범선을 달리게 하는 것처럼, 삶이 이 비행 작업을 되살릴 때 그는 죽음과 맞서서 싸우는 것이 될 것이다.

이제 코모도로리바다비아에서는 아무 소리도 들리지 않았다. 하지만 20분 뒤, 그곳에서 1000km 떨어진 바이아블랑카에서는 두 번째 전신을 받았다.

"하강함. 구름 속으로 들어감…."

그리고 트렐레우의 무선전신국에서는 분명치 않은 문장 가운데서 두 구절이 나타났다.

"…아무것도 보이지 않음…."

단파란 그런 것이다. 여기서는 들려도 저기서는 들리지 않는 것이다. 그러다 아무 이유도 없이 모든 것이 일순간 변해버린다. 위치를 알 수 없는 그 승무원들은 시간과 공간을 초월해서 살아있는 사람들에게로 존재를 알린다. 그리고 무선전신국의 백지 위에 씌어지는 글자들은 이미 유령이 된 이들이 보내는 글자인 것이다. 연료가 다 떨어진 것일까, 아니면 조종사가 기체 고장으로 인해 충돌 없이 착륙을 시도하겠다는 마지막 카드를 던진 것일까? 부에노스아이레스에서 트렐레우에 지시했다.

"어떻게 된 것인지 물어보시오."

무선전신국의 수신소는 실험실과 비슷했다. 니켈, 구리와 전압계, 그리고 얽혀 있는 전선들, 흰 작업복을 입은 무선기사들은 무슨 간단한 실험이나 하는 것처럼 묵묵히 들여다보고 있다. 그들의 세심한 손가락은 기계를 만지며 금광을 찾는 사람들처럼 자기(磁氣) 띤 하늘을 수색했다.

"그래, 아직 대답이 없소?"

"예, 아직 없습니다."

승무원들이 살아있다는 표시가 될 그 음파를 어쩌면 잡을 수 있을지도 모르는 것이다. 비행기와 표지등이 별들 사이로 다시 올라간다면 그들은 어쩌면 별들의 노래를 들을 것이다…. 몇 초가 흘러갔다. 시간은 정말 피처럼 흘러가고 있었다. 아직 비행을 계속하고 있는 중일까? 매 초가 흐를수록 가능성은 사라지고 있었다. 그러니 흐르는 시간이 모든 희망을 앗아가는 것처럼 여겨졌다. 20세기가 흐르면서 시간이 신전을 건드려 화강암 속에 길을 만들었다. 그리고 마침내 신전을 먼지로 날려버리는 것처럼 이제는 그 수세기가 매 초에 모여져서 승무원들을 위협하고 있는 것이다. 1초, 1초가 무엇인가를 앗아가고 있다. 파비앵의 목소리, 파비앵의 웃음, 파비앵의 미소를 앗아가고 있다. 침묵이 모든 것을 내리누르고 있다. 바다의 무게처럼 승무원 위에 자리 잡은 침묵이 점점 더 무거워지고 있다. 그 때 누군가 주의를 환기시켰다.

"1시간 40분. 연료의 최종한계 시간인데, 아직도 비행한다는 건 불가능한 일이야."

그리고는 조용해졌다. 여행이 끝났을 때처럼 무엇인가 씁쓸하고 맥 빠지는 느낌이 입으로 올라왔다. 무엇인가 알 수 없는 일, 무엇인가 낙담케 하는 일이 일어난 것이다. 니켈과 구리줄이 얽힌 수신소에서 그들은 폐허가 된 공장 위를 떠도는 것 같은 슬픔을 느꼈다. 이 모든 설비들이 무겁고 아무 쓸모없는 무용지물처럼 느껴졌다. 죽은 나뭇가지처럼 보였다. 이제는 날이 새기를 기다리는 수밖에 없었다. 몇 시간 후면 전 아르헨티나에 밝게 날이 샐 것이다. 그래도 사무원들은 모래 언덕 위에서 무엇이 걸려 있을지 모르는 채 천천히 끌어올리는 그물을 기다리는 심정으로 거기 그대로 남아 있을 것이다.

리비에르는 사무실에서 지독한 불운이 인간을 자유롭게 할 때처럼, 참담한 재난 때에나 가질 수 있는 긴장 풀림을 느끼고 있었다. 그는 한 지방의 전 경찰을 긴급 소집케 했다. 더 이상은 아무것도 할 수 없었다. 그저 기다리는 수밖에 없었다. 하지만 초상집에서도 질서는 유지되어야 하는 것이다. 리비에르는 로비노에게 손짓을 했다.

"로비노 감독, 북부지역 비행장들에 이렇게 전신을 치시오. '파타고니아 우편기는 상당 시간 연착될 것으로 보임. 유럽 노선 우편기의 출발을 너무 지연시키지 않기 위해 파타고니아의 우편물은 다음 유럽행 우편기 편에 보낼 것임.'"

그는 몸을 약간 앞으로 굽혔다. 그리고는 무엇인가 중요한 일을 기억해내려고 애를 썼다. 아! 맞아. 그는 또 잊어버릴까봐 감독관을 불렀다.

"로비노 감독."

"네, 본부장님."

"조종사들이 엔진을 1900회 이상 회전하는 것을 금한다는 문서 하나를 작성하시오. 그러면 엔진이 망가지니까 말이오."

"그렇게 하겠습니다, 본부장님."

리비에르는 좀 더 몸을 숙였다. 무엇보다 그는 혼자 있고 싶었다.

"로비노 감독, 그럼 그만 나가 보시오. 이보시오, 그만 나가 보라니까…."

로비노는 그처럼 참담한 일을 당하고도 변함없는 본부장의 태도에 그만 질려버렸다.

이제 로비노는 우울한 기분으로 사무실들을 돌아다녔다. 2시에 떠날 예정이던 우편기의 출발이 취소되고 날이 새어서나 떠나게 되었으니 생명이 정지해버린 것이나 다름없었다. 직원들은 슬프고 무표정한 얼굴로 계속해서 야근을 했다. 하지만 그것은 아무 필요도 없는 밤샘이었다. 북부지방에서는 아직도 재해방지책 전신들을 규칙적으로 보내왔다. 하지만 거기에 씌어진 '맑은 하늘'이니 '보름달'이니 '바람 없음'이니 하는 기상 내용은 불모의 왕국을 연상시킬 뿐이었다. 달빛과 돌뿐인 사막. 로비노가 별다른 이유 없이 무심코 과장이 일하던 서류를 뒤적였다. 그러자 과장은 그 앞에 서서 거만할 정도로 공손히 그 서류를 돌려주기를 기다리고 있었다. 그는 다음과 같이 말하는 듯한 표정을 짓고 있었다.

'그건 제 일 입니다, 이제 그만 하시고 돌려주시죠.'

로비노는 아랫사람의 그런 태도에 기분이 상했지만 대꾸할 만한 말이 생각나지 않아 화난 얼굴로 그 서류를 내밀었다. 과장은 아주 거만한 태도로 자기 자리로 돌아가 앉았다. 로비노는 '저 자를 해고해버려야 했어' 하고 생각했다. 그리고 그는 마음을 진정시키기 위해 오늘 밤의 참사를 생각하며 몇 걸음 걸었다. 로비노는 이 일로 인해 지금까지의 방침들이 변하리라 생각하니 더욱 더 비탄에 빠졌다.

그러다가 그는 저기 자신의 사무실에 틀어박혀 있는 리비에르의 모습이 떠올랐다. 조금 전에 그를 '여보게' 라고 친숙하게 불러준 리비에르의 바로 그 모습이 떠올랐다. 그토록 기댈 데 없는 외로운 사람이 있을까. 로비노는 그에게 깊은 동정심을 느꼈다. 로비노는 표시 나지 않게 리비에르를 동정하고 위로해줄 만한 말을 떠올려 보았다. 아름답게 느껴지는 어떤 감정이 그를 부추겼다. 그래서 그는 조용히 노크했다. 대답이 없었다. 그는 이 고요함 속에 더 크게 문을 두드릴 용기가 나지 않아서 문을 밀고 들어갔다. 리비에르는 그 곳에 있었다. 로비노는 거의 친구처럼 서슴없이, 총알이 빗발치는 전쟁터에서 부상당한 장군을 구해낸 뒤 패전을 함께 겪고 유배지에서 그의 형제가 되는 중사와 같은 심정으로 들어가 보기는 처음이었다. 그는 리비에르에게 '무슨 일이 있어도 나는 당신과 함께 합니다' 라고 말하고 싶은 심정이었다.

리비에르는 고개를 숙인 채 말없이 자신의 두 손을 바라보고 있었다. 그 앞에 선 로비노는 감히 말할 용기가 나지 않았다. 기가 죽었을망정 사자는 여전히 무서웠다. 로비노는 점점 더 충정 어린 말을 준비했다. 하지만 쳐다볼 때마다 푹 수그린 머리, 반백의 머리털, 너무나 쓰디쓴 것을 문 것처럼 꾹 다문 입술과 마주칠 뿐이었다. 마침내 그는 결심했다.

"저, 본부장님…."

리비에르는 고개를 들어 그를 바라보았다. 리비에르는 어찌나 깊고 아득한 몽상에서 깨어났던지 로비노가 앞에 있다는 것도 알아채지 못하는 것 같았다. 그가 어떤 몽상에 잠겨 있었는지, 어떤 감정을 느꼈는지, 마음속에 어떤 슬픔으로 가득 찼는지 그 누구도 알 수가 없었다. 리비에르는 로비노가 살아 있는 증인이기라도 한 것처럼 오랫동안 바라보았다. 로비노는 거북스러웠다. 리비에르가 로비노를 바라보면 볼수록 로비노의 입술이 애매하게 일그러졌다. 리비에르가 로비노를 바라보면 볼수록 로비노의 얼굴은 더욱 붉어졌다. 리비에르에게 로비노는 눈물겨운 선의를 지니고 자발적으로 인간의 어리석음을 증명하러 온 것처럼 생각되었다. 로비노는 혼란스러웠다. 중사도, 장군도, 빗발치는 총알도 통하지 않게 된 것이었다. 어떻게 설명할 수 없는 일이 일어나고 있었다. 리비에르는 여전히 그를 쳐다보고 있었다. 그러자 로비노는 마지못해 자세를 바로하고 왼쪽 주머니에서 손을 뺐다. 리비에르는 계속해서 그를 바라보고 있었다. 마침내 로비노는 너무나 멋쩍은 나머지 왜 그런 말을 하는지도 모르며 다음과 같이 말했다.

"지시를 받으러 왔습니다."

리비에르는 시계를 꺼내 보고는 간단하게 말했다.

"2시로군. 아순시온 노선 우편기가 2시 10분에 착륙할 것이오. 2시 15분에 유럽 노선 우편기를 출발시키시오."

사무실을 나온 로비노는 야간비행을 중지하지 않으리라는 놀라운 소식을 전했다. 그리고 과장에게 말했다.

"검토해야 할 것이 있으니 아까 그 서류를 가져오시오."

과장이 그의 앞으로 오자 그는 다음과 같이 말했다.

"기다리시오."

그래서 과장은 기다렸다.

아순시온 우편기가 착륙을 알려왔다. 리비에르는 아무리 바쁜 일을 당했다 하더라도 한 장 한 장 전신을 들춰보며 그 비행기의 순조로운 비행을 지켜보았다. 이렇게 혼란스러운 가운데 그것만이 그의 신념에 대한 보답이자 증거였다. 전신들을 통해 보고된 안전 비행은 수천의 또 다른 안전 비행의 참고가 되는 것이다.

'매일 밤마다 태풍이 있는 것은 아니다.'

리비에르는 또한 이렇게도 생각했다.

'일단 한 번 길을 닦아 놓으면 그 길을 따라가지 않을 수 없는 것이다.'

나지막한 집들과 천천히 흐르는 강물이, 어우러진 꽃들이 만발한 정원에서 내려오는 것처럼 파라과이에서 차례차례 여러 비행장을 거쳐 오는 그 비행기는 별빛 하나 흐리게 하지 않는 태풍권 밖에서 날아오고 있는 중이었다. 여행용 담요를 두른 아홉 명의 승객들은 보석이 가득한 진열장을 들여다보듯이 창문에 이마를 대고 있었다. 비행기 아래 아르헨티나의 작은 도시들이 흐릿한 어둠 속에서 별들의 도시처럼 황금빛 등불을 점점이 늘어놓고 있기 때문이었다. 앞에 앉은 조종사는 염소를 지키는 목동처럼 달빛에 젖은 두 눈을 크게 뜨고 인간의 생명이라는 귀중한 짐을 두 손으로 지키고 있었다. 부에노스아이레스의 지평선은 벌써 장밋빛으로 물들어 있었다. 곧이어 그 도시의 모든 돌들은 전설 속의 보물처럼 반짝일 것이다. 무선기사는 하늘에서 즐겁게 치는 소나타의 마지막 소절처럼 마지막 전신을 쳐서 보냈다. 리비에르는 그 노래의 뜻을 이해하였을 것이다. 그리고 무선기사는 안테나를 걷어 올리고 기지개를 켠 뒤, 하품을 하고는 미소를 지었다. 이제 도착한 것이다. 막 착륙한 조종사는 유럽 노선 우편기의 조종사가 두 손을 호주머니에 넣은 채 비행기에 기대어 있는 것을 보았다.

"자네 또 가는 건가?"

"그래."

"파타고니아 우편기는 왔는가?"

"기다리지 않기로 했어. 실종됐어. 날씨는 좋아?"

"아주 좋아. 그럼 파비앵이 실종됐단 말인가?"

그들은 그것을 끝으로 더 이상 파비앵에 대해 이야기를 하지 않았다. 깊은 동지애는 말이 필요 없는 것이었다. 아순시온에서 온 우편물들이 유럽 노선 우편기로 옮겨지는 동안 조종사는 머리를 뒤로 젖혀 조종석 등받이에 목덜미를 대고는 미동도 하지 않은 채 별들을 바라보고 있었다. 그는 자기 속에 거대한 힘이 솟아나는 것을 느꼈고 강렬한 기쁨에 휩싸였다.

"다 실었나? 그럼 시동을 걸어" 하는 목소리가 들려왔다. 조종사는 미동도 하지 않고 있었고 누군가가 엔진에 시동을 걸고 있었다. 비행기에 기댄 조종사는 어깨를 통해 그 비행기가 살아 숨 쉬고 있다는 것을 느낄 것이다. 출발한다⋯, 출발하지 못한다⋯, 출발한다! 그렇게 여러 번 헛소문이 떠돈 뒤에야 겨우 조종사는 안심이 되었다. 그의 입이 벙긋이 벌어지자 달빛 아래 그의 치아가 젊은 야수의 이빨처럼 반짝였다.

"조심하게, 밤이니까. 응!"

하지만 그의 귀엔 동료들의 충고가 들어오지 않았다. 그는 두 손을 호주머니에 넣은 채 머리를 뒤로 젖히고 구름과 산, 강과 바다를 향해 소리 없이 웃음 지었다. 조용한 웃음이었지만 나뭇잎을 흔드는 미풍처럼 몸속에서 나와 온 몸을 뒤흔들어 놓았다. 그 웃음은 약하지만, 구름보다도 산보다도 강보다도 바다보다도 훨씬 강했다.

"무슨 일이야?"

"그 바보 같은 리비에르가 글쎄⋯, 내가 겁먹은 줄로 알고 있지 뭔가!"

23 Vol de nuit

1분 후면 그 비행기가 부에노스아이레스의 상공을 지나갈 것이다. 다시 투쟁을 시작한 리비에르는 비행기의 굉음이 듣고 싶어졌다. 별을 향해 행군하는 군대의 힘찬 발소리처럼 나타나 으르렁대다가 사라져버리는 그 소리를 듣고 싶어졌다. 리비에르는 팔짱을 낀 채 사무원들 사이를 지나갔다. 그리고 창문 앞에 멈춰 서 귀 기울여 들으며 생각에 빠져 들었다. 그가 단 한 번이라도 출발을 중지했다면 아마 야간비행은 명분을 잃고 말았을 것이다. 하지만 리비에르는 내일이면 자기를 비난할 마음 약한 사람들을 앞질러 지금 또 다른 한 팀의 승무원을 밤하늘로 보낸 것이다.

승리니, 패배니 하는 이런 말들은 아무 의미도 없는 것이다. 생명이란 이런 이미지들보다 더 값지면서도 더 단순한 것이다. 승리는 한 국민을 약하게 만들고, 패배는 또 다른 국민을 각성시킨다. 리비에르가 겪은 패배는 어쩌면 진정한 승리에 가까워지는 하나의 약속인지도 모르는 것이다. 중요한 것은 앞으로 전진하는 것 뿐이다.

5분 후면 여러 무선전신국에서 비행장들에 경보를 내릴 것이다. 1만 5000km에 걸쳐 퍼져 나가는 생명의 전율이 모든 문제를 해결해줄 것이다. 이미 비행기라는 오르간의 노랫소리가 점점 높이 오르고 있었다. 리비에르는 그의 엄한 시선 아래 고개를 숙인 사무원들 사이를 지나서 천천히 자신의 사무실로 돌아왔다. 위대한 리비에르, 고된 승리를 짊어진 승리자 리비에르였다.

생텍쥐페리가 보낸 사색엽서7

희생이라는 말에는
인격 형성의 의미가 담겨 있다

우리는 개인을 통해 인간의 권리를 확인하는 대신, 집단성의 권리에 대해 먼저 말하기 시작했다. 우리는 인간을 경시하는 집단윤리가 얼마나 슬쩍 끼어들었는지 보아왔다. 이 윤리는 왜 개인이 공동체를 위해 자신을 희생해야 할 책임을 갖는가를 분명히 설명하고 있다. 이 윤리는 왜 공동체가 한 사람을 위해 스스로를 희생하는 책임을 지는지 언어의 기교를 부리지 않고서는 더 이상 설명할 수 없을 것이다.

희생이라는 말에는 분명히 인격 형성의 의미가 담겨 있다.

그러나 신에 대한 개념 없이 어떻게 어린아이들에게 희생정신을 심어 줄 수 있을 것인가? 나는 신이 아닌 다른 것에서 권위를 찾아내는 것이 얼마나 어려운지를 알고 많이 놀랐다. 씨는 높은 곳에서부터 뿌려지기 마련이다.

우리는 누구도 자신에 대해 절망할 필요가 없다

나의 문화는 자아존중을 설파했다. 이것은 자기 자신을 통한 인간존중을 의미한다. 나는 신에 대한 사랑이 왜 인간을 서로 책임지게 하는지, 그리고 그 사랑이 왜 인간에게 희망을 미덕으로 부여했는지 이해한다. 신을 향한 사랑이 개개인을 같은 신령으로 삼았기 때문에, 그들 각자의 손 안에 모든 사람의 구원이 깃들어 있는 것이다.

위대한 신의 전령인 우리는 누구도 자신에 대해 절망할 필요가 없다. 절망이란 자기 안에 있는 신을 부정하는 것과 같다. 희망에 대한 의무는 이렇게 표현될 수 있을 것이다.

"그대는 자신을 소중하게 여기는가? 그대는 그대의 절망으로 무엇을 생각하는가?"

신의 유산인 나의 문화는 개개인에게 모든 사람들을, 그리고 모든 사람들에게 개개인을 책임지게 했다.

함께 겪는 시련이
우리를 영원한 동반자 관계로 결합시킨다

직업은 무엇보다도 인간을 서로 결합시키기 때문에 위대한 것 같다. 진정한 사치는 단 하나뿐인데, 그것은 인간관계라는 사치이다. 오직 물질을 얻기 위해서만 일한다면, 그것은 자신의 감옥을 쌓는 것과 같다. 우리는 자신을 감옥에 가두어 놓고 있다. 인생을 사는데 어떤 가치 있는 것도 주지 못하는 파멸의 돈만을 가진 채, 고독하게.

많은 추억들 중에서 되새겨 볼 만한 가치가 있는 추억이나 내 삶에서 소중했던 순간들은 분명 이 세상의 어떤 재화로도 살 수 없다. 우리는 동반자의 우정을 돈으로 살 수 없다.

우리가 함께 겪는 시련이 우리를 영원히 동반자 관계로 결합시킨다.

남방우편기

제1부

1 Courrier Sud

"라디오로 알려 드립니다. 6시 10분 목적지를 향해 툴루즈 출발. 프랑스~남아메리카행 우편기는 5시 45분 툴루즈 출발."

물같이 맑은 하늘이 별들을 더 또렷하게 보이게 했다. 이어서 밤이 되었다. 사하라 사막은 아무리 가도 모래 언덕만이 달빛 아래에 펼쳐졌다. 우리 머리 위에서는 물건의 모양을 비추어 보여주는 것이 아니라 그 물건들을 꾸미고 있는 램프 빛이 물건 하나하나를 연한 물질로 다듬고 있다. 우리들의 발밑에는 둔한 소리를 내는 두꺼운 모래가 가득 쌓여 있었다. 그리하여 우리는 태양의 무게에서 벗어나 모자를 쓰지 않고 걷고 있었다. 밤, 이 집은….

하지만 어떻게 우리들의 평화를 믿을 수 있겠는가? 남쪽을 향해 끊임없이 무역풍이 불고 있다. 그 바람은 비단결 같은 소리를 내며 해변을 씻어 주고 있었다. 이 곳 바람은 방향을 바꾸거나 속도를 줄이는 유럽 바람 같지 않았다. 그것은 달리는 특급열차처럼 우리에게 불어왔다. 밤에는 가끔 바람이 너무 세차게 불어왔다. 그럴 때면 우리는 바람에 밀려 막연한 목적지를 향해 바람을 거슬러 올라가는 것 같은 느낌이 들었다. 그리고 그런 느낌을 가지고 북쪽을 향해 바람과 맞서 버티고 있었다. 바람은 얼마나 성급했으며 우리는 얼마나 불안했던가!

태양이 떠올라 다시 날이 밝았다. 무어민족(사하라 사막에서 엄격한 제도 하에서 사냥과 목축업을 하고 사는 민족. 주로 모리타니아에서 살며 세네갈과 말리에도 분산되어 있다)은 별로 소란을 피우지 않았다. 에스파냐 요새까지 대담하게 나오는 그들은 이야기하면서 쉴 새 없이 몸짓을 했으며, 총을 장난감처럼 메고 다녔다. 이것은 내막을 본 사하라 사막이었다. 불귀순 부족들은 여기서는 신비로움을 느끼지 못했고, 또 송사리 몇 사람을 보냈다.

우리는 우리 자신의 극히 편협한 모습을 마주보면서 서로 생활하고 있었다. 그러므로 우리는 사막 속에서 고립되어 있다는 것을 깨닫지 못했다. 우리가 멀리 떨어져 있다는 사실을 느끼고 멀리서 바라보기 위해서는 우리는 본국으로 돌아가야만 했을 것이다.

우리는 불귀순 지대가 시작되는 500m 밖으로는 거의 나가지 않았다. 우리는 무어인들의 포로이자 우리 자신의 포로였다. 우리들의 가장 가까운 이웃인 시스네로스와 포르테티엔 부족도

700km나 1000km 지점에서 모암(母岩) 속에 갇힌 것처럼 사하라 사막에 역시 갇혀 있었다. 그들 역시 같은 요새 부근에서 돌고 있었다. 우리는 그들의 별명과 괴벽까지도 알고 있었다. 하지만 우리들 사이에는 생물이 사는 유성과 유성 사이처럼 무거운 침묵이 가로놓여 있었다.

그 날 아침 세상 사람들은 우리들 때문에 걱정하기 시작했다. 마침내 무선 통신사가 우리에게 전보를 가져왔다. 모래 위에 서 있는 두 개의 무선 전신탑이 매주 한 번씩 외부 세계와 우리를 연결시켜 주었다.

"프랑스∼남아메리카행 우편기는 5시 45분에 툴루즈를 출발, 11시 10분에 알리칸테(지중해 연안에 있는 에스파냐의 항구 공업 도시임)를 통과하였음."

툴루즈, 이 선의 시발점인 툴루즈에서 말했다. 멀리서 들려오는 신의 음성처럼 들렸다. 10분 동안에 이 통지는 바로셀로나와 카사블랑카, 아가디르(족. 주로 모리타니아에서 살며 세네갈과 말리에 분산되어 있다)를 거쳐 우리에게 왔다. 그 후 다시 다카르 방면으로 전달되었다. 5000km 항공선의 모든 비행장들은 통지를 받았다. 저녁 6시에 다시 호출하여 또 우리에게 통지가 왔다.

"우편기는 21시에 아가디르에 도착, 카보쥐비에 미슐렝 조명탄으로 착륙이 가능하면 그 곳에 21시 30분 출발할 것임. 카보

쥐비에서는 평상시의 신호등을 준비할 것. 아가디르와 연락하여 통지를 받을 것. 툴루즈에 서명함."

사하라 사막 한 가운데에 고립되어 우리는 카보쥐비의 관측소로부터 아득히 멀리 떨어진 혜성 하나를 지켜보고 있었다. 오후 6시에 남방은 동요했다.

"다카르에서 포르테티엔과 시스네로스와 쥐비에 알림. 우편기 소식을 지금 통지할 것."

"쥐비에서 시스네로스와 포르테티엔과 다카르에 알림. 11시 10분 알리칸테 통과 후 소식 없음."

엔진이 어디에서 돌아가는 소리를 내고 있을 것이다. 툴루즈에서 세네갈까지 사람들은 엔진 소리를 찾으려고 노력했다.

툴루즈. 5시 30분, 공항의 자동차는 비 내리는 밤에 열린 격
납고 입구에 정확히 멈추었다. 500촉광의 전등들은 진열장의
전등처럼 사물들을 눈부시고 적나라하며 정확하게 비추고 있었
다. 아치형 천장 밑에서 말소리는 울리고 맴돌며 침묵을 채우고
있었다.

번쩍이는 기체, 기름때 묻지 않은 엔진 비행기는 새것처럼
보인다. 기사들이 발명가의 손가락으로 만지는 정밀기계. 그들
은 지금 정비를 마친 항공기에서 물러갔다.

"빨리 합시다. 여러분, 빨리 해요…."

우편물은 한 행낭씩 항공기 내부로 옮겨졌다. 재빠른 확인.

"부에노스아이레스…, 다카르…, 모두 서른아홉 개. 맞습니
까?"

"맞습니다."

조종사는 옷을 입는다. 재킷, 비단 스카프, 가죽 비행복, 모피
로 안을 댄 장화. 원기가 없어 보이는 그의 몸은 무겁다. 누가
그를 부른다.

"자! 빨리 갑시다."

두 손에는 회중시계와 고도계, 지도 케이스를 쥐어 손가락이 둔한 그는 서투르게 조종석까지 올라갔다. 자기 생활권을 떠나는 잠수부처럼. 하지만 일단 자리에 앉으면 모든 것이 상쾌해진다. 기사 한 명이 그에게 올라왔다.

"630k."

"좋아, 여객은?"

"세 명."

그는 그들을 보지도 않고 인계받았다. 활주로 책임자는 인부들을 향해 돌아섰다.

"누가 이 엔진 덮개에 쐐기 못을 박았어?"

"제가요."

"벌금 20프랑이네."

활주로 책임자는 마지막으로 훑어 봤다. 모든 것이 완전히 정돈되고, 발레처럼 모든 동작이 규칙적이다. 5분 후면 저 하늘 속을 날게 될 비행기는, 이 격납고 속 정확한 위치에 있다. 비행하는 것도 배의 진수(進水)처럼 빈틈없이 계획되어 있다. 모자라는 쐐기 못 한 개, 그것은 명백한 과오다. 500촉광짜리 이 전등들, 정확한 시선들, 엄격한 검열, 이런 것을 거쳐 이 비행장에서 저 비행장으로, 부에노스아이레스나 칠레의 산티아고에까지 가야 되는 이번 비행은 결코 우연한 일이 아니다. 그것은 탄도

학(彈道學)의 결과다. 폭풍우나 안개나 회오리바람을 만나도 날름쇠 스프링이나 밸브 로커, 다른 기계에서 예상할 수 없는 많은 고장이 발생하더라도 다시 맞추고 간격을 조절하며 고장을 제거하기 위해서다. 특급 열차도 급행열차도 화물선도 여객선도 동원된다! 그래서 부에노스아이레스나 칠레의 산티아고에 최단 시간에 도착한다.

"출발."

조종사 베르니스에게 종이 한 장을 전달한다. 전투 계획서다. 베르니스는 읽는다.

"페르피냥(남불 피레네 산맥 근처 에스파냐 국경 지대에 있는 도시)에서의 통보는 맑은 날씨, 바람 없음. 바로셀로나에서는 폭풍우. 알리칸테는…"

툴루즈 5시 45분.

힘찬 바퀴가 돌면서 받침목을 으스러뜨린다. 프로펠러의 바람을 받은 뒤로 20m에 있는 풀들이 굴러 넘어지는 것처럼 보였다. 베르니스가 손목을 움직임으로써 폭풍을 일으키기도 하고 진압하기도 한다.

점점 계속해서 소리가 더 커진다. 기체가 그 속에 갇혀 거의 고체가 될 정도로, 짙은 바람이 될 정도로 소리가 난다. 그때까지 충족되지 않은 무엇인가가 채워졌다고 조종사가 마음속으로

느낄 때, 그는 '됐어'라고 생각한다. 그리고는 역광선을 받아 곡사포 모양으로 하늘로 뻗친 까만 엔진 덮개를 바라본다. 프로펠러 뒤에는 새벽 풍경이 바르르 떨고 있다. 천천히 역풍을 받으면서 굴러가다가 그는 자기 앞으로 가스 핸들을 잡아당긴다. 프로펠러에 힘입은 비행기는 쏜살같이 달려간다. 첫 번째로 뒷바퀴의 도약이 유연한 대기 위에서 부드럽게 떨어진다. 그리고 마침내 땅바닥이 가죽 띠처럼 바퀴 아래에서 팽팽해지고 빛나는 것처럼 보여 진다. 액체같이 된 대기가 처음에는 느껴지지 않다가 어느 순간 고체로 변했다고 느껴지면, 조종사는 그 고체에 의지해 상공으로 올라간다. 활주로 가장자리에 늘어선 나무들이 지평선에 나타났다 사라진다. 200m를 올라가도 아이들의 장난감 같은 목장과 똑바로 서 있는 나무와 페인트칠한 집들이 아직 내려다보인다. 그리고 숲은 모피 같은 두께를 하고 있다.
사람이 사는 대지….

베르니스는 편안한 자세를 위해 등의 경사와 팔꿈치의 정확
한 위치를 찾는다. 그의 뒤에선 툴루즈 상공에 뜬 낮은 구름이
침침한 역의 대합실 같은 모양을 하고 있다. 어느덧 그는 상승
하고 있던 비행기에 저항을 덜 하며, 손으로 억제하고 있던 비
행기의 힘을 약간 활기 띠게 한다. 그는 자기를 들어올리고 물
결처럼 자기 안에서 퍼지는 파장을 손목을 움직여 없앤다.

알리칸테에는 5시간 후에 도착하고 아프리카에는 오늘 저녁
에 도착한다. 베르니스는 공상에 잠긴다. 그는 마음 편하게 '나
는 정리를 하고 왔다'고 생각한다. 그는 어제 저녁 특급 열차로
파리를 떠났다. 얼마나 이상한 휴가였던가! 그에게는 휴가 동안
의 희미한 추억, 어렴풋한 소란이 아련한 회상이 된다. 그는 이
이후에 후회할 것이다. 하지만 당장은 모든 것이 자기 밖에서
계속되고 있는 것처럼 모든 것을 뒤로 미룬다. 당장은 그가 밝
아오는 새벽과 더불어 새로 태어나 아침 일찍이 그 날을 건설하
는 걸 돕는 듯한 느낌이 들었다. 그는 '나는 한 사람의 노동자에
불과하다. 나는 아프리카 우편 항공로를 건설하고 있다'라고
생각했다. 그리고 매일 세계를 건설하기 시작하는 노동자에게
는 세계가 시작된다.

"나는 정리해 놓고 왔다."

아파트에서의 마지막 날 저녁. 쌓아올린 책 더미 주위에 접혀 있는 신문지, 태워버린 편지, 정리한 편지, 가구들의 커버. 꽁꽁 묶어서 원래의 그의 생활에서 끌어내어 공간에 놓은 모든 것. 그리고 이제 의미를 상실한 심장의 동요.

그는 여행 준비를 하는 것처럼 이튿날을 위해 준비했다. 그는 마치 미국이나 가는 것처럼 그 다음날 비행기를 탔다. 아직 끝내지 못한 많은 일들이 그를 자기 자신에게 얽매어 놓았다. 하지만 갑자기 그는 자유롭게 되었다. 베르니스는 자기가 어떻게 될지 모른다. 무척 쉽게 죽을지도 모른다는 것을 생각하며 거의 공포감에 사로잡혔다. 불시착할 카르카손(남불의 소도시)이 그의 발밑으로 지나갔다.

얼마나 잘 정돈된 세계인가—고도 3000m—상자 속에 들어 있는 목장처럼 정돈된 세계. 집들도 운하도 길들도 모두 인간들의 장난감이다. 밭마다 울타리에 닿아 있고 정원마다 담에 닿아 있는 분할된 세계, 포장석을 깔은 세계. 잡화상 안주인마다 자기 조모의 생활을 되풀이하는 카르카손. 밀폐된 초라한 행복. 그들의 진열장 속에 잘 정리된 인간의 장난감들.

그는 자기가 외롭다고 생각했다. 고도계의 지침판 위로 태양이 반사된다. 빛나고 냉정한 태양. 방향타를 밟았다. 풍경이 완전히 바뀐다. 광선이 광물이어서 대지도 광물성으로 보인다. 생물체를 부드럽고 향기롭고 약하게 만드는 것은 없어진다.

그렇지만 가죽 잠바 속에는 미지근한 육체가 있다–연약한 육체, 베르니스가 있다–두툼한 장갑 속에는 신기한 손이 있다. 주느비에브여, 그대의 얼굴을 손가락 등으로 애무할 줄 알던 손이… 저기가 에스파냐구나.

자크 베르니스, 오늘 그대는 지주처럼 평온하게 에스파냐를 통과하게 될 것이다. 눈에 익은 광경이 하나하나 전개될 것이다. 천둥치는 심한 비바람 속에서도 그대는 편안히 팔꿈치를 놀릴 것이다. 바로셀로나, 발렌시아(남부 에스파냐 지중해에 있는 항구), 지브랄타르(지중해 입구에 있는 에스파냐의 항구)가 그대에게 나타났다가 사라질 것이다. 좋아. 그대는 말려 있는 지도를 펴서 보고나면 뒤에 쌓아둘 것이다. 하지만 그대가 맨 처음으로 우편기를 타게 된 그 전날, 나는 그대가 첫 발자국을 밟던 일과 나의 마지막 충고를 기억하고 있다. 그대는 새벽에 많은 사람들의 묵상을 그대 품안에 받아들여야만 했다. 그대의 연약한 팔 안에, 마치 보물을 외투 속에 가져가듯이 수많은 함정을 통과하여 그 묵상들을 가져가야만 했다. 귀중한 우편물. 생명보다 더 귀중한 우편물이라는 말을 그대는 들었다. 그리고 파손되기 쉬운 우편물. 잘못하면 불꽃이 되어 바람 속에 섞여 흩어지게 될 우편물. 나는 전투 전야를 회상하고 있다.

"그래, 그래서?"

"그래서 자네는 페니스콜라 해변에 가보게. 그땐 어선들을 조심해야 하네."

"그 다음에는?"

"그 다음에는 계속하여 발렌시아까지 불시착할 땅이 있다네. 나는 빨간 색연필로 그 곳을 표시해 놓았네. 만약 어찌 할 도리가 없으면 마른 강에라도 착륙하도록 하게."

파란 전등갓 밑에 지도를 펼쳐 놓은 베르니스는 그 앞에 서서 학창 시절을 회상하고 있었다. 하지만 육지의 모든 지점에서 오늘날 그의 선생은 생생한 비결을 그에게 가르쳐 주었다. 미지의 나라에 대하여 생명력을 잃은 숫자로 표시하는 것이 아니라 꽃이 피어 있는 진짜 밭—정확히는 나무를 조심해야 할 밭—을 가르쳐 주고, 또한 모래가 깔려 있는 해변—저녁 때 어부들을 피해야 할 해변—을 가르쳐 주고 있는 것이다.

자크 베르니스, 그대는 그라나다(에스파냐의 도시)나 알메리아(에스파냐의 항구)의 모르왕 궁전과 회교 사원도 결코 구경하지 못할 것이다. 다만 개천과 오렌지 나무만 구경하게 될 것이며, 그것들이 속삭이는 소리만 듣게 될 것이다.

"이보게 내 말 좀 들어 보게나. 이곳에선 날씨가 좋으면 곧장 통과하게. 하지만 날씨가 좋지 않아서 저공비행을 해야 될 경우에는 왼편으로 가서, 이 계곡 속으로 들어가게."

"내가 이 계곡 속으로 들어가야 한단 말이지요?"

"자네는 잠시 후에 이 고개를 넘어 바다로 나오게 될 걸세."

"이 고개를 지나서 바다로 나온다구요?"

"그리고 비행기 엔진을 조심하게나. 깎아 세운 듯한 절벽과 바위가 있으니 말일세."

"그래도 여의치 못하면요?"

"그땐 요령 있게 빠져 나오게나."

그리고 베르니스는 미소를 지었다. 젊은 조종사는 공상적이다. 바위가 돌팔매 날아가듯 지나가다 자기를 죽일 수도 있지. 어떤 어린애가 달려가는데 누가 그 아이의 이마를 손으로 막아 그를 넘어뜨린다….

"아닐세, 이 사람아, 결코 아닐세! 요령껏 빠져나와야 하네."

그래서 베르니스는 이러한 교육에 자신을 얻었다. 그는 유년 시대에는 에네이드(로마 시인 베르길리우스의 시)에서 자기를 죽음에서 보호하는 비결을 한 가지도 배우지 못했다. 에스파냐 지도를 설명하는 선생의 손가락은 탐험가의 손가락이 아니었다. 그래서 보물도 함정도 발견하지 못했음은 물론 저 목장에 있는 양치는 처녀도 가리키지 못했다.

기름 같은 빛을 내뿜는 이 램프는 오늘 얼마나 감미로운 기분을 퍼뜨리고 있는가. 바다에서 조용하게 만드는 기름 같은 불줄기 밖에는 바람이 불고 있었다. 이 방은 선원들의 주점처럼 이 세계 안에 있는 작은 섬이다.

"포르토(포르투갈산 포도주) 한 잔 하겠나?"

"좋지…."

조종사의 방, 정처 없는 주점, 자주 너를 재건해야만 했다. 회사에서는 전날 저녁에 'X조종사는 세네갈에…, 미국에 배치함…' 이라고 우리에게 통보했다. 그러면 그날 밤으로 모든 인연을 끊어 버리고, 짐 궤짝에 못질을 하고, 자기 방에서 자기 자신과 자신의 사진과 헌 책들을 치워버려야만 한다. 그리하여 자기가 떠난 뒤엔 유령이 지나간 것보다 더 흔적을 남기지 않아야만 한다. 어떤 때는 그 날 밤에 팔에 안긴 어린 딸을 떠밀어낸 뒤 울게 해서 힘이 빠지도록 해야만 한다. 마구 앙탈을 부려도 달래서는 안 되고 지치게 만들어서 새벽 3시에 가만히 내려놓아야만 한다. 아버지의 출발을 받아들여서가 아니라 자기의 슬픔에 순종하는 딸을 가만히 내려놓으면서, '이젠 체념한 모양이지, 울고 있구나' 하고 혼잣말로 중얼거려야만 한다.

자크 베르니스, 그대는 세계를 누비면서 그 후 무엇을 배웠는가? 비행기를? 나는 단단한 수정 같은 하늘 속에서 구멍을 뚫으면서 천천히 전진한다. 도시들은 이 도시에서 저 도시로 하나씩 대체된다. 도시의 형체를 갖추기 위해서는 착륙해야만 한다. 이 보물이 그대에게 주어졌다가 바닷물에 씻기듯 시간에 씻기어 없어지는 것을 그대는 지금 알고 있다. 하지만 처음 비행을 하였을 때 그대가 어떤 사람이 되었다고 생각했으며, 그 사실을 왜 귀여운 소년의 환상과 혼동하고 싶었던가?

그대가 첫 번째 휴가를 받자 그대는 나를 옛날 학교로 데리고 갔었다. 베르니스, 나는 그대가 통과하는 것을 기다리던 사하라 사막에서 우리의 유년 시대의 방문을 우울하게 회상한다. 소나무 사이에 있는 흰 별장, 어떤 방 창문에 불이 켜지고 잠시 후 다른 창문에 불이 켜졌다. 그대는 나에게 이렇게 말했다.

"우리가 처음으로 시를 쓰던 서재가 저기 있지…"

우리는 무척 멀리서 왔다. 우리는 무거운 외투를 입고 세계를 누볐다. 그리고 방랑자인 우리들의 영혼은 우리 자신 속에서 밤새도록 깨어 있었다. 우리는 어금니를 악물고 손에 장갑을 끼고 빈틈없는 여장을 하고 미지의 도시에 착륙했다. 군중은 밀물처럼 우리에게 밀어닥쳤다. 하지만 우리와 충돌하지는 않았다. 우리는 카사블랑카나 다카르 같은 개화된 도시에서만 하얀 플라넬 바지와 테니스 셔츠를 입고 있었다. 탕헤르(모로코의 항구도시)에서는 우리는 모자를 벗고 걸었다. 잠자듯 조용한 이 작은 도시에서는 무장이 필요하지 않았다.

우리는 남자다운 근육을 하고 건장한 모습으로 돌아왔다. 우리는 투쟁하고 고통을 당했으며 끝없는 대지를 통과했다. 그리고 우리는 어떤 여성들을 사랑했고 때로는 죽음을 앞에 두고 담판으로 결정해 왔다. 이것은 다만 우리의 유년 시절을 지배하였던 벌의 대가와 휴가 금지령에 대한 공포를 없애기 위해서며, 토요일 오후에 성적 발표에 대담하게 참석하기 위해서였다.

복도에서는 속삭이는 소리가 들리다가 그 후에는 서로 부르는 소리가 들렸다. 그리고 마지막에는 노인들처럼 온통 서두르는 모습이 보였다. 그들은 램프의 황금색 빛을 받으며 양피지같이 창백한 얼굴을 하고 우리에게 왔다. 하지만 시선은 맑고 명랑했으며, 또한 귀여웠다. 그래서 우리가 다른 사람이 되었다는 것을 벌써 그들이 알고 있다는 걸 우리는 금방 알 수 있었다. 졸업생들은 복수를 하듯이 발소리를 요란하게 내며 모교에 오는 습관이 있다.

그들은 내가 억센 손으로 악수하는 것도, 자크 베르니스의 똑바로 바라보는 시선도 이상하게 생각하지 않기 때문이다. 그들은 우리를 단번에 어른 취급을 하기 때문이다. 그들은 전에는 한 번도 우리에게 말한 적이 없던 오래 묵은 사모스 포도주 병을 가지러 달렸기 때문이다.

저녁식사를 하려고 우리는 모두 식탁에 앉았다. 그들은 등불 주위에 둘러앉은 농부들처럼 램프 갓 밑에 옹기종기 앉았다. 그리고 우리는 그들의 체력이 약해졌다는 것을 알았다.

그들은 관대하지 않을 수 없기 때문에 약했었다. 우리를 죄악과 불행으로 이끌어가지 않을 수 없었던 그 옛날 우리들의 게으름은 소년 시절의 결점에 불과하다고 그들이 일소에 부쳤기 때문이다. 그들이 우리들에게 자제해야 한다고 강경하게 권유하던 우리들의 자만심을 오늘 저녁은 그들이 칭찬하며 고상하다고까지 말하고 있기 때문이다. 우리는 철학 선생님의 고백까지 들었다.

데카르트는 아마 자기 학문의 체계는 부당전제(不當前提)에 근거를 두었을 것이라고 말했다. 파스칼…, 파스칼은 잔인했다는 것이다. 파스칼 자신도 그렇게 많이 노력했음에도 불구하고 인간 자유에 대한 낡은 문제를 해결하지도 못하고 생애를 마쳤다는 것이다. 그런데 그 철학 선생은 결정론과 텐느(19세기 프랑스의 철학자이며 역사가이고 비평가이다) 학설을 반대하고 우리를 그 학설에 물들지 않도록 전력을 기울여 막았다. 그리고 그 선생은 학교를 졸업하는 소년들에게는 인생에서 니체보다 더 혹독한 적은 없다고 생각했다. 그는 우리에게 가증스러운 애정을 고백했다.

니체…, 니체 자신이 그 선생을 동요시켰다. 그리고 물체의 실재성을…, 그 선생은 이제 더 이상 알 수도 없었고 자신이 불안해진다는 것이다. 그리고 다른 사람들은 우리에게 물어 보았다. 우리는 미지근한 이 집에서 나와 인생의 대폭풍우 속으로 들어갔으므로, 우리는 지상의 참다운 날씨에 대하여 그들에게 이야기 해야만 했다. 어떤 여성을 사랑하는 남자가 피루스(기원전 3세기 에피르의 왕. 큰 희생을 치루고 승리를 거두었을 때 인용함)처럼 여성의 노예가 되든지 혹은 네로 황제처럼 잔인한 사람이 되든지를 말해야만 했다. 아프리카와 그 곳의 사막과 하늘이 정말로 지리 선생의 가르침과 같은지를 말해야만 했다.(그런데 자기 몸을 보호하려고 타조가 눈을 감는다구?) 자크 베르니스는 고개를 약간 숙였다. 그는 많은 비결을 간직하고 있기 때문이다. 그러나 선생들은 그 비결을 그로부터 털어놓게 만들었다.

그 선생들은 행동의 도취감과 비행기 엔진 소리를 알고 싶어했다. 그리고 그들은 행복하기 위해서는 자기들처럼 저녁에 장미나무를 잘라주는 것으로 충분하지 못하다는 것을 알고 싶어했다. 이번에는 그가 루크레스(반낭만주의 운동으로 쓴 퐁사르의 비극)나 전도서(구약중의 1서)를 설명하고 충고할 차례. 이 때 베르니스는 비행기 고장으로 사막 속에 떨어지게 되면 죽지 않기 위하여 먹을 것과 물을 얼마나 가져가야 하는지를 그들에게 알려주었다. 베르니스는 마지막 권고를 그들에게 서둘러 말했다. 모리타니아의 조종사를 구출한 비결과 조종사를 화재에서 구출할 때 심사숙고해야 할 일들을 그들에게 설명했다. 그들은 아직도 여전히 불안해하면서도 세상에 이러한 새로운 힘을 발견한 것에 대해 안심하고 긍지를 가지면서 고개를 끄덕였다. 그들이 처음부터 칭찬하던 이 영웅들을 마침내 손가락으로 어루만졌다. 그리고 마침내 그 영웅들을 알게 되어 죽일 수도 있다는 것이다. 그들은 유년 시대의 율리우스 케사르 로마 황제에 대하여 말했다.

하지만 그 선생들을 실망시킬 것이 두려워서 우리는 불필요한 전투 후에 오는 환멸과 쓰디쓴 휴식에 대하여 그들에게 이야기했다. 그런데 제일 연령이 많은 선생이 몽상에 잠겼기 때문에 우리의 마음이 아팠다. 그래서 유일한 진리는 아마도 평화로운 책 속에 있다고 말했다. 그런데 선생들은 이미 그 사실을 알고 있었다. 그 선생들은 사람에게 역사를 가르치고 있었기 때문에 그들은 쓰디쓴 경험을 가지고 있었다.

"자네는 왜 고향에 돌아왔는가?"

베르니스는 대답하지 않았다. 하지만 늙은 선생들은 그의 마음을 알고 있었다. 그들은 눈을 찡끗하며 사랑에 대해서 생각하고 있었다….

하늘에서 내려다 본 대지는 벌거숭이고 죽은 것처럼 보였다. 비행기가 내려오면 대지는 옷을 입는다. 숲이 다시 대지의 속을 채우고 골짜기의 언덕들이 대지의 이랑을 새겨 놓는다. 대지는 호흡하고 있다. 누워 있는 거인의 가슴같이 생긴 산 위를 비행할 때면 비행기에 닿을 정도로 그것이 부풀어 오르는 것처럼 느껴진다. 이제 더 가까이 내려오자 사물들의 통과하는 속도가 마치 다리 밑의 급류처럼 빨라진다. 이것이 단조로운 세계의 와해다. 나무와 집과 마을이 평평한 지평선에서 떨어져 나가 비행기 뒤로 하나 둘 사라진다. 알리칸테의 대지가 솟아올라 옆으로 기울어졌다가 반듯이 고정된다. 바퀴가 땅을 스쳐가고 압연기처럼 땅바닥에 접근하면 땅이 양쪽으로 갈라진다….

베르니스는 무거운 다리로 조종석에서 내린다. 그리고 그는 잠깐 동안 눈을 감는다. 그의 머리 속에는 아직도 비행기 소리와 생생한 광경들로 가득 차 있다. 그리고 그의 다리는 여전히 아직도 비행기의 진동이 가해지는 것처럼 느껴졌다. 그는 사무실로 천천히 들어가 앉았다. 그리고 잉크병과 책들을 팔꿈치로 밀어 제친 뒤, 612호기의 항공 비망 일지를 자기 앞으로 끌어당겼다.

"툴루즈-알리칸데 : 비행시간 5시간 15분."

그는 펜을 멈춘 뒤 피로한 몸으로 몽상에 잠긴다. 어렴풋한 소음이 그에게 들려온다. 어디선지 어떤 여자가 소리를 지르고 있다. 포드 차 운전수가 문을 열고 미소를 띤 얼굴로 사과한다. 베르니스는 이 벽과 문과 커다란 운전수를 주의 깊게 응시한다. 그는 10분 동안 알아들을 수 없는 이야기에 참여하고, 중단했다 다시 시작하곤 하는 몸짓에 한몫 낀다. 이 광경은 비현실적이다. 그렇지만 문 앞에 서 있는 나무 한 그루가 30년 전부터 그대로 서 있다. 30년 전부터 같은 풍경을 이루고 있다.

"엔진 : 특기 사항 없음. 비행기 : 오른쪽으로 기울어짐."

그는 펜대를 놓으며 단순히 '내가 졸았구나' 하고 생각한다. 그리고 관자놀이를 조이던 꿈이 아직도 떠나지를 않는다. 그렇게도 밝은 풍경 위에 비치는 호박색 광선, 잘 정리된 밭과 목장들, 오른편에 있는 몇 마리 안 되는 양떼, 그리고 그 양떼를 둘러싸고 있는 궁형의 파란 하늘. 일종의 '집'이라고 베르니스는 생각한다. 저 풍경, 저 하늘, 저 대지가 일종의 집 모양으로 생겼다고 느껴지던 때가 그는 갑자기 생각난다. 친밀하고 잘 정돈된 집. 모든 것이 완전 수직으로 서 있다. 저 평편한 광경 속에는 아무런 위험도 갈라진 틈도 없었다. 그는 그 풍경 속에 있는 것처럼 생각되었다. 노파들이 그들의 응접실 창가에 서서 시간 가는 줄도 모르고 있다. 잔디가 산뜻했고 정원사는 천천히 꽃에 물을 주고 있다. 노파들은 믿음직한 정원사의 등을 따라 시선을 옮긴다. 번쩍이는 마루 바닥에서 밀초 냄새가 올라와 노파들을 황홀하게 만든다. 집안의 질서는 상쾌했다. 그 날도 바람이 불고 햇빛이 빛나고 소나기가 지나갔으나 겨우 장미꽃 몇 송이를 망가뜨렸을 뿐이다.

베르니스는 "시간이 되었구나, 잘 있어" 하고 출발했다. 그는 폭풍우 속으로 들어갔다. 폭풍우는 파괴자의 곡괭이질처럼 비행기를 악착스럽게 추격한다. 전에도 다른 폭풍우를 보았다. 지나가겠지. 베르니스는 기본적인 생각, 행동을 다스리는 생각밖에는 없었다. 내려오는 회오리바람이 비행기를 내리박히게 하고 질풍에 몰아치는 비가 억수로 쏟아져서 캄캄한 원곡(圓谷)의 산으로부터 빠져나와야 한다는 생각, 이 벽을 뛰어 넘어 바다로 돌아가야 한다는 생각뿐이었다.

충격이! 어디가 부서졌는가? 비행기는 별안간 왼편으로 기울어진다. 베르니스는 한 손으로 비행기를 떠받치다가 두 손으로, 마지막에는 몸 전체로 비행기를 떠받쳤다. '어쩌면!' 비행기는 땅을 향하여 떨어졌다. 이제 베르니스는 망했다. 잠시 후에 부서진 이 집에서, 겨우 알게 된 이 집에서 영원히 밖으로 내던져질 것이다. 평야, 숲, 마을들이 나선형으로 돌면서 그의 앞으로 다가올 것이다. 선명하게 보이는 연기, 나선형으로 도는 연기, 연기만이 공중에서 사방으로 곤두박질을 하는 양떼….

"아! 무섭구나…" 발뒤꿈치질 한 것이 조종색(操縱素)을 자유롭게 만들었다. 조종장치가 꼼짝하지 않았던 것이다. 뭐라구? 태업(怠業)이라구? 아니다. 절대 아니다. 발뒤꿈치로 한 번 차서 세상을 바로잡았다. 얼마나 위험한 사건인가! 사건이라구? 그 순간에는 입안에 쓴 맛과 살 속에 아찔한 기분밖에 없었다. 그래! 그런데 힐끗 바라 본 그 단층! 거기에는 모든 것이 현실 착각에 불과했다. 도로의 운하와 집들은 인간의 장난감이다….

이제 지나갔고, 끝났다. 이 곳에는 하늘이 맑게 개였다. 일기예보가 그렇게 예보했다. '하늘의 4분의 1에 새털구름이 낌.' 일기예보? 기상의 등압선? 보르져센 교수의 '구름의 분류?' 국경일의 일기. 그렇다. 7월 14일다운 일기다. "말라가(에스파냐의 도시)에는 명절날이다"라고 말해야만 했을 것이다. 모든 주민은 누구나 자기 머리 위에 1만m의 맑은 하늘을 소유하고 있다. 새털구름에까지 닿는 하늘. 결코 수족관이 이렇게 밝고 넓은 적은 없었다. 보트 경기 하는 날 저녁 만(灣)은 이렇겠지. 푸른 하늘, 푸른 바다, 선장의 푸른 칼라와 푸른 눈, 빛나는 휴가.

끝났다. 3만 통의 편지가 사라졌다. 회사에서는 '귀중한 우편물, 생명보다 더 귀중한 우편물'이라고 훈계한다. 그렇다, 그 때문에 3만 명의 애인들을 살렸다…. 여인들아, 좀 참아라! 저녁 불빛 속에서 그들에게 가고 있다. 베르니스 앞에는 태양빛이 비치는 대지가, 목장의 파랗게 밝은 천이, 숲의 비단이, 바다의 주름진 베일이 전개된다.

지브랄타르 상공은 어두울 것이다. 그 때에 탕헤르를 향하여 왼쪽으로 선회하면 바다 위에 떠다니는 거대한 대부빙군(大浮氷群) 같은 유럽 대륙을 베르니스는 작별하게 될 것이다….

아직도 갈색 땅으로 성장한 몇 개의 도시를 지나면 그 다음은 아프리카다. 아직 까만 흙반죽으로 성장된 몇몇 도시를 지나면 그 다음이 사하라 사막이다. 베르니스는 오늘 저녁 대지가 옷을 벗는 것을 참관할 것이다. 베르니스는 피곤에 지쳤다. 두 달 전에 그는 주느비에브를 정복하려 파리로 상경했다. 어제 그는 자기의 패배를 깨끗이 청산하고 회사로 돌아왔다. 사라지는 저 평야, 저 도시, 이 불빛들을 바로 베르니스가 포기하는 것이다. 그가 그것들을 던져버리는 것이다. 한 시간 내에 탕헤르의 등대가 빛날 것이다. 자크 베르니스는 탕헤르의 등대가 나타날 때까지는 추억에 잠길 것이다.

제2부

1 Courrier Sud

나는 거슬러 올라가 지난 두 달 동안의 이야기를 하지 않을 수 없다. 그렇지 않으면 그 두 달 동안 무엇이 남겠는가? 내가 이 야기하려는 사건이 호수 안에 갇혀 있는 물처럼, 그저 잊고 있 었던 기억의 물결 위에 조그마한 동요와 파문을 차츰 일으키게 될 때, 내가 그 사건으로 받은, 폐부를 찌르는 듯한 감동이 점점 더 약해지고 마지막에는 온화하게 되어 가라앉을 때, 세상은 다 시 위험 없는 안전한 곳처럼 내게 보일 것이다. 주느비에브와 베르니스의 추억이 내 마음을 쓰리게 한 그 곳을 나는 슬픈 마 음이 별로 생기지도 않은 채 벌써 산책할 수 있지 않은가?

그는 2개월 전 파리로 올라갔다. 하지만 오랫동안 떨어져서 산 뒤인지라 제자리를 찾지 못했다. 그는 이 도시에 거추장스러 운 사람이 되었다. 그는 나프탈렌 냄새가 나는 상의를 입은 자 크 베르니스에 불과했다. 그는 서투르고 우둔한 몸매로 동작하고 있었고 방구석에 잘 정돈해 놓은 트렁크는 불안정하고 일시적이라는 느낌을 나타내 주고 있었다. 그 방은 아직 흰 옷가지와 책들로 점령되지는 않았다.

"여보세요…, 자넨가?"

그는 우정을 조사하고 있는 중이다. 사람들은 환호성을 올리면서 그를 축하해 주었다.

"다시 왔구나! 장하다!"

"응, 그래! 언제 만날까?"

마침 오늘은 시간이 없다. 내일? 내일 같이 골프를 하고 그도 역시 왔으면 좋겠는데. 그는 원하지 않을까? 그럼 모레 만나 저녁식사나 하지. 8시 정각에.

그는 무거운 발걸음으로 댄스홀로 갔다. 그는 댄서들 속에 끼어 탐험가의 옷처럼 외투를 벗지 않고 있었다. 그들은 마치 수족관 속의 붕어처럼 울타리 속에서 밤을 보내고 있다. 그들은 음악을 틀면서 춤을 추고 다시 돌아와 술을 마신다. 이렇게 몽롱한 분위기 속에서 베르니스는 혼자만 정신이 말짱했다. 그는 짐꾼처럼 자기 몸의 우둔함을 느끼고 다리를 버티고 똑바로 서 있다. 그의 정신은 달무리처럼 조금도 흐리지 않았다. 그는 테이블 사이를 통하여 빈 자리로 갔다. 그가 바라보는 여자들의 시선은 딴 곳에 있었고 정기가 없는 것 같았다. 젊은이들은 그가 지나가도록 재빨리 비켜 준다. 밤에 순찰 장교가 다가옴에 따라 보초병의 담배꽁초가 손가락에서 떨어지는 것 같다.

　이러한 세계를 우리는 번번이 보아 왔다. 마치 브르타뉴의 어부들이 별로 늙지 않고 돌아왔을 때 그림엽서 같은 그들의 마을과 너무나 충실한 약혼녀를 만나는 것처럼, 어릴 적에 읽던 책의 삽화처럼 언제나 한결같은 광경이다. 모든 것이 그대로 제자리에 있고 운명의 지배를 받고 있는 것을 보고, 우리의 무엇인가가 침울한 생각이 들어 무서워졌다. 베르니스가 어떤 친구의 안부를 물으면, "그럼, 여전하지. 그의 사업은 썩 잘 되지는 않아. 그러나 자네는 인생을 알지…" 모든 사람들이 자기 자신의 포로이며, 자기와는 달리 알지 못할 브레이크에 걸려 있다. 모든 사람은 도망자고 가난뱅이며 마술사로서 자기와는 다른 존재들이다. 친구들의 얼굴은 두 해 겨울과 여름이 지나서 약간 일그러지고 수축했다. 그는 카운터 구석에 앉아 있는 저 여인도 알아 볼 수 있다. 그녀는 너무나 많은 웃음을 서비스했기 때문에 얼굴이 약간 피곤에 지쳐 있다. 저 술집 주인도 마찬가지다. 그는 자기를 알아볼까봐 겁이 났다. 자기에게 말을 거는 목소리가 죽은 베르니스를, 팔 없는 베르니스를, 탈출하지 못했던 베르니스를 마음속으로 부활시켜야 하는 것처럼.

　돌아오는 도중에 자기 주위의 풍경은 점점 감옥처럼 이루어지고 있다. 사하라 사막의 모래와 에스파냐의 바위들은 연극의 의상처럼 나타나려는 풍경에서 차츰 사라지고 있었다. 마침내 국경을 넘어서자 평화를 천혜(天惠)로 받은 페르피냥이 보였다. 석양이 길게 비스듬히 비추며 점점 흐려지는 들판이 보인다. 풀 위 여기저기서 차차 더 약해지고 더 투명해지며 사라진다기보다는 차라리 증발하는 황금색 옷을 입은 광선이 비친다. 그런데 파란 대기 아래서 파랗고 어두운 색을 가진 부드러운 진흙이 보인다. 조용한 땅바닥, 엔진의 속도를 줄이고 바다 속으로 들어간다. 바다 속에는 모든 것이 쉬고 있고, 벽처럼 분명하고 단단하다.

비행장에서 역까지 통한 자동차 도로. 그의 얼굴 맞은편에 지나가는 무표정하고 굳은 얼굴들. 손바닥에는 각자의 운명에 새겨지고 무릎 위에까지 축 늘어진 손들. 밭에서 돌아오면서 가볍게 스쳐가는 농부들. 자기 집 문 앞에서 10만 명 중 한 사람의 남자를 기다리고 10만 가지의 희망을 단념하는 처녀. 어린애를 흔들어 달래면서 그 아기의 포로가 되어 도망칠 수 없는 어머니들이 보였다. 사물의 신비를 직접 체험하고 정기 항로의 조종사인 베르니스는 짐도 없이 두 손을 주머니에 넣고 가장 친근한 오솔길을 통하여 고향으로 돌아왔다. 담을 한 번 고치기 위하여, 밭떼기를 늘리기 위하여 20년 동안 소송이 필요한 요지부동의 세계로 돌아왔다.

그는 아프리카에서 2년을 보내고, 바다의 표면처럼 움직이고 항상 변하는 풍경, 자기가 빠져나오는 풍경을 2년 동안 겪고 난 뒤에 지금 슬픔에 잠긴 대천사처럼 정말 땅위에 발을 디디고 있다.

"그런데 모든 것이 여전한데…."

모든 것이 변했을 것이라고 걱정했는데 모든 것이 그대로 변치 않은 것을 보고 마음이 괴로웠다. 그는 해후상봉과 우정에서 막연한 권태감을 느꼈다. 멀리서 사람들은 서로 상상하며 그리워한다. 작별 할 때 사람들은 가슴에 상처를 안고, 그러나 또한 보물을 땅속에 파묻고 가는 야릇한 감정을 가지고 애정을 자기 뒤에 포기하고 만다. 이러한 도망은 가끔 그렇게도 아끼는 깊은 사랑을 표시할 때도 있다. 별이 총총 박힌 사하라 사막 속에서의 어느 날 밤, 그가 멀리 떨어진 애정을, 땅 속에 묻혀 있는 씨앗처럼 밤과 시간에 묻혀 있는 뜨거운 애정을 명상하고 있을 때, 잠자는 것을 보기 위해 뒤로 물러선 것 같은 느낌이 갑자기 들었다. 고장 난 비행기에 기대어 사막의 곡선과 지평선의 굴곡을 목전에 두고 그는 목동처럼 자기의 사랑을 지키고 있었다….

"내가 돌아온 것은 다음과 같다."

베르니스는 어느 날 다음과 같은 편지를 내게 써 보냈다.

〈…내 귀환에 대해서는 말하지 않겠네. 내가 감정이 격할 때는 내 자신이 만물의 주인이 된 것처럼 생각되네. 그러나 아무런 감정도 깨어나지 않았네. 나는 1분 후에 예루살렘에 도착한 순례자와 흡사했었네. 욕망도 신념도 사라지고 나는 돌들만 발견했네. 여기 이 도시도 일종의 담일세. 나는 다시 출발하고 싶네. 자네는 내가 맨 처음 출발하던 일을 기억하고 있는가? 우리는 함께 출발했지. 무르시아(에스파냐 남부의 도시)나 그라나다(에스파냐의 도시)는 진열장 속의 골동품처럼 과거 속에 파묻혀 누워 있다네. 우리는 그 곳에 착륙하지 않았기 때문이네. 그 도시는 여러 세기가 지나는 동안 그 곳에 남아 있네. 엔진은 짙은 소음을 내어 다른 소리가 들리지 않았고 그 뒤에는 풍경이 필름처럼 묵묵히 지나가고 있네. 그리고 우리는 상공을 높이 비행하고 있기 때문에 추웠지. 그 도시들은 얼음 속에 묻혀 있었어. 자네, 기억나는가?

나는 그 때 자네가 내게 주었던 서류들을 아직도 간직하고 있네.

'저 덜컹거리는 이상한 소리를 조심하게…, 그 소리가 점점 더 커지면 해협으로 들어가지 말게.'

'2시간 후 지브랄타르에서 다라파(에스파냐의 해변에 있는 도시)를

기다렸다 횡단하게. 그게 상책일세.'

'탕헤르에서는 너무 오랫동안 있지 말게. 지면이 무르니까.'

단지 이런 말들을 가지고 우리는 세상을 정복하는 것이네. 나는 자네의 짤막한 명으로 무척 뛰어난 전략의 계시를 받았네. 전혀 보잘것없는 조그마한 도시 탕헤르는 내가 처음 정복했던 곳이네. 이 도시가 내가 맨 처음으로 불법 침입한 곳이었다는 것을 자네도 알 걸세. 그렇지, 우선 수직으로 그러나 멀리서 내려야지. 그 후에 점점 내려가는 동안 목장과 꽃들과 집들이 활짝 피어나지. 어둠 속에 잠겨 있던 도시를 내가 광명으로 이끌었고 그 도시는 활기를 띠었지. 그리고 갑자기 굉장한 발견을 했어. 우리가 있던 곳에서 500m 떨어진 곳에서 밭을 갈고 있던 그 아랍인을 내가 유인하여 우리 부대 사람으로 만들었지. 그 아랍인은 정말로 나의 전리품이거나 내 창작물 아니면 내 노리개였어. 나는 인질을 하나 잡았기 때문에 아프리카는 이제 내 소유가 되었네.

2분 후에 풀밭에 서 있는 나는 생명이 다시 시작한 어떤 별 위에 앉은 것처럼 젊고 생소한 생각이 들었네. 이 새로운 풍토 속에서, 그 땅 위에서, 그 하늘 아래서 나는 어린 나무인 양 생각되었네. 그리고 나는 상쾌한 시장기를 느끼며 여독으로 기지개를 폈네. 나는 조종의 피로를 풀기 위해 성큼성큼 탄력성 있게 걸었으며, 착륙할 때 내 그림자를 볼 생각을 하고 웃었다네.
그리고 이 봄을, 툴루즈에서 우중충한 비가 온 뒤의 봄을 자네
는 회상하는가? 삼라만상 사이를 순환하던 그렇게 신선한 공
기. 모든 여자들은 저마다 비밀을 간직했었지. 어조에도, 동작
에도, 침묵에도. 그래, 모든 여성들이 탐스러웠지. 그리고 자네
도 나를 잘 알겠지만, 내가 예감은 가졌으나 무엇인지 알지 못
하던 것을 빨리 출발하여 더 멀리서 찾으려고 서둔 일을 자네는
알겠지. 나는 개암나무 가지를 흔들면서 보이 있는 데까지 세계
각처를 돌아다니는 지하수 탐색자이기 때문이었네.

그래서 내가 무엇을 찾았는지 자네가 말해 주겠는가? 그리고
내 창문에 이마를 대고 내 친구들과 내 욕망과 내 추억의 도시
를 내다보면 무엇 때문에 내가 실의에 빠졌는지 말해 주겠는
가? 내가 무엇 때문에 처음으로 단번에 우물을 찾지 못하고 보
물로부터 그렇게 멀리 떨어져 있는 것 같은 생각을 가졌던가?
사람들이 내게 했던 알지 못할 그 약속, 알지 못할 신이 지키지
않는 그 약속이란 어떤 것인가?

'나는 그 샘을 다시 발견했네. 자네는 기억나는가? 그것은 주
느비에브일세…'〉

주느비에브여. 베르니스 편지에서 그 말을 읽으면서 나는 눈

을 감았고 어릴 때의 그대 모습이 눈에 선했다. 우리가 열세 살 때 그대는 열다섯 살이었다. 우리의 추억 속에서 그대는 어떻게 늙을 수가 있겠는가? 그대는 그 때 연약한 소녀였고, 우리가 그대의 말을 들었을 때, 우리는 깜짝 놀라서 생명을 내건 것도 바로 그대 때문이었다.

다른 사람들은 이미 성숙한 처녀를 데리고 제단 앞에서 결혼을 했는데, 베르니스와 내가 아프리카 어떤 곳에서 약혼을 한 것은 바로 그 소녀였다. 열다섯 살 먹은 소녀인 그대는 어머니들 중에서 가장 연령이 어렸다. 올라가던 나뭇가지에 벗기어 노출한 종아리를 드러내는 그런 연령에 그대는 대단한 희생인 정말 요람을 요구했었다. 그리고 기적 같은 그 일을 눈치 채지 못했던 그대의 가족들 속에서 그대가 일상생활에서 여성다운 검소한 행동을 하는 동안 우리들 보기에 그대는 황홀한 이야기 같은 생활을 했고, 그대는 마술사의 문을 통하여–마치 어린이들의 가장 무도회처럼–부인으로 어머니로 선녀로 가장하여 세상으로 돌아왔다. 그대는 선녀이기 때문이다. 나는 기억한다. 그대는 두꺼운 벽으로 둘러싸인 낡은 집에서 살고 있었다. 성벽의 총안(銃眼) 모양으로 뚫린 창에 팔을 괴고 달이 뜨는 것을 기다리던 그대 모습을 다시 보는 것 같다. 달이 떠올랐다. 그러자 들판에서 희미한 소리가 나기 시작하고 매미 날개의 따르라기가,

개구리 배의 방울이, 집으로 돌아오는 황소의 목에 달린 종이 흔들렸다. 달이 솟아올랐다. 어떤 때는 마을에서 조종(弔鐘)이 울려 귀뚜라미와 밀 이삭과 매미들에 설명할 수 없는 죽음의 부고를 알렸다. 그런데 그대는 약혼자들만 걱정하면서 몸을 앞으로 숙이고 있었다. 왜냐하면 희망만큼 인간을 위협하는 것은 아무것도 없기 때문이다. 그러나 달은 솟아오르고 있었다. 그 때 조종을 능가할 만한 소리로 발정한 부엉이들이 서로 부르고 있었다. 들개들이 둥그렇게 달을 포위하고 달을 향해 짖었다. 그리고 나무마다 풀마다 갈대마다 활기를 띠고 있다. 그러나 달은 솟아오르기만 했다.

그 때 그대는 우리들의 손을 잡고서 우리에게 귀를 기울이고 들으라고 말했다. 그 소리는 대지의 속삭임이요, 안심해도 좋은 소리이기 때문에 귀를 기울이라고 한 것이다.

이 집이 그대를 보호했고, 집 주위에는 대지에 살아 있는 옷이 그대를 보호했다. 그대는 보리수와 참나무와 양떼들과 많은 협정을 체결하고 있어서, 우리는 그대를 그것들의 여왕이라고 불렀었다. 저녁에 세상이 밤을 지낼 준비를 하고 있을 때 그대 얼굴은 점차 편안한 표정을 지었다. '농부들은 가축들을 우리에 들여보냈다.' 그대는 멀리서 비쳐오는 외양간의 불빛을 보고 그것을 알았다. 은은한 소리가 들려왔다. '수문을 닫는 소리다.' 모든 것이 정리되었다. 마침내 저녁 7시. 급행열차가 요란한 소리를 내며 마을을 통과하고 사라졌다. 마침내 침대차 차창에 보이는 얼굴처럼 불안하게 움직이며 불확실한 그대의 모든 세계를 씻어버렸다. 그리고 너무 넓어서 불빛이 희미한 식당에서 저녁식사를 했다. 그대는 거기서 밤의 여왕이 되었다. 우리가 스파이처럼 그대를 쉬지 않고 감시하고 있었기 때문이다. 그대는 가구들 가운데서 고개를 숙이고 늙은이들 사이에 말없이 앉아 있었으나 황금빛 전등갓 차양 너머로는 그대의 머리채밖에 보이지 않았다. 이처럼 그대는 불빛으로 왕관을 쓰고 군림하고 있었다. 그대가 그처럼 사물과 인연을 맺고 있으며, 사물과 그대의 사고와 그대의 장래에 대해서 안심하고 있어서 그대는 우리에게 영원한 존재로 보였다. 그대는 지배하고 있었다….

그러나 우리는 그대를 괴롭힐 수 있는지, 그대가 숨이 막힐 정도로 두 손으로 포옹을 할 수 있는지 알고 싶었다. 왜냐하면 우리는 그대 안에서 인간적인 모습을 깨닫고 그것을 밝은 곳으로 끌어내고 싶었기 때문이다. 우리가 눈앞에 끌어내고 싶었던 것은 애정과 비탄이었다. 그리고 베르니스가 그대를 포옹하자 그대는 얼굴을 붉혔다. 그래서 베르니스는 내게 말하기를 이 눈물은 갑자기 복받치는 마음에서 생긴 것이라 금강석보다 더 귀중하며, 그 눈물을 마시는 사람은 영원히 죽지 않을 것이라고

했다.

그는 또한 선녀가 물속에 살고 있듯이 그대가 그대의 육체 속에 살고 있으며, 그대의 내심을 외관으로 폭로시키는 여러 가지 요술을 알고 있는데, 그 중 가장 확실한 것은 그대를 울리게 하는 것이라고 내게 말하곤 했다. 바로 이렇게 하여 우리는 그대의 사랑을 빼앗았다. 그러나 우리가 그대를 놓아주면 그대는 웃어버렸고, 그 웃음소리는 우리를 당황하게 만들었다. 그처럼 느슨하게 쥐고 있는 새는 달아나는 법이다.

"주느비에브, 우리에게 시를 읽어줘."

그대가 조금만 읽어도 그대가 이미 모든 시를 다 알고 있던 것으로 우리는 생각했다. 우리는 그대가 당황하는 것을 결코 본 적이 없었다.

"시를 읽어 줘…."

그대는 읽어주었다. 그러면 우리에게는 그 시가 세상에 대한, 인생에 대한 교훈이 되었고, 그 교훈은 시인한테서 오는 것이 아니라 그대의 지혜에서 오는 것 같았다. 그리고 연인들의 비탄과 여왕들의 눈물이 조용하고 위대한 것으로 되었다. 그대의 음성 속에서 사람들이 사랑 때문에 그렇게도 조용히 죽게 되리라….

"주느비에브, 사람이 사랑 때문에 죽는다는 것이 사실인가?"

그대는 시의 낭독을 멈추고 심각하게 명상에 잠기곤 했다. 그대는 틀림없이 그 대답을 고사리와 귀뚜라미와 꿀벌한테서 찾고 있었을 것이다. 꿀벌이 사랑 때문에 죽으므로 그대는 '그렇다'고 대답했다. 그것은 필연적이고도 평온한 것이었다.

"주느비에브, 애인이란 무엇이지?"

우리는 그대의 얼굴을 붉히게 하고 싶었다. 그러나 그대는 얼굴을 붉히지 않았다. 기껏해야 덜 명랑하게 그대는 달빛에 흔들리는 연못을 바라보고 있었다. 애인이란 그대에게 바로 그 빛이었다고 우리는 생각하고 있었다.

"주느비에브, 그대는 애인을 가지고 있는가?"

이번에는 그대가 얼굴을 붉히겠지! 천만에, 그대는 아무렇지도 않게 미소를 짓고 있었다. 그대는 고개를 저었다. 그대의 왕국에서는 어떤 계절에는 꽃이 피고 가을에는 과실을 맺으며 어떤 계절에는 사랑을 가져오기 때문에 인생은 단순한 것이다.

"주느비에브, 우리가 장차 무엇을 할 것인지 알겠어?"

우리는 그대를 당황하게 만들고 싶어서 그대를 약한 여자라고 불렀다.

"약한 여성이여, 우리는 정복자가 될 것이다."

우리는 그대에게 인생을 설명했다. 정복자는 영광스럽게 돌아와서 그들이 사랑하는 여성을 정부로 삼는다.

"그 때 우리는 그대의 애인이 되는 거야. 노예가 되지. 시를 읽어줘…."

그러나 그대는 더 이상 읽어 주지 않았다. 그대는 시집을 밀어 버렸다. 마치 어린 나무가 자라고 씨앗이 성숙해지는 것을 느끼듯이 그대는 갑자기 그대의 생명을 무척 분명히 느꼈었다. 필요한 것 이 외에는 이제 아무것도 없었다. 우리는 우화의 정복자들이었다. 그러나 그대는 그대의 고사리와 꿀벌과 염소와 별에게 의지했고, 그대는 개구리 소리를 들었으며, 그대는 모든 생명에서 형언할 수는 없으나 확실한 운명에 대한 자신을 믿었다. 모든 생명은 그대 주위에서는 밤에 평화 속에서 솟아오르고, 그대 속에서는 발목에서 목덜미로 솟아오르고 있었다. 그리고 달이 하늘 높이 떠올랐고 잘 시간이 되었으므로 그대는 창문을 닫았다. 그러나 달은 유리창 뒤에서 빛나고 있었다. 그대는 진열장을 닫듯이 하늘을 닫아서 거기에 달이 갇히고 한 줌의 별들도 갇혔다고 우리는 그대에게 말했다. 그 이유는 우리가 모든 상징적인 말을 하고 모든 함정을 파서, 우리들의 불안이 우리를 불러들이는 바다 속으로 남몰래 그대를 끌어 들이려고 노력했기 때문이다.

"…나는 샘물을 다시 발견했네. 여독을 푸는 데는 나에게 그 샘물이 필요했지. 그 샘물은 눈앞에 있었네. 다른 샘물은…. 사랑을 받고 난 후에 여성들은 멀리 별 속으로 버림을 받는다고 우리가 말한 여자도 있지. 그 여인들은 마음의 건축물에 불과한 것이지. 주느비에브는…, 자네도 기억할 거야. 그녀 마음속에 무엇이 살고 있다고 우리가 말했지. 나는 누가 사물의 의미를 발견한 것처럼 그녀를 발견했어. 나는 그녀 옆에서 마침내 내부를 들여다 볼 수 있는 세계를 걸어가고 있네…."

그녀는 사물들 편에서 그에게 오는 것이었다. 그녀는 천 번 이혼을 시킨 후에 천 번 중매를 선 것이었다. 그녀는 마로니에 나무를, 그 큰 길을, 그 샘을 그에게 돌려주었다. 모든 것이 전부 그의 영혼 속으로 비밀을 다시 가져다주었다. 이 공원은 어떤 미국 사람을 위해서 빗질도 않고 수염도 깎지 않고 말끔히 청소도 안 했다. 그러나 우리는 거기서 혼잡한 오솔길과 그 낙엽들과 여인들이 산보하다 흘리고 간 손수건을 발견할 수 있었다. 그래서 그 고원은 일종의 함정이 되었다.

2 Courrier Sud

주느비에브는 자기 남편 에를렝에 대해서는 베르니스에게 결코 이야기 한 적이 없었다. 그러나 그날 저녁, "자크, 오늘 저녁은 손님이 너무 많은 저녁 식사예요. 오셔서 같이 식사하세요. 그러면 내가 덜 외로울 거예요!"

에를렝은 제스처를 한다. 너무 많이 한다. 친한 사람끼리 해야 할 저런 행동은 왜 할까. 그녀는 남편을 불안하게 바라본다. 이 남자는 자기가 일부러 꾸민 인격을 앞세우는 것이다. 그것은 허영심에서가 아니라 자신을 갖기 위해서였다.

"여보, 당신의 관찰은 매우 정확해요."

주느비에브는 구역질이 나서 머리를 돌린다. 그 고지식한 제스처, 그 말투, 표면적인 자신감!

"보이! 여송연을 주게."

주느비에브는 남편이 그렇게 능동적이고 자신감에 도취된 듯한 것을 결코 본 일이 없었다. 식당에서나 무대에서 누가 사람들을 이끌어 간다. 말 한 마디가 어떤 사상을 꼬집어 그 사상을 뒤집어 놓는다. 말 한 마디가 보이와 식당 웨이터를 흔들어 움직인다.

주느비에브는 쓴웃음이 나오려고 한다. 무엇 때문에 이 같은 정치적인 만찬을 하는 것일까? 무엇 때문에 6개월 전부터 갑자기 정치에 마음이 들뜨게 되었을까? 에를렝에게는 자기의 강력한 자신감을 갖기 위해서는 자기 머릿속에 건전한 사상이 스쳐가고 자기 몸에는 힘찬 태도가 생긴다고 믿는 것으로 충분하다. 그래서 그는 황홀하게 되어 자기 입상(立像)에서 약간 물러서서 자기 자신을 곰곰이 생각하게 된다. 그녀는 그들이야 제멋대로 하라고 버려두고, 베르니스 쪽으로 돌아왔다.

"탕자여, 사막 이야기 좀 해주세요. 언제쯤 아주 돌아오나요?"

베르니스는 그녀를 바라본다. 베르니스는 옛날 선녀 이야기 속에서처럼 알지 못하는 여성의 모습을 하고 자기에게 미소를 짓고 있는 열다섯 살 먹은 소녀로 알아챈다. 주느비에브, 나는 그 마술을 기억하고 있어. 그대를 양팔로 껴안고 그대가 아플 때까지 포옹하는 거야. 그러면 그 소녀가 다시 소생하여 울게 될 거야….

남자들은 지금 주느비에브를 향하여 흰 와이셔츠의 앞쪽을 바짝 대고 상습적인 유혹을 하고 있다. 마치 상상이나 상상력을 가지고 여성을 정복할 수 있는 것처럼, 마치 여성이 이러한 경쟁의 대상이나 되는 것처럼. 남편도 역시 상냥하게 대한다. 오늘 밤 그녀에게 육체적 욕망을 채우리라. 다른 사람들이 그녀를 원하는 것을 보고서 그는 그녀를 발견한 것이다. 그 때 자기 부인은 야회복을 입고서, 빛나는 용모와 호감을 사려는 마음으로 창녀의 냄새를 풍기게 했다. 그녀는 생각했다. 그는 평범한 것을 좋아할 것이라고. 무엇 때문에 사람들은 여성을 전적으로 사랑하지 않을까? 사람들은 여성 자신의 어떤 일부만 사랑하고 다른 부분은 어둠 속으로 팽개친다. 사람들은 음악이나 호사(豪奢)를 사랑하듯 여성을 사랑하고 있다. 여자가 지적이나 감상적일 때 사람들은 그녀에게 생각을 둔다. 하지만 그 여자가 무엇을 생각하건 무엇을 느끼건 무엇을 마음속에 간직하고 있건…, 이런 것에 사람들은 아랑곳하지 않는다. 자신에 대한 그 여자의 애정, 지극히 당연한 그 여자의 걱정거리, 이 모든 침울한 부분을 사람들은 등한시 한다.

남자마다 여성 앞에서는 무기력한 존재가 되고 만다. 남자들은 여자와 동시에 화를 내고 여자와 동시에 상냥해진다. 그리고 여자를 기쁘게 하기 위하여 '나는 그대가 원하는 사람이 되겠습니다' 라고 말하는 것처럼 보인다. 그것은 사실이다. 이런 것은 남자에게 별로 중요하지 않다. 중요한 것은 그 여자와 잠자리를 같이 하는 것이리라. 여자는 항상 사랑만 생각하지는 않는다. 그럴 시간이 없다! 여자는 자기 약혼 시절의 처음 며칠만을 회상한다. 주느비에브는 미소를 띠웠다. 에를렝은 갑자기 자기가 사랑에 빠진 것을 깨닫는다.(필경 그것을 잊고 있었던가?)
그는 그녀에게 말을 건네고 그녀를 손아귀에 넣고 그녀를 정복
하고 싶었다. '에이, 시간이 없어요….'

그녀는 남편의 앞장을 서서 오솔길을 걸었다. 그리고 샹송
리듬에 맞추어 막대기로 어린 나뭇가지를 신경질적으로 부러뜨
렸다. 젖은 땅은 좋은 냄새를 풍긴다. 나뭇가지가 얼굴 위에 비
오듯 떨어진다. 그녀는 뇌까렸다. '나는 시간이 없어요,시간
이!' 우선 화초를 보살피기 위하여 온실로 달려가야만 했다.

"주느비에브, 당신은 지독한 여자야!"

"그럼, 물론이지요. 내 장미꽃을 보세요. 얼마나 무거운가!
무게 있는 장미꽃은 참 훌륭하지요."

"주느비에브, 키스나 해줘…."

"물론이지요. 그러세요. 내 장미를 좋아하세요?"

남자들은 언제나 장미꽃을 좋아한다.

"아니에요, 절대로 아니라니까요. 여보 자끄, 나는 슬프지 않
아요."

그 여자는 베르니스에게 약간 몸을 기댄다.

"나는 기억나요…. 난 아주 이상한 계집애였지요. 나는 내 생
각대로 하느님을 생각했어요. 내가 소녀다운 절망을 하게 되면,
돌이킬 수 없는 일을 가지고 하루 종일 울었지요. 그러나 밤에

는 램프를 끄고 금방 친구를 찾아 갔어요. 나는 그 친구에게 이런 기도를 통하여 이렇게 들려주었지요. 내가 당한 일은 이렇습니다. 저는 망친 내 인생을 회복하기 위해서는 너무나 약한 여자입니다. 저는 당신에게 모든 것을 바치겠습니다. 당신은 저보다 훨씬 강한 분입니다. 알아서 처리하십시오. 그리고 나는 잠들었어요."

그런데 믿기 어려운 것 가운데에서 순종하는 것이 많이 있다. 그녀는 책과 꽃과 친구들 사이에 군림했다. 그녀는 그것들과 협약을 맺고 있었다. 그녀는 미소를 짓게 하는 손짓도, 암호도, '아! 점성학자여, 바로 당신이군요…' 하는 단 한 마디의 말도 알고 있었다. 혹은 베르니스가 들어올 때 '탕자여, 앉으세요…' 하는 말투도 알고 있었다. 누구나 자기 속을 알아주고 이해해 준다는 기쁨으로 또한 어떤 비결로 그녀와 친밀하게 되는 것이다. 가장 순결한 우정이 죄악처럼 살찌워졌다.

"주느비에브, 그대는 여전히 사물들을 지배하고 있군요" 하고 베르니스가 말했다.

응접실 가구들을 그녀는 약간씩 옮겨 놓았다. 안락의자를 끌어당겼다. 그러면 깜짝 놀란 친구들은 마침내 이 세상에서 참다운 위치를 그 곳에서 발견했다. 하루 종일의 일과가 지난 뒤에 어수선한 음악과 망가진 꽃들은 얼마나 소리 없이 동요했던가.

지상에서 우정이 짓밟아 버린 모든 것이 얼마나 묵묵히 동요했을까. 주느비에브는 말없이 자기 왕국에 평화를 이룩했다. 하지만 베르니스는 전에 자기를 사랑했던, 포로의 신세였던 이 소녀가 너무나 거리감이 생기고 자기 몸을 잘 보호했다고 느끼는 것이었다. 하지만 어느 날 사물들은 반항했다.

"잠 좀 자게 해줘요….."

"상상도 못할 일이군! 일어나지. 어린애가 숨이 넘어가겠어."

그녀는 벌떡 잠이 깨어 침대로 달려갔다. 아이는 잠자코 있었다. 열 때문에 얼굴은 빛나고 숨결이 가빴으나 조용히 있었다. 반수 상태에서 주느비에브는 기관차가 숨 가쁘게 내는 소리를 연상했다. '얼마나 힘들까!' 이 병세는 벌써 3일간 계속되었다! 아무런 대책이 생각나지 않아 그녀는 환자의 머리맡에 몸을 구부리고 서 있었다.

"왜 당신은 애가 숨이 넘어간다고 말했어요? 왜 나에게 겁을 주었지요?"

그녀의 가슴은 아직도 몹시 두근거리고 있었다. 에를렝이 대답했다.

"나는 숨이 넘어가는 줄 알았어."

그녀는 남편이 거짓말을 한다는 것을 알고 있었다. 그는 어떤 고민에 사로잡혔다. 혼자서 고통을 당할 수가 없어 그 고민을 나눠 가지려는 것이었다. 그가 고통을 당할 때는 다른 사람이 편안한 것은 참을 수가 없었다. 그렇지만 사흘 밤을 새운 후라 그녀는 한 시간의 휴식이 필요했다. 벌써 그녀는 어리둥절할 정도로 머리가 멍했다.

그녀는 이 같은 수많은 거짓말들을 용서했다. 이러한 말들이야…, 무엇이 중요하단 말인가. 수면 시간을 따진다는 것이 우스꽝스러운 일이지!

"당신은 지각이 없군요." 그녀는 단지 이렇게 말하고 나서 남편의 기분을 풀어 주기 위하여 "당신은 어린애 같아요"라고 말했다. 그녀는 곧 간호원에게 시간을 물었다.

"2시 20분입니다."

"아, 그래요?"

주느비에브는 마치 어떤 급한 동작이라도 해야 할 듯이 '2시 20분…'을 몇 번 중얼거렸다. 천만에, 아무 일도 없었다. 여행할 때처럼 기다리는 것 외에는 아무 일도 없었다. 그녀는 침대를 매만지고, 약병을 정돈하고, 유리창을 만졌다. 그녀는 보이지 않는 신비로운 질서를 만들고 있었다.

"좀 주무셔야지요" 하고 간호원이 말했다. 그리고 침묵이 흘렀다. 그러고 나서 다시 보이지 않는 풍경이 달리는 여행할 때의 압박감.

"노는 것을 보고 모두들 귀여워하던 이 애가…."

에를렝은 투덜거렸다. 그는 주느비에브로부터 위로를 받고 싶었다. 불쌍한 아버지의 역할….

"여보, 가만히 있지 말고 뭘 좀 하세요!"

주느비에브가 조용히 충고했다.

"당신은 사업상 약속이 있지요. 거기나 가보세요!"

그녀는 남편의 어깨를 밀었다. 그러나 그는 자기의 고통을 되씹고 있었다.

"어떻게 갈 수가 있어, 이처럼 위급한 경우에…."

이처럼 위급한 경우에, 주느비에브는 생각했다. 하지만…, 하지만 그럴수록 더욱 더! 그녀는 이상하게도 질서의 필요성을 느꼈다. 옮겨 놓은 저 화병, 가구 위에 걸쳐 있는 에를렝의 외투, 벽에 장치한 까치발 달린 테이블 위에 앉은 저 먼지, 이것은…, 이것은 모두 적이 침입하는 발자취였다. 침울한 붕괴의 전조였다. 그녀는 이 붕괴에 맞서 투쟁하고 있었다. 자질구레한 실내 장식품의 금빛 광택과 잘 정돈된 가구는 표면에 나타난 분명한 현실들이다. 튼튼하고 깨끗하고 빛나는 모든 것은 주느비에브에게는 침울한 죽음으로부터 막아주는 것처럼 생각되었다.

의사는 이렇게 말했다.

"병세는 호전될 수 있을 것입니다. 아이도 튼튼하고요."

물론 어린애가 잠을 자면서도 작은 두 주먹을 꽉 쥐고 생명을 붙들고 있었다. 그는 무척 귀여웠고 무척 튼튼했다.

"부인, 산보하러 잠깐 나가시지 않겠습니까? 그 다음에 제가

나가지요. 그렇지 않으면 우리는 배겨나지 못할 겁니다" 하고
간호원이 말했다. 그런데 두 여인의 기운을 소진시키는 이 아이
의 광경은 이상했다. 그렇다, 그 아이는 두 눈을 감고 숨을 가쁘
게 몰아쉬면서 두 여인을 세상 끝까지 끌고 가는 것이었다. 그
리고 주느비에브는 에를렝을 피하기 위하여 밖으로 나갔다. 그
는 그녀에게 일장 연설을 하고 있었다.

"나의 가장 근본적인 의무가…, 당신의 자만이…."

그녀는 졸음이 와서 이 모든 말을 조금도 알아듣지 못했다.
하지만 '자존심'과 같은 몇 마디는 도중에 그녀를 놀라게 했다.
왜 자존심이란 말을 했을까? 그 말을 여기서 뭐하려고 했을까?

의사는 울지도 않고 필요 없는 말은 한 마디도 하지 않는 이
여인에 대하여 놀랐다. 그 여인은 소속 간호원처럼 의사를 도와
주었다. 의사는 생명에 봉사하는 이 젊은 시녀에 대하여 감탄했
다. 또한 주느비에브에게는 의사가 방문하는 시간이 하루 중에
서 가장 즐거운 시간이었다. 의사가 그녀를 위로해 주기 때문이
아니었다. 의사는 거의 말이 없었다. 하지만 의사의 생각에 의
하여 이 아이의 육체는 정확히 치료되고 있기 때문이다. 유령과
투쟁하고 있는 이 마당에 얼마나 유리한 비호(庇護)인가!

그런데 그저께 수술만 하더라도…, 에를렝은 응접실에서 아
무 일도 하지 않았다. 그녀는 수술실에 남았다. 외과의사는 조

용하고 강력한 태양처럼 하얀 가운을 입고 수술실로 들어왔다. 인턴과 그는 재빠른 투쟁을 시작했다. 꾸밈없는 낱말들, 명령의 소리, 즉 '클로로포름', 그리고 나서 '꽉 죄게', 그 후 '요오드' 등의 말을 낮은 목소리로 감정을 넣지 않고 말했다. 그런데 갑자기 비행기를 타고 있던 베르니스처럼 일종의 강력한 전략의 계시를 받았다. 우리는 승리하게 될 거야.

"당신은 어떻게 그것을 볼 수가 있었어? 그래, 당신은 정말 냉정한 어머니구려?"라고 에를렝이 말했다.

어느 날 아침 그녀는 의사 앞에서 기절을 하여 안락의자에서 슬그머니 미끄러져 쓰러졌다. 그녀가 의식을 회복하였을 때, 의사는 용기를 가지란 말도 희망이 있다는 말도 전혀 하지 않았으며, 아무런 동정도 표시하지 않았다. 의사는 그녀를 심각하게 바라보며 말했다.

"부인, 너무 피로했어요. 대단한 것은 아닙니다. 오늘 오후에 외출할 것을 명령합니다. 극장에는 가지 마십시오. 생각이 너무 편협한 사람들은 이해하지 못할 것입니다. 하지만 무엇인가 극장에 가는 것과 비슷한 것을 하십시오."

그리고 의사는 생각했다.

'이것이 내가 이 세상에서 본 것 중에 가장 진실한 것이구나.'

그녀는 서늘한 대로(大路)에 놀랐다. 그녀는 걸어가면서 어렸을 적의 일들을 회상함으로써 큰 위안을 받았다. 나무들과 들판, 단순한 사물들, 그 후 훨씬 뒤에 이 아이가 태어났다. 이 사실은 이해할 수 없는 일임과 동시에 더욱 더 단순한 일이었다. 다른 일보다 더 확실한 일이었다. 그녀는 살아있는 다른 사물들 가운데서 엉겁결에 이 아이를 보살펴 왔다.

그런데 별안간 느낀 것을 표현하기에는 낱말이 부족했다. 그녀는 느꼈다…. 그렇고 말고, 바로 그렇지. 그녀는 총명했다. 그리고 그녀는 자신을 가졌고, 모든 것과 인연을 맺고 있으며, 위대한 협주회에 참가했다. 그녀는 그날 저녁 창문 옆으로 자리를 옮겼다. 나무들이 살아서 자라나며 땅에서 봄을 빨아올리고 있었다. 그녀의 아이는 곁에서 약하게 숨을 쉬고 있었다. 아이의 약한 호흡은 세계의 엔진이며 세상의 활기를 띠게 하고 있다.

하지만 사흘 전부터 이 무슨 혼란인가. 창문을 여닫는 아주 대수롭지 않은 행위도 결과적으로 무거워졌다. 무엇을 어떻게 해야 할지 알지 못했다. 약병과 침대의 시트와 아이를 돌보면서도 미지의 세계에서 행동의 결과가 어떻게 나타날지 알지 못했다.

그녀는 골동품상 앞을 지나갔다. 주느비에브는 자기 응접실의 장식용 골동품들이 태양 아래 노출된 함정처럼 생각되었다.

광선을 흡수하는 모든 것은 그녀의 마음에 들었다. 아주 밝게 비치어서 표면에 드러나는 모든 것은 그녀의 마음에 들었다. 그녀는 이처럼 맑은 공기 속에서 말없이 미소를 음미하기 위하여 발걸음을 멈추었다. 오래 묵은 고급 포도주를 대할 때처럼 빛나는 미소를 음미하기 위하여 그녀는 피로에 지친 의식 속에 광선과 건강과 생에 대한 확신을 혼합시켰다. 그리고 황금 못처럼 박혀 있는 이 반사광을 죽어가는 아이 방에 갖다놓고 싶어졌다.

에를렝은 다시 불평하기 시작했다.

"그래, 당신은 놀러나가서 골동품 가게나 어정거릴 마음이 생겼어! 나는 이건 절대로 용서 못해! 이것은—그는 할 말을 찾다가—이건 보통 일이 아니야, 생각지 못한 일이야, 어머니로서 자격이 없어!" 그는 기계적으로 담배를 한 개비 꺼내들고 한 손으로 빨간 담배갑을 흔들었다. 주느비에브는 또한 '자존심'이란 말도 들었다. 그녀는 또한 이렇게 생각했다. '저이가 담배 불을 붙일 작정인가?'

"그렇지…."

에를렝은 천천히 말했다. 그는 이 새로운 사실을 맨 마지막에 말하려고 보류했던 것이다.

"그렇지…, 어머니가 놀러나간 동안 아이는 피를 토하고!"

주느비에브는 백지장처럼 되었다. 그녀는 방을 나가고 싶었다. 그러나 남편이 문을 가로막고 있었다.

"나가지마!"

그는 짐승처럼 숨을 가쁘게 쉬었다. 자기 혼자서 받은 고통의 대가를 부인이 치러야 하겠지!

"당신이 나를 해치면 나중에 후회할 거예요."

주느비에브는 단지 이 말만 그에게 했다.

하지만 바람이 가득 들은 고무풍선 같은 그에게, 사리 판단이 어두운 그에게 던진 이 주의가 그를 흥분시키는 결정적인 채찍이 되었다. 그러고도 그는 비난했다. 그렇다, 모양이나 내고 경솔한 그녀는 항상 남편의 노력에 무관심했다는 것이다. 그렇다, 그녀에게 전력을 기울인 에를렝은 오랫동안 속아 왔다는 것이다. 그렇지만 이 모든 것은 대수롭지 않다는 것이다. 그는 이런 일 때문에 혼자서 괴로움을 당했으며, 사람은 살아가면서 항상 외롭다는 것이다…. 주느비에브는 기진맥진 하여 몸을 돌렸다. 그는 자기 부인을 자기 앞에 돌려 세우고 쏘아붙였다.

"그렇지만 여자의 과오는 응당 대가를 치러야 해."

그리고 그녀가 다시 빠져나가려고 했기 때문에 그는 모욕을 가했다.

"아이가 죽어가고 있어. 이게 천벌을 받은 거야!"

그의 분노는 살인을 하고 난 후처럼 단번에 수그러졌다. 이 말을 내뱉고서는 자기 자신도 바보처럼 서 있다. 백지장처럼 하얗게 질린 주느비에브는 문 쪽으로 한 발자국 걸어갔다. 그가 가지고 싶은 유일한 인상은 고상한 것이었는데, 지금 자기 부인이 자기에 대하여 어떤 인상을 가지고 있는지 가히 짐작이 갔다. 그러므로 그는 이러한 인상을 지우고 고쳐서 그녀 마음속에 부드러운 인상을 심어주고 싶은 생각이 들었다.

갑자기 떨리는 음성으로,

"용서해…, 가까이 오지…, 내가 미쳤나봐!"

손으로 문의 걸쇠를 쥐고 남편에게 반쯤 돌아선 그녀는 자기가 움직이기만 하면 도망치려는 들짐승같이 보였다. 그는 움직이지 않았다.

"이리와…, 나는 당신에게 말해야만 해…. 그건 어려운 일이야…."

그녀도 꼼짝하지 않았다. 무엇 때문에 그녀는 겁을 내고 있는가? 그는 이처럼 공연히 겁을 내는 것을 보고 화가 날 지경이다. 그는 자기가 이성을 잃었고 너무 가혹했으며 옳지 않았으며 그녀만이 진실했다고 말하고 싶었다. 하지만 우선 자기 부인이 가까이 와서 자기에 대한 신뢰감을 표시하고 마음을 털어놓아야만 할 것이 아닌가. 그러면 그는 그녀 앞에 굴복하게 될 것이다. 그리고 그녀는 이해하게 될 것이다…. 하지만 그녀는 벌써 문의 걸쇠를 돌리고 있지 않은가.

그는 팔을 뻗어 별안간 그녀의 손목을 잡았다. 그녀는 남편을 몹시 경멸하는 눈초리로 쏘아본다. 그도 고집을 부린다. 이에 어떤 대가를 치르더라도 자기 손아귀에 넣어야 하고, 자기 힘을 보여주지. "이것 봐, 내가 손을 풀어 주지"라고 말해야만 했다.

그는 부인이 가냘픈 팔을 처음에는 가만히 나중에는 세게 잡아당겼다. 그녀는 남편의 뺨을 치려고 손을 흔들었다. 하지만 그는 다른 손을 꼼짝 못하게 잡았다. 이제 그는 부인을 아프게 했다. 그는 부인이 아플 것이라는 것을 느꼈다. 도둑고양이를 잡다가 강제로 길들이고 강제로 쓰다듬기 위하여 거의 고양이 목을 비트는 어린아이들을 그는 생각했다. 부드럽게 대하기 위하여 그는 심호흡을 했다.

'내가 아내를 해쳤으니 만사가 틀렸어.'

그는 자기가 만들어 놓았으나 자신이 생각해도 가공스러운 자기의 인상을 주느비에브와 함께 지워버리고 싶은 미칠 것 같은 욕망을 몇 초 동안 느꼈다.

그는 마침내 이상하게도 무능하고 공허한 감정이 들어 손가락을 풀었다. 그녀는 천천히 옆으로 비켜섰다. 마치 이제는 정말로 남편이 무서울 게 없다는 듯이, 무엇이 갑자기 자기를 남편의 손이 닿지 않는 곳에 새워 두는 것처럼 이제는 남편이 보이지 않았다. 그녀는 늑장을 부리면서 천천히 머리를 다시 빗고 꼿꼿이 서서 밖으로 나갔다.

그 날 저녁 베르니스가 그녀를 찾아 왔을 때 그녀는 그에게 아무 말도 하지 않았다. 그 일에 대해서 고백하지 않았다. 하지만 그녀는 베르니스에게 둘이 같이 지낸 어린 시절의 추억과 먼나라에서 보낸 베르니스의 생활을 이야기해 달라고 말했다. 그것은 그녀가 달래야 할 어린 소녀를 베르니스에게 부탁했기 때문이고, 사람들은 소녀를 영상으로써 위로하기 때문이다.

그녀는 자기 이마를 베르니스의 어깨에 기댔다. 주느비에브가 거기서 온통 자기의 피난처를 발견했다고 베르니스는 생각했다. 틀림없이 그녀도 그렇게 생각했을 것이다. 사람들이 애무를 받을 때는 자기 자신을 거의 모험하지 않는다는 것을 틀림없이 그들은 모르고 있을 것이다.

"주느비에브, 그대가 이 시간에 우리 집에 오다니…, 얼굴이 무척 창백하군…."

주느비에브는 말이 없다. 괘종시계의 추가 똑딱거리는 소리를 참을 수 없게 내고 있다. 램프 불빛이 벌써 여명에 섞여 희미하고 열을 내게 하는 희미한 물약처럼 보였다. 구역질나게 하는 창문. 주느비에브는 참느라고 애를 쓰고 있지 않은가!

"불빛을 보고 왔어요…."

그리고는 더 이상 할 말을 찾지 못한다.

"그렇지, 주느비에브, 나는…, 나는 보다시피 고본(古本)을 뒤지고 있었지…."

가제본한 책들에 노랗고 빨갛고 하얀 얼룩이 져 있었다. 베르니스는 기다리고 있다. 주느비에브는 꼼짝하지도 않는다.

"주느비에브, 나는 이 안락의자에 앉아서 공상에 잠겼었어. 나는 이 책 저 책 펼치고 있었지. 모두 읽은 것 같은 인상을 받았어."

그는 자기의 흥분을 감추기 위하여 노인 같은 모습을 하며 무척 조용한 음성으로,

"주느비에브, 내게 할 말이 있소?"

하지만 그는 마음속으로 '이것은 사랑의 기적'이라고 생각했다. 주느비에브는 '그가 알지 못하는 구나' 하는 단 한 가지 생각과 투쟁하고 있다…. 그리고 그를 놀라운 표정으로 바라본다. 그녀는 높은 소리로 덧붙여 말했다.

"나는 왔어요…."

그리고 손으로 이마를 닦았다. 창문의 유리가 훤하게 밝아지면서 방안의 수족관 속을 비추는 광선처럼 햇빛이 퍼졌다. '램프의 불빛이 희미해진다'고 주느비에브는 생각했다. 그러고 나서 갑자기 슬픔에 잠겨서,

"자크, 자크, 나를 데리고 가요!"

베르니스는 얼굴이 하얗게 질리면서 그녀를 끌어안고 흔들었다. 주느비에브는 눈을 감는다.

"당신은 나를 데려가요…."

어깨를 기대고 있어도 거북하지 않았으며 시간은 흘러갔다. 모든 것을 포기한다는 것이 그녀에게는 기쁜 일이다. 몸을 내던지면 흐르는 물결에 떠내려간다. 자기 자신의 생명이 흘러서…, 흘러가는 것처럼 생각되었다. 그녀는 '나를 괴롭히지 말라'고 생각하며 공상에 잠겼다. 베르니스는 그녀의 얼굴을 애무한다. 그녀는 무엇인가를 회상한다. '5년간, 5년…, 그래, 그럴 수가!' 그녀는 또 생각한다. '나는 그에게 그렇게도 많은 것을 바쳤는

데….

"자크, 자크, 내 아들이 죽었어요…."

"알겠지요. 나는 집에서 도망쳐 나왔어요. 나는 이러한 평화가 필요해요. 나는 아직 모르겠어요. 아직 괴로움이 가시지 않았어요. 내가 냉정한 여자인가요? 다른 사람들도 눈물을 흘리면서 나를 위로하려고 했어요. 그들이 그렇게 친절한 것에 감동했어요. 하지만 알고 있겠지만…, 나는 아직 아무런 기억도 떠오르지 않아요."

"당신에게는 모든 것을 내가 말할 수 있어요. 주사와 붕대와 전보 등 몹시 어수선한 가운데 죽음이 찾아오더군요. 며칠 밤을 새우고 났더니 꿈꾸는 것같이 몽롱하더군요. 진찰하는 동안 텅 빈 머리를 벽에 기대야 했습니다."

"그리고 남편과의 말다툼, 그 무슨 악몽일까요! 오늘, 조금 전에…, 그이는 내 손목을 꽉 잡기에 나는 손을 비틀려는 줄 알았어요. 이 모든 것이 주사 한 대 때문이었지요. 하지만 나는 잘 알고 있었어요…. 시간이 되지 않았었지요. 그러고 나서 그이는 저보고 용서를 빌더군요. 하지만 그게 무엇이 중요합니까! 나는 '예…, 예…, 아들한테 가보세요' 하고 대답했습니다. 그이는 문을 막더군요. 그리고 '용서해 주오, 나는 용서를 받아야겠어…'라고 말하더군요. 정말 변덕이지요. '자, 비켜주세요. 용서한다니까요.' '입술로는 용서한다지만 마음속으로는 안 하는 거지' 라고 그는 말하더군요. 이렇게 계속 되풀이되니, 나는 미칠 지경이에요."

"그래서 물론, 끝장이 났지만 별로 절망하지는 않았어요. 평화롭고 조용한 것에 놀랄 지경이지요. 나는 생각했어요…. 나는 아기가 쉬고 있다고 생각했어요. 이게 전부예요. 나는 이른 새벽에 어딘지 모를 무척 먼 곳으로 배를 타고 떠나는 것 같은 생각도 들었어요. 무엇을 어떻게 할지 모르겠어요. 나는 '올 것이 왔다' 고 생각했어요. 나는 주사기와 약을 바라보면서 '올 것이 왔으니, 이런 것은 이제 아무런 의미가 없다…' 고 생각했지요. 그리고 나는 졸도하고 말았어요."

갑자기 그녀는 소스라치게 놀라면서,

"내가 여길 오다니 미쳤지요."

그녀는 새벽이 저쪽에서 큰 재난을 하얗게 비추고 있다고 생각했다. 차갑게 흐트러진 시트. 가구 위에 던져진 수건, 넘어진 의자. 그녀는 급히 이 물건들의 봉변에 대처해야 한다. 급히 이 안락의자를 끌어다가 제자리에 놓고, 저 꽃병과 저 책도 제자리에 놓아야 한다. 인생을 둘러싸고 있는 물건들의 본래의 모습을 갖추게 하기 위하여 그녀는 공연히 기운을 빼야만 하는 것이다.

6 Courrier Sud

사람들이 조의를 표하러 왔다. 사람들은 말할 때 포즈를 취한다. 계속 꼬리를 무는 초라한 추억들은 가라앉게 내버려 두었더니 그것은 몹시도 생각이 모자라는 침묵이다…. 그녀는 똑바로 서 있다. 사람들이 돌려서 말하는 '죽음'이란 낱말을 그녀는 분명하게 말했다. 그녀는 사람들이 시도하는 말에 대하여 자기 마음속에 느끼는 반향을 살피고 싶지 않았다. 그녀는 사람들이 감히 자기를 쳐다보지 못하게 하기 위하여 그들을 똑바로 응시했다. 하지만 그녀가 자기 시선을 내리자마자….

그리고 다른 사람들은…, 대기실까지 조용하고 신중하게 걸어오다가도, 대기실에서 응접실까지는 재빨리 달려와서 그녀의 가슴에 쓰러지는 조객들. 아무 말도 없다. 그녀도 그들에게 말한 마디 하지 않는다. 그들은 그녀의 슬픔을 숨 막히게 한다. 그들은 얼굴에 경련을 일으키는 그녀를 꼭 껴안는다. 자기 남편이 이제 집을 팔자고 한다. "슬픈 추억들이 우리를 괴롭힐 거야"라고 그는 말한다. 그는 거짓말을 한 것이다. 고통은 일종의 벗이 되기까지 한다. 하지만 그는 마음이 동요했다. 그는 제스처 쓰기를 무척 좋아한다. 그는 오늘 저녁 브뤼셀로 출발한다. 그녀도 그를 만나게 되어 있다.

"집이 얼마나 어수선한지 당신이 안다면…."

그녀의 모든 과거는 파멸한다. 오랫동안 인내력으로 꾸며 놓은 이 응접실. 인간이나 어떤 가구 상인이 갖다 놓은 것이 아니라 시간이 그 응접실에 갖다 놓은 가구들. 이 가구들은 응접실을 꾸민 것이 아니라 그녀의 인생을 꾸민 것이다. 이 안락의자를 벽난로에 멀리 떼어놓았고 이 까치발 달린 테이블을 벽에서 멀리 떼어놓았다. 그러므로 모든 것이 생전 처음으로 적나라한 모습으로 과거의 밖으로 나와 본래 모습을 보이고 있는 것이다.

"그래, 당신도 역시 떠나야겠지?" 그녀는 절망적인 표정을 짓는다. 수없이 많은 협약이 깨졌다. 그러면 바로 그 어린애가 세상과 인연을 맺어 주고, 자기 주위에서 세상의 질서를 유지하고 있었던가? 자기 죽음이 주느비에브에게 이러한 패배를 가져다주는 어린애였던가? 그녀는 되는 대로 내버려두었다.

"나는 괴로워요…."

베르니스는 그녀에게 조용히 말한다.

"내가 당신을 데려가겠어. 내가 당신을 탈취하겠어. 당신은 기억하는가? 내가 언제나 돌아오겠다고 했지. 내가 당신에게 말했어…."

베르니스는 품안에 그녀를 포옹했다. 주느비에브는 고개를 약간 뒤로 젖혔으며 두 눈은 눈물로 반짝였다. 베르니스가 포로처럼 품안에 안고 있는 그 여자는 울고 있는 소녀에 지나지 않았다.

○월 ○일 쥐비 곶에서

베르니스, 친애하는 벗, 오늘은 우편기가 뜨는 날일세. 비행기가 시스네로스를 출발했네. 잠시 후 그 비행기가 이 곳을 출발해서 이 책망의 편지를 자네에게 갖다 줄 걸세. 나는 자네의 편지와 포로가 된 우리의 공주에 대하여 많이 생각했네. 나는 어제 끊임없이 바닷물에 씻기고 텅 비고 적나라한 해변을 산책하면서, 우리가 해변과 흡사한 존재라고 생각했지. 우리가 존재하고 있는지 나는 잘 모르겠네. 자네는 어느 날 저녁 구슬픈 일몰시에 에스파냐의 전 요새가 빛나는 해변 속으로 내려앉는 것을 보았지. 그렇지만 신비로운 파란 빛의 이 반사광은 요새와 같은 것으로 되어 있지는 않아. 그래, 이것이 자네의 왕국일세. 무척 현실적인 것도 아니고 극히 안전한 것도 아닌…. 하지만 주느비에브, 그녀를 살게 만들어야 하네.

그렇지, 그녀가 오늘날 어떠한 혼란에 빠져 있는지 나는 알고 있네. 하지만 인생에서 비극이란 드문 일일세. 청산해야만 할 우정과 애정과 사랑은 거의 없을 거야. 자네는 에를렝에 대하여 말했지만 남자가 그다지 중요한 건 아니야. 내 생각에는…, 인생은 다른 것에 의존하는 걸세.

풍습, 관례, 법률 등 자네가 필요성을 인정하지 않는 모든 것은, 자네가 벗어나려던 모든 것은…, 이것이 바로 인생의 테두리가 되는 걸세. 살아가기 위해서는 자기 주위에서 계속되는 현실이 필요하네. 그런데 부조리하다든가 부당한 모든 것은 단지 말에 불과하네. 그래서 자네가 데려온 주느비에브는 원래의 주느비에브가 박탈당한 걸세.

그리고 그녀는 자기가 필요한 것을 알고 있는가? 그녀가 알지 못하는 운명 속에 빠져 있는 그 습관·돈, 이것이 재산을 획득하게 만들고 외부적인 불안정을 정복하게 하는 걸세―그런데 그녀의 인생은 정신적인 것이야―하지만 부(富)가 사물을 계속 유지하게 만드는 거야. 눈에 보이지 않는 땅속의 강물이 어떤 집의 벽들과 추억, 즉 영혼에게 1세기 동안 영양분을 공급하는 걸세. 그런데 자네는 아파트를 비우듯이 그녀의 인생을 텅 비게 만들고 있네. 마치 사람들의 눈에는 띄지 않으나 아파트의 가구를 이루는 여러 가지 물건들을 아파트에서 끄집어내듯이 말일세.

하지만 자네에게 사랑한다는 것이 출생하는 것과 같은 일이라는 걸 나는 알고 있네. 자네는 새로운 주느비에브를 데려왔다고 생각하겠지. 자네에게는 사랑은 그녀의 마음속에서 가끔 보게 되는 눈의 빛깔이며, 램프에 기름을 붓는 것처럼 쉬운 일이 겠지. 그렇지만 어떤 순간에는 가장 간단한 몇 마디가 상당한 힘을 가지고 있고, 사랑을 살찌우게 한다는 것도 사실이야….

물론 산다는 것은 별문제지만.

주느비에브는 이 커튼과 소파를 가만히 만져 보고, 또한 새로 발견한 경계표를 만져 보았으나 어색했다. 지금까지는 손가락으로 애무하는 것이 일종의 취미였다. 지금까지는 이러한 가구의 장식이 극장에서처럼 원하는 시간에 자기 앞에 나타났다가 사라져서 무척 경쾌하지 않았던가. 취미가 무척 안정된 그녀는 이 페르시아 양탄자와 쥬이의 그림이 정확히 무엇인지 결코 생각하지 않았다. 이러한 물건들이 오늘날까지 그토록 조용한 실내 모습을 만들어 왔는데, 그녀는 지금 그것들을 알게 된 것이다.

"대수롭지 않은 일이야. 나는 지금 내 생활이 아닌 생활 속에서 이방인으로서 있기 때문이야" 하고 주느비에브는 생각했다. 그녀는 소파에 깊숙이 앉아 눈을 감았다. 이처럼 특급 열차 객실 속에서, 지나가는 매 초마다 자기 등 뒤에 집들과 숲과 마을들을 던져 버린다. 그렇지만 잠자리에 눈을 뜨면, 보이는 것이라고는 언제나 한결같은 구리 고리뿐이다. 사람은 부지불식간에 변화를 일으키는 것이다.

"일주일만 있다가 내가 눈을 뜨게 되면 나는 딴 사람이 될 것이다. 그이는 나를 데려갈 것이고."

"우리 집을 어떻게 생각하지?"

왜 벌써 그녀를 깨울까? 그녀는 바라본다. 그녀는 자기가 느낀 것을 표현할 수가 없다. 이 가구 장식은 오래 가지 못할 것이다. 가구의 뼈대가 튼튼하지 못하다….

"자크, 가까이 와요. 당신 거기 있었군요."

독신 남자의 방에, 긴 의자와 벽지 위에 여명의 빛이 비친다. 벽에 걸린 모로코 피륙들, 이 모든 것을 5분 동안 걸었다 떼었다 할 수 있다.

"왜 벽을 가리고 있지요. 자크, 왜 손가락과 벽의 접촉을 부드럽게 하려는 거지요?"

그녀는 손바닥으로 돌을 쓰다듬는 것을 좋아한다. 집안에 가장 잘 안정되어 있고 가장 오래 견딜 수 있는 모든 것을 그녀는 애무하기 좋아한다. 선박처럼 자기를 오랫동안 실어다 줄 수 있는 것을….

그는 자기의 추억이 담긴 귀중품들을 보여 준다. 그녀는 이해한다. 그녀는 파리에서 유령같이 생활을 했던 식민지 부대의 장교들을 알고 있다. 그 장교들은 자기들이 큰 거리에 와 있는 것을 발견하고 아직 살아 있는 것을 신기하게 여겼다. 그들은 자기 집에 가서도 사이공이나 마라게시(모로코의 옛 수도)의 집들을 그럭저럭 연상하게 된다. 거기서는 여자 이야기와 동료 이야기와 승진이 화제가 되었다. 그런데 그 곳에서는 어쩌면 벽에까지도 살(肉體)을 가졌던 저 벽지들이 이곳에서는 죽은 것 같았다. 그녀는 손가락으로 얇은 놋그릇을 만졌다.

"당신은 내 실내 장식품이 마음에 안 드오?"

"자크, 미안해요…. 이것은 좀…."

그녀는 '저속'이란 말을 감히 하지 못했다. 하지만 모사품이 아닌 세잔느(19세기 말의 프랑스 화가)의 그림 밖에는 그녀가 아는 작품도 좋아하는 것도 없었으며, 그녀의 괴벽한 취미와 모조품이 아닌 진품의 그림이 모조품들을 은연중에 경멸하는 것 같았다. 그녀는 관대한 마음으로 모든 것을 희생할 각오가 되어 있다. 그녀는 석회칠을 한 감옥과 같은 방에서 사는 생활도 견딜 수 있을 것 같았다. 하지만 이곳에서는 자기 자존심을 상하게 하는 것처럼 느껴졌다. 부잣집 딸로서의 그녀의 섬세한 품위가 손상되는 것이 아니라, 야릇한 생각이겠지만 그녀의 정직한 성격이 손상되는 것처럼 생각되었다. 베르니스는 그녀의 거북한 생활을 이해하지는 못했지만 눈치는 챘다.

"주느비에브, 난 당신에게 그러한 안락한 생활을 유지시킬 수는 없어. 나는…."

"오, 자크, 당신 미쳤군요. 무슨 생각을 하고 있어요! 어떻게 하든 나는 상관없어요—그녀는 그의 가슴에 바싹 붙었다—단지,

나는 이 방의 양탄자보다는 단순하고 밀칠을 매끄럽게 한 마룻바닥이 더 마음에 들 뿐이에요. 내가 이 모든 것들을 잘 손질해 드리지요…."

그 후 그녀는 말을 멈추었다. 그녀가 원하는 장식 없는 꾸밈이 훨씬 더 큰 사치요, 가구들의 외관을 가리는 마스크보다도 훨씬 더 많은 가구가 필요하다는 것을 알고 있기 때문이다. 그러나 어려서 놀던 그 넓은 방, 번쩍번쩍 윤이 나는 호두나무 마룻바닥, 몇 백 년이 지나도록 유행에 뒤떨어지지도 않고 낡아빠지지도 않는 큼직한 그 테이블이….

그녀는 이상한 우울감을 느꼈다. 그것은 재산이 아쉬워서도 아니고 재산으로 살 수 있는 것들이 아쉬워서도 아니다. 그녀는 틀림없이 쓸데없는 것들을 자크보다 더 알고 있다. 하지만 그녀는 자기의 새로운 생활에서는 자기가 부자가 된다는 것은 쓸데없는 일이라는 것을 바로 알게 되었다. 그녀에게는 그런 것이 필요하지 않았다. 하지만 그녀는 이제 계속될 수 있다는 보증을 할 수 없게 되었다. 그녀는 생각했다. '전에는 사물들이 나보다 더 계속되었다. 나는 사물들로부터 환영을 받고, 호위를 받았으며, 언젠가는 사물들의 감시를 받을 것이라는 확신을 가졌다. 하지만 지금 나는 사물보다 더 오래 계속 남아 있게 될 것이다.'

그녀는 또 생각했다. '내가 시골에 갈 때에는….' 그녀는 우거진 보리수 숲을 통해 보이던 그 집이 회상된다. 맨 먼저 생각나는 것이 바로 땅속까지 박힌 큼직한 돌로 만든 현관 정면 층계였다.

거기서…, 그녀는 겨울을 생각한다. 숲의 마른 나뭇가지를 전부 따버리고 집의 윤곽을 그대로 드러내는 겨울. 세상이 속속들이 보인다.

주느비에브는 지나가며 휘파람을 불어 개들을 부른다. 그녀가 지나갈 때마다 발밑에서 낙엽 소리가 난다. 하지만 겨울이 이렇게 삭정이를 골라 모두 잘라 놓은 뒤에 봄이 어디나 가득 차서 나뭇가지에 새싹이 나게 하고, 깊은 물과 그 움직임과 같은 파란 나뭇가지로 둥근 천장을 다시 만들게 되리라는 것을 그녀는 알고 있다.

거기에서는 자기 아들이 완전히 죽지는 않았다. 그녀가 설익은 마르멜로 열매를 뒤집어 놓으려 지하실 술 창고에 들어갔을 때, 간신히 거기서 빠져 나왔지만, "얘야, 그토록 뛰어다니고 정신없이 놀았으니, 이제 자는 것이 좋을 거야" 하는 소리가 들리는 것 같았다.

그녀는 거기서 사자(死者)들의 표시를 알고 있다. 하지만 그것을 무서워하지 않았다. 저마다 집안의 침묵에 자기의 침묵을 보탰다. 사람들은 읽던 책에서 눈을 들고 숨을 죽이며 방금 죽은 사람을 부르는 소리를 음미한다.

그들이 사라졌다고? 변하고 있는 사람들 가운데서 사자만이 변함없이 계속하는 데도! 사자들의 마지막 얼굴이 너무도 진실하기 때문에 그들 중에 아무도 그것을 부인하지 못하는 데도!

"나는 이제 이 사람을 따라가서 고통을 당하고 그를 의심해야겠다."

사람들은 애정과 반감을 가끔 혼동하기 때문에 그녀는 운명이 결정해 준 그것들에서만 이 혼동을 분간하였다. 그녀는 눈을 뜬다. 베르니스는 몽상에 잠겼다.

"자크, 나를 보호해 줘야 해요. 나는 가난하게, 아주 가난하게 출발할 테니까요!"

만약 베르니스의 힘이 모자란다면, 어떤 책의 광경보다 별로 더 실제적이지도 않고 필요 없는 광경밖에 없는 세상인 다카르의 집에서, 부에노스아이레스의 군중 속에서 그녀는 오래 살게 될 것이다….

하지만 자크는 그녀를 향해 몸을 구부리고 상냥하게 이야기하고 있었다. 그가 자기 자신에게 보여 주는 이 모습, 숭고한 성실로 찬 이 애정을 그녀는 믿으려고 애쓰고 있었다. 그녀는 사랑의 이미지를 사랑하고 싶었다. 그녀를 옹호하는 것이라고는 이 연약한 이미지밖에 없었다….

그녀는 오늘 저녁 관능적인 쾌락 속에서 이 보잘것없는 피난처인 연약한 그의 어깨를 발견하게 될 것이고, 죽으려는 짐승처럼 그 어깨 속에 자기의 얼굴을 깊숙이 파묻을 것이다.

"나를 어디로 데려가지요? 왜 나를 여기에 데려왔지요?"

"주느비에브, 이 호텔이 마음에 안 들어? 다른 호텔로 갈까?"

"예, 다른 데로 가요" 하며 그녀는 불안하게 대답한다.

헤드라이트의 불빛이 희미하다. 그들이 구멍 속으로 들어가 듯이 어둠 속을 간신히 빠져들어 간다. 베르니스는 가끔 곁눈질 을 했다. 주느비에브는 얼굴이 창백했다.

"추운가?"

"조금, 하지만 괜찮아요. 모피외투를 잊고 왔어요."

그녀는 무척 침착하지 못한 소녀였다. 그녀는 빙긋이 웃었 다. 지금 비가 오고 있다. 고약한 날씨라고 자크는 생각했다. 하 지만 지상 낙원엘 가까이 가는 데는 으레 이런 날씨려니 생각했 다. 상스(파리 동남부 근교에 있는 소도시) 부근에서 점화 플러그를 하 나 갈아야만 했다. 그는 휴대 전등도 잊었다. 또 한 가지 잊은 물건이 있다. 그는 망가진 스패너를 가지고 비를 맞으며 더듬거 렸다. '기차를 탔어야 할 걸 그랬어' 하고 그는 자꾸만 되풀이 해 중얼거렸다. 그가 자동차를 택한 것은 자동차가 더 자유롭다 는 생각 때문이었다. 꼴좋은 자유로군! 더구나 그는 이번 도주 를 하고 나서부터 계속 바보짓만 해 왔다. 그래 이 모든 것을 잊고 오다니!

"잘 되겠어요?"

주느비에브가 그에게 다가갔다. 그녀는 갑자기 자기가 포로 신세로 느껴졌다. 나무가 한 그루씩 보초처럼 서 있고 도로 수선 인부의 조그마한 오두막집이 저기 멍청히 서 있다. 어머나, 얼마나 망측한 생각인가…. 그녀는 여기서 언제까지나 살아야 한단 말인가?

다 끝냈다. 그는 그녀의 손을 잡았다.

"열이 있군요!"

그녀는 미소를 짓는다….

"그래…, 좀 피곤한데, 잤으면 좋겠어."

"그런데 왜 비를 맞으며 차에서 내렸어요?"

엔진이 갑자기 꺼지기도 하고 덜거덕 소리를 내며 여전히 잘 돌지 않는다.

"자크, 갈 수 있을까요?"

그녀는 열이 나서 약간 졸고 있었다.

"갈 것 같아요?"

"물론 가구말구. 곧 상스에 도착할 거야."

그녀는 한숨을 몰아쉰다. 그녀가 시도하는 것은 힘에 겨운 일이었다. 이 모든 것이 헐떡거리는 엔진 때문이다. 가로수 하나하나가 너무 무거워서 끌어당기기가 어려웠다. 나무마다, 가로수 한 그루를 지나면 또 다른 가로수가. 이것이 계속 반복되었다.

'이럴 수가 있나. 또 차를 세워야 하겠는데' 하고 베르니스는 생각했다. 그는 이번 고장은 겁이 났다. 꼼짝하지 않는 풍경이 무서웠다. 이러한 풍경이 싹터 나오는 어떤 생각을 풀어 놓았다. 그는 활기를 띠는 어떤 힘에 겁이 났다.

"주느비에브, 이 밤을 생각하지 마…, 곧 도착할 곳을 생각해…, 에스파냐를 생각해…, 에스파냐를 좋아하지?"

멀리서 들려오는 희미한 소리가 그에게 대답했다.

"그럼요, 자크. 나는 행복해요. 그렇지만…, 나는 산적들이 좀 겁이 나요."

그녀가 상냥하게 웃는 것이 보였다. 이 말이 베르니스를 가슴 아프게 했다. '에스파냐를 여행하는 것은 옛날 선녀 이야기 같은 것이야' 라고 말하는 것 이외에는 그 말에 아무런 말도 하고 싶지 않았다…. 신념이 없는 말이다. 신념이 없는 군대였다. 신념이 없는 군대는 승리할 수 없다.

"주느비에브, 이 밤과 비가 바로 우리들의 자신을 망쳐놓는 거지…."

그는 갑자기 그날 밤이 불치병과 같다고 생각했다. 그 병의 맛을 그는 자기 입 속에서 음미했다. 그날 밤은 새벽이 올 것 같지 않은 밤이었다. 그는 투쟁했다. 마음속으로 또박또박 말했다.

"비만 그친다면, 새벽이 병을 고칠 텐데…, 비만…."

무엇인가 그들 마음속에 병든 것이 있었다. 하지만 그는 그것을 알지 못했다. 그는 땅이 썩어 있고 밤이 병들었다고 생각했다. '날이 새면 한 숨 돌리리라' 혹은 '봄이 오면 내가 젊어질 텐데'라고 말하는, 죽기만 기다리는 환자처럼 그는 새벽을 고대하고 있다.

"주느비에브, 거기 있던 우리 집을 생각해…."

그는 이런 말을 결코 해서는 안 된다는 것을 금방 깨달았다. 주느비에브의 마음속에 집의 이미지를 일으킬만한 것은 아무것도 없다.

"예, 우리 집…."

그녀는 그 말소리를 시도해 보았다. 그 말의 정열은 빠져나갔고, 그 말의 맛은 달아나려고 했다. 그녀는 말이 되어 나오려고 하는 자기가 알지 못하는 많은 생각을 없애 버렸다. 또한 자기에게 겁을 내게 하는 많은 생각도 없애 버렸다. 그는 상스의 호텔을 몰랐기 때문에 가로등 밑에 차를 세우고 관광안내서를 펴보았다. 거의 다 꺼져가는 가스등 불빛에 그림자가 움직이고,

'자전거…' 라고 쓴, 글씨가 낡고 흐린 간판이 희끄무레한 벽 위에서 보였다. 그는 이 글씨가 자기가 읽은 중에서 가장 초라하고 가장 저속한 글이었다고 생각되었다. 단조로운 생활이 상징이리라. 그는 거기에서 지낸 자기 생활 속에는 평범한 것이 많았는데, 자기가 그것을 느끼지 못했던 것이라고 생각했다.

"여보시오, 불 좀 주시오…."

바싹 마른 부랑자 셋이 우스갯소리를 하면서 그를 바라본다.

"미국인들이 길을 찾고 있어…."

그리고 나서 그들은 주느비에브를 뚫어지게 바라봤다.

"썩 물러나지 못해?"

베르니스가 투덜거렸다.

"자네 정부, 교활하게 생겼구먼. 그래 29번지에 있는 우리 애인에게나 가 보게…."

주느비에브는 약간 겁이 나서 베르니스에게 몸을 기울였다.

"그들이 뭐라고 해요? 제발, 우리끼리 가요."

"그러나 주느비에브…"

그는 말을 참으면서 잠자코 있었다. 그녀에게 호텔을 하나 찾아주어야만 했다…. 저 술 취한 부랑자들…, 뭐가 중요한가? 그리고 나서 그는 생각했다. 그녀는 열이 있고, 고통을 당하고 있으니 이러한 싸움은 그녀 앞에서 삼가야 할 것이라고 생각했다. 그는 병적인 고집 때문에 그녀를 이러한 추잡스러운 일에 말려들게 한 것에 대하여 스스로 뉘우쳤다. 그는….

글로브 호텔은 문이 닫혀 있었다. 이 조그마한 호텔들이 밤에는 모두 잡화상 모습을 하고 있었다. 그는 느릿느릿한 발소리가 들릴 때까지 오랫동안 문을 두드렸다. 숙직자가 문을 방긋이 열면서 말했다.

"만원입니다."

"제발 부탁합니다. 제 처가 병이 났습니다!" 하고 베르니스가 간청했다. 문이 다시 닫혔다. 발걸음 소리는 복도 안으로 들어가고 있었다. 그래, 모두들 결탁하여 자기들을 골탕 먹인단 말인가…?

"뭐라고 대답해요? 무엇 때문에 왜 대답조차 않지요?" 하고 주느비에브가 말했다. 베르니스는 여기는 파리의 방돔 광장이 아니며 조그마한 호텔들은 일단 그들의 배가 차면 잠들고 만다고 하마터면 말할 뻔했다. 그것은 극히 정상적인 일이리라. 그는 아무 말 없이 앉았다. 그의 얼굴은 땀으로 번들거렸다. 그는 자동차의 시동은 걸지 않고, 빛나는 포석을 뚫어지게 응시했다. 빗물이 그의 목덜미에 흘러내렸다. 전 지구처럼 꼼짝하지 않는 것을 움직여야만 하겠다는 생각이 들었다. '날이 새기만 하면…' 하는 어리석은 생각이 다시 들었다. 이 순간에 정말 인간적인 말 한 마디를 해야만 했다. 주느비에브는 그 말을 찾고 있었다. "이봐요, 이러한 모든 일은 아무것도 아니에요. 우리들의 행복을 위해서 일해야만 하니까요."

베르니스는 그녀를 주시했다. "그렇군. 당신은 정말 관대해." 그는 감동했다. 그는 그녀를 포용해 주고 싶었으리라. 그렇지만 이 비, 이 불편, 이 피곤 때문에…. 하지만 그는 그녀의 손을 잡았다. 그리고 열이 올라 있음을 느꼈다. 매초마다 그녀의 육체를 서서히 침식하고 있다. 그녀는 이미지들로 침착성을 유지하고 있다.

"아주 따끈한 그로그(럼 술 또는 브랜디에 설탕·레몬·물을 섞어 만든 음료수)를 만들어 주어야 할 텐데. 그건 어렵지 않을 거야. 더 뜨거운 그로그로. 그리고 이불로 몸을 감싸 주어야지. 우리는 이번의 어려운 여행을 생각하면서 나중에 서로 웃게 될 거야." 그는 어렴풋한 행복감을 느꼈다. 그러나 다급한 현실은 이러한 공상과 얼마나 동떨어진 것인가. 다른 두 호텔에서도 대답하지 않았다. 이 공상을, 실패할 때마다 다른 공상을 해야 할 텐데. 그런데 그 때마다 그 공상들은 명확성을 잃었으며, 그 공상들이 포함하고 있는 실현 가능성도 조금씩 잃어갔다. 주느비에브는 말이 없었다. 그녀는 불평을 하지 않을 것이며 더 이상 할 말이 없을 것이라고 그는 느꼈다. 그가 몇 시간 아니 며칠동안 차를 굴린다 하더라도 그녀는 거의 말하지 않을 것이다. 결코 더 이상 말하지 않을 것이다. 그가 그녀의 팔을 비틀더라도 그녀는 아무 말도 않을 것이다…. '내가 헛소리를 하고 있구나. 내가 몽상에 빠졌어!'

"주느비에브, 아직 아픈가?"

"아니에요, 이젠 괜찮아요. 많이 나아요."

그녀는 많은 일에 대하여 방금 실망하고 있었다. 많은 것을 단념하던 참이었다. 누구를 위해서, 그를 위해서. 그가 자기에게 줄 수 없는 것들을 '많이 나아요…', 이 말은 바로 용수철 하나가 부러진 격이다. 더 온순한 그녀. 이리하여 그녀는 점점 더 나아질 것이다. 행복도 포기하게 될 것이다. 그녀의 건강이 완전히 좋아지면….

"아니, 내가 무슨 바보짓을 하고 있지. 아직도 몽상에 빠져 있어."

〈희망의 영국 호텔〉 상용(商用) 고객에게는 특별요금.

"주느비에브, 내 팔에 기대…. 그럼. 방을 하나. 아내가 환자야. 빨리 그로그를! 아주 뜨거운 그로그를."

상용 고객에게는 특별 요금이라. 왜 이 구절이 그토록 처량한가?

"이 소파에 앉아. 그러면 좀 나을 거야."

왜 그로그는 오지 않을까? 상용 고객에게는 특별 요금.

늙은 하녀가 급히 왔다.

"이 방입니다, 부인. 가련한 부인, 몸을 덜덜 떨고 있고 얼굴이 창백하군요. 따뜻한 유담포를 갖다 드리지요. 14호실입니다. 훌륭하고 널찍한 방이지요…. 선생님은 숙박계를 써주시겠습니까?"

더러운 펜대를 손에 들고 그는 자기들의 성이 서로 틀리다는 것이 생각났다. 그는 호텔 보이들이 주느비에브를 이상한 눈초리로 볼 것이라고 생각했다.

"나 때문이지요. 그릇된 내 취미 때문에."

노파가 역시 그를 도와주었다.

"애인이라고 쓰세요. 정답지 않아요?"라고 노파가 말했다.

그들은 파리에서의 스캔들을 생각했다. 여러 가지 모습이 앞을 다투어 머리에 떠올랐다. 어떤 곤란한 일이 자기들에게만 시작되고 있었다. 하지만 그들은 자기들의 생각이 일치할까봐 무서워서 한마디 말도 꺼내기를 삼갔다. 그리고 베르니스는 지금까지 약간 말썽을 부리던 엔진과 몇 방울의 비와 호텔을 찾느라고 10분을 소비한 일 외에는 아무 일도 없었다는 것을 깨달았다. 그들이 극복한 것처럼 생각된 힘겨운 난관들이 실은 그들 자신에서 왔던 것이다. 주느비에브가 고생을 치른 것은 자기 자신에 대한 투쟁이었고, 그녀가 자기 자신으로부터 떼어 버리려고 했던 것이 너무 바싹 붙어 있었기 때문에 그녀는 벌써 갈기갈기 쥐어뜯고 있었다. 베르니스는 그녀의 두 손을 잡았다. 하지만 말을 건네는 것이 그녀에게 아무런 도움이 되지 않을 것으로 생각되었다. 그녀는 잠자코 있었다. 그는 육욕은 생각하지 않았다. 하지만 그는 이상한 몽상에 사로잡혔다. 어렴풋한 추억들. 램프의 불꽃. 그는 급히 서둘러 램프에 기름을 부어야 한다. 그리고 또한 세차게 불어오는 바람으로부터 그 불꽃을 보호해야만 한다. 하지만 특히 그는 그녀의 초탈을 생각했다. 그는 그녀가 재물욕이 강했으면 좋을 것이라고 생각했다. 재물 때문에 고민하고 물욕에 사로잡혀 울면서 졸랐으면 좋았을 텐데. 그러면 가난 속에서도 그는 많은 것을 줄 수도 있을 텐데. 하지만 그는 굶주리지 않는 이 여성 앞에 초라하게 무릎을 꿇고 있는 것이다.

"아니야, 아무것도…, 내버려 둬…. 아! 벌써?"

베르니스는 서 있다. 꿈속에서 그의 동작은 배를 끄는 사람처럼 우둔했다. 사람들을 광명으로 이끄는 사도처럼 우둔했다. 그의 발걸음 하나하나가 무용가의 발자국처럼 의미심장했다.

"오, 내 사랑…."

그는 이리저리 서성댔다. 우스꽝스러웠다. 창문은 새벽빛으로 물들어 있다. 간밤에는 창문이 짙은 파란색이었는데. 램프 불빛을 받아 창문은 짙은 청옥색이었다. 간밤에 이 유리창은 별 나라에까지 구멍이 뚫려 있었다. 사람들은 몽상에 잠기고 상상에 잠겼다. 마치 뱃머리에 서 있는 것처럼.

그녀는 무릎을 자기 앞으로 바싹 오그린다. 자기 살이 덜 구워진 빵처럼 몰랑몰랑하게 느껴진다. 심장의 고통이 너무 심해서 가슴이 아프다. 마치 객차 속에 있는 것처럼, 차축의 소리가 달리는 기차의 박자를 맞춘다. 차축은 심장처럼 뛴다. 차창에 이마를 대고 내다보니 풍경이 흘러간다. 마침내 지평선이 맞이하는 풍경의 까만 더미는 죽음처럼 아늑한 평화로 조금씩 감싸고 있다.

그녀는 그 남자에게 "나를 꼭 잡아 주세요" 하고 소리치고 싶

었다. 사랑의 팔은 당신의 현재와 과거와 미래와 더불어 당신을
포옹한다. 사랑의 팔은 당신과 흡사하다….

　"아니에요, 내버려두세요."

베르니스는 생각했다.

"이 결정은 우리가 없는 동안에 이루어졌다. 모든 것이 말 한 마디도 교환하지 않고 결정되었다."

이렇게 귀환하는 것이 미리 결정된 것처럼 생각되었다. 이처럼 환자를 데리고 여행을 계속하는 것은 문제다. 나중에 두고 볼 일이다. 에를렝이 마침 먼 곳으로 잠깐 여행을 갔으니, 만사가 잘 해결될 것이다. 베르니스는 만사가 이처럼 쉽게 해결될 것 같아 속으로 놀랐다. 그것이 사실이 아니라는 것을 그는 잘 알고 있었다. 그들은 문제없이 행동할 수 있었다.

그 뿐만이 아니라 그는 자기 자신을 의심하고 있었다. 그는 또한 자기가 공상에 사로잡혔다는 것을 잘 알고 있었다. 하지만 이 공상들은 얼마나 깊은 곳에서 생긴 것일까? 오늘 아침 잠을 깨면서 금방 그는 낮고 흐린 천장을 쳐다보면서 생각에 잠겼다.

"그녀의 집은 일종의 배였다. 그 집은 여러 세대를 이 해안에서 저 해안으로 통과시켰다. 여행이란 여기서도 다른 곳에서도 아무런 뜻을 가지고 있지 않다. 하지만 배표와 선실과 노란 가죽 가방을 가지고 있음으로써 얼마나 안심할 수 있는가. 배를 타고 있다는 것이…"

그는 어떤 비탈길을 내려오고 있기 때문에, 그리고 미래가 자기도 깨닫지 못하는 사이에 다가오기 때문에 자기가 고통을 당하는 것도 모르고 있었다. 사람이 방심 상태에서는 괴로움을 모르는 법이다. 사람이 슬픔에 몸을 맡기는 경우에도 슬픔을 느끼지 못하게 된다. 그는 나중에 어떤 영상과 맞부딪칠 때 괴로움을 당하게 될 것이다. 이리하여 그들은 자기들 마음속 어딘가에 각오가 잘 되어 있었기 때문에 그들 후반부의 역할을 쉽게 수행할 수 있었다고 생각했다. 그는 엔진 상태가 좋지 않은 차를 몰고 오면서 그렇게 생각했다. 하지만 목적까지는 가게 되겠지. 그들은 비탈길을 내려왔다. 이 비탈길의 모습은 항상 떠나지 않았다.

퐁텐블로(파리 근교에 있는 도시로서 궁전으로 유명함) 근처에서 그녀는 목이 말랐다. 갖가지 풍경들이 모두 낯이 익었다. 그는 조용히 자리를 잡았다. 안정된다. 이곳은 태양이 굽어보이는 유익한 환경이었다. 어떤 싸구려 식당에 들어가 그들은 우유를 마셨다. 서둘러 봤자 무슨 소용이 있는가. 그녀는 우유를 조금씩 천천히 마셨다. 서둘러서 무슨 소용이 있겠는가? 어떤 일이 생기든 반드시 그들에게 오는 것이다. 그림자같이 따라다니는 필연성의 모습. 그녀는 싹싹했다. 그녀는 여러 가지 일에 대하여 그에게 만족의 뜻을 표했다. 그들의 관계는 어제보다 훨씬 더 자유스러웠다. 그녀는 미소를 띠었고, 문 앞에서 모이를 쪼고 있는 새들을 가리켰다. 그녀의 얼굴 표정이 새롭게 여겨졌다. 이러한 표정을 그가 어디서 보았던가?

여행자들한테서, 잠시 후 그들의 생활에서 떠나게 될 여행자들한테서 이런 표정을 보았다. 부두에서 그들의 얼굴은 미소를 지을 수 있으며, 미지에 대한 정열로 활기를 띨 수 있다. 그는 다시 눈을 들었다. 그녀는 옆으로 고개를 숙이고 공상에 사로잡혔다. 그녀가 얼굴을 조금만 돌리면 그녀가 보이지 않게 되리라. 필경 그녀는 그를 변함없이 사랑하겠지. 하지만 나약한 소녀에게 지나치게 요구해서는 안 된다. 물론 '나는 당신에게 자유를 돌려주겠어' 라고도 말할 수 없으며 이와 비슷한 조리가 맞지 않는 말은 할 수가 없었다. 하지만 그는 장차 자기가 무엇을 할 계획인지 말해 주었다. 그런데 그가 꾸며 내는 생활 속에 그녀는 얽매어 있지 않았다. 그에게 감사하기 위하여 그녀는 조그마한 손을 베르니스의 팔에 얹었다.

"당신은 전부…, 내 사랑의 전부예요."

그 말은 진실이다. 그러나 그는 역시 이 말을 들으며 그들은 서로 사랑할 수 없다는 것도 알았다.

완고하면서도 상냥한 그녀. 거칠고 잔인하며 공정하지 못할 때가 많았으나 그 사실을 모르고 있던 그녀. 미지의 어떤 보물을 기어코 보존하려고 발 벗고 나서던 그녀. 조용하고 상냥한 그녀.

그녀는 역시 에를렝과 연분이 없었다. 그는 그것을 알고 있었다. 그녀가 종전의 생활을 다시 시작하겠다고 말했지만 그 생활은 그녀에게 괴로움만 가져올 뿐이었다. 그러면 그녀는 무엇 때문에 이 세상에 태어났을까? 그녀는 괴로워하지는 않는 것 같았다.

그들은 다시 출발했다. 베르니스는 약간 왼편으로 몸을 돌렸다. 그 자신도 역시 괴롭지는 않았다. 하지만 물론 자기 마음속에 어떤 짐승이 상처를 입고 설명할 수 없는 눈물을 흘리고 있었다. 파리에 돌아와서도 별다른 소동은 없었다. 그들은 별로 남들을 방해하지 않았다.

그게 무슨 소용이냐? 파리 시는 그의 주위에서 쓸데없는 소
란을 떨고 있다. 이러한 소란 속에서 아무것도 나올 수 없다는
것을 그는 잘 알고 있었다. 그는 낯선 통행인의 무리를 헤치고
천천히 걸어갔다. 그는 이렇게 생각했다. '내가 마치 여기 없는
것 같군.' 그는 머지않아 다시 출발해야만 했다. 그 편이 좋아.
그는 자기 일이 너무 육체적인 인연으로 둘러싸여 있기 때문에
다시 현실로 되돌아가게 되리라는 것을 잘 알고 있었다. 그리고
일상생활에서는 단 한 자국의 발걸음도 사실로서 중요성을 떠
나, 정신적인 손실은 일상생활에서 다소 그 의미를 상실하고 있
다는 사실도 그는 잘 알고 있었다. 착륙지에서의 농담도 그 풍
미를 그대로 지니고 있었다. 그것은 이상한 일이지만 분명한 일
이다. 하지만 그는 자기 자신에 대하여 관심을 가지지 못했다.

그는 노트르담 성당 옆을 지나가야 하기 때문에 성당 안으로
들어갔다. 그러자 사람이 콩나물시루처럼 빽빽이 들어선 것을
보고 놀라서 돌기둥 앞으로 몸을 피했다. 도대체 무엇 때문에
그가 여기 들어왔을까? 그는 그 사실을 생각했다. 결국 그가 여
기 오게 된 것은 몇 분간의 여유가 무엇에 이끌렸기 때문이다.
밖에서 지내는 시간은 아무것도 호기심이 끌리지 않는다. 바

로 그렇다. '밖에서 여유 있는 시간은 아무것에도 호기심이 끌리지 않는다.' 그는 또한 자기 자신을 알아야 한다는 필요성을 느꼈다. 그리고 어떠한 정신적 훈련을 위해서처럼 신앙에 귀의했다. 그는 속으로 생각했다. '내 마음을 표현해 주고 나를 닮은 어떤 방편을 발견한다면, 나에게 그것이 진실일 거야.' 그리고 그는 권태롭게 부언했다.

"그렇지만 나는 그걸 믿지는 않을 거야."

그런데 갑자기 그는 이번에도 역시 장거리 비행을 해야 하며, 자기의 전 생애가 이렇게 도망쳐 다니는 데 소비될 것이라고 생각했다. 그래서 설교의 시작이 마치 출발 신호처럼 그를 불안하게 했다.

"천국은" 하고 설교가 시작됐다. "천국은…."

그는 강론대의 넓은 가장자리에 두 손을 올려놓고…, 몸을 청중을 향하여 굽혔다. 콩나물처럼 들어찬 청중은 모든 말을 열심히 듣는다. 그들에게 마음의 양식을 주는 것이다. 여러 가지 비유들이 그들에게 비상하게 분명히 머리에 들어갔다. 그는 그물에 걸린 물고기를 생각하며 느닷없이 덧붙였다.

"갈릴레아의 어부가…."

그는 한 줄기의 어렴풋한 회상을 불러일으키는 말, 오랫동안 계속하여 오던 말밖에 하지 않았다. 그는 청중에게 서서히 압력을 가하는 것같이 생각되었으며 그의 감격도 달음박질의 발걸음처럼 점점 더 확대되는 것같이 보였다.

"만일 여러분이 아신다면…, 얼마나 많은 사랑이…."

그는 약간 숨을 헐떡이며 말을 중단했다. 그의 감정이 너무 벅차서 표현할 수가 없었다. 일상생활에 가장 많이 사용되는 별로 대수롭지 않은 말도 너무나 많은 뜻을 포함하고 있는 것 같이 생각되었으므로 어떤 말을 해야 할지 구별하지 못했다. 양초 불빛에 비친 그의 얼굴은 양초 색깔로 보였다. 그는 손을 짚으며 고개를 쳐들고 꼿꼿이 일어났다. 그가 긴장을 풀었을 때 청중은 바다처럼 동요하고 있었다.

그 후 말이 떠올라 다시 설교를 했다. 그는 놀랄 정도로 확신을 가지고 말했다. 그는 자기 힘을 알고 있는 하역 인부같이 기운찼다. 그가 한 구절을 끝마쳤을 때에는 누가 자기에게 짐을 넘겨주듯이 생각이 자기 밖에서 형성되어 떠오르는 것 같았다. 하지만 그는 이 청중을 어떻게 매혹시킬 것인지 그 이미지가 미리부터 막연하게 떠오르고 있었다. 베르니스는 지금 설교의 결론에 귀를 기울이고 있었다.

"나는 모든 생명의 원천이다. 나는 그대들 속에 들어가 그대들에게 활기를 띠우게 하고 다시 물러나온 조수(潮水)다. 나는 그대들 속에 들어가 그대들에게 몹시 심한 고통을 주고 물러나

온 재난이다. 나는 그대들 안에 들어가 영원히 남아 있는 사랑이다."

"그대들은 마르시옹(그노시스파의 희랍 철학가)과 제4복음서를 대조하며 내게 대항하려 하는구나. 그대들은 복음의 변작(變作)에 대하여 말하려 한다. 그래, 그대들의 가련한 인간적인 논리로 내게 맞서려 드는가! 내 논리는 그대들의 논리를 초월하고 있지 않은가! 내 섭리로 그대들을 구원하지 않는가!"

"오, 죄인들아, 내 말을 이해하겠는가! 나는 그대들의 학문에서, 틀에 박힌 그대들의 의식에서, 그대들의 법률에서, 정신적인 노예 상태에서, 운명론보다 더 가혹한 그 결정론에서 구출하겠노라. 나는 갑옷의 벌어진 틈이다. 나는 감옥의 천창(天窓)이다. 나는 계산의 착오다. 나는 생명이다."

"오, 연구실의 학자들이여, 그대들은 별들의 운행을 분석하였지만 이제는 그 별들을 모르고 있구나. 그 별들은 그대들의 책 속에서 하나의 기호는 되겠지만 그 빛은 모르고 있다. 그대들은 이에 대하여 어린이만큼도 모르고 있도다. 그대들은 인간의 사랑을 다스리는 법칙까지도 발견했다. 그러나 그 사랑 자체는 그대들의 표시에 빠져 나간다. 그대들은 사랑에 대해서는 소녀보다도 모르고 있구나! 자, 내게로 오라. 이 따뜻한 빛을, 이 사랑의 빛을 나는 그대들에게 돌려주련다. 나는 그대들을 노예로 만들지 않겠다. 나는 그대들을 구원하겠노라. 과실이 떨어지는 것을 처음으로 계산하여 그대들을 노예상태로 만들어 놓은 그 사람으로부터 나는 그대를 해방시키겠노라. 나의 집이 유일한 구원처다. 내 집을 벗어나면 그대들은 어떻게 되겠는가?"

"내 집 밖에서 그대들은 어떻게 되겠는가. 번쩍거리는 선수재(船首材) 위에 바닷물이 지나가듯 시간의 흐름이 심오한 의미를 지닌 이 배 밖에서 그대들은 무엇이 되겠는가? 소리는 내지 않겠지만 섬들을 뜨게 하는 바다의 흐름, 바닷물의 흐름."

"내게로 오라. 인간의 행동이 쓰라린 맛을 가졌다는 것을 아는 그대들이여."

"법칙으로 밖에 이끌리지 않는 사상의 쓰라림을 맛본 그대들이여, 내게로 오라."

그는 팔을 벌렸다.

"나는 누구나 영접하는 자로다. 나는 세상의 죄를 대신 졌노라. 나는 세상의 죄악을 짊어졌노라. 나는 새끼 잃은 짐승의 슬픔과 같은 그대들의 슬픔을 짊어졌으며 그대들의 불치의 병도 짊어짐으로써 그대들의 짐을 덜어 주었노라. 그러나 오늘날의 내 백성들아, 더욱더 비참하고 더욱 더 고치기 어렵구나. 하지만 나는 다른 때처럼 오늘날의 죄악도 짊어지겠노라. 나는 더욱 더 무거운 정신의 쇠사슬을 짊어지겠노라."

"나는 세상의 무거운 짐을 지는 자로다."

설교자가 '계시' 를 얻으려고 소리치지 않았기 때문에 베르니스에게는 그가 실망한 것처럼 보였다. 왜냐하면 설교자가 '계시' 를 선포하지 않았고 자기 혼자서 말을 주고받고 하였기 때문이다.

"그대들은 장난하고 노는 어린애와 같이 될 것이다."

"매일 매일 그대들은 헛된 노력으로 기운을 빼고 있다. 내게로 오라. 나는 그대들의 노력을 뜻있게 하리라. 그 노력은 그대들의 마음속에 쌓일 것이며, 나는 그것을 인간적인 것으로 만들리라."

설교는 청중의 마음속으로 파고들어 간다. 베르니스는 그 설교를 더 이상 듣지 않았다. 하지만 그 무엇인가가 그 말 속에 있어 어떤 동기처럼 문득 되살아났다.

"…나는 그것을 인간적인 것으로 만들리라."

그는 불안에 사로잡혔다.

"오늘날의 여인들이여, 내게로 오라. 메마르고 가혹하며 절망적인 그대들의 사랑을 나는 인간적인 것으로 만들어 주리라…."

"내게로 오라. 조급한 그대들의 육욕과 쓰라린 뒷맛을 나는 인간적인 것으로 만들어 주리라…."

베르니스는 자기의 슬픔이 더 커지는 것 같았다.

"…나는 인간에 대하여 감탄하는 자이기 때문이다."

베르니스는 혼란에 빠졌다.

"나는 인간에게 자기 자신을 돌려줄 수 있는 유일한 자이니라."

사제는 설교를 그쳤다. 지친 그는 제대 쪽으로 돌아섰다. 그는 지금까지 설교한 신을 찬양했다. 그는 자기가 모든 것을 다 바친 것처럼 자기의 피곤한 육체가 제물인 양 자기 자신을 겸손하게 생각했다. 그는 부지불식간에 그리스도와 일체가 되었다. 그는 제대 쪽으로 향하며 놀랄 정도로 천천히 다시 말을 이었다.

"아버지, 나는 저들을 믿습니다. 그러므로 나는 내 생명을 주었습니다…."

그리고 마지막으로 군중 쪽으로 몸을 돌리고서,

"나는 저들을 사랑하기 때문입니다."

그 후 그는 몸을 떨었다. 베르니스는 침묵을 이상하게 생각했다.

"성부와… 이름으로…."

베르니스는 생각했다. '얼마나 큰 절망인가! 신덕(信德)은 어디에 있는가? 나는 신덕의 소리는 듣지 못하고 완전히 절망한

부르짖음만 들었다.'

  그는 밖으로 나왔다. 조마간 아치등이 켜질 것이다. 베르니스는 세느강 둑을 따라 걸어갔다. 나무들의 무질서하게 뻗은 가지는 황혼에 유혹되어 꼼짝 않고 있었다. 베르니스는 걸어갔다. 그는 마음의 평화를 얻었다. 그것은 하루의 일과 후 휴식에서 오는 평화인데, 사람들은 어떤 문제를 해결한 후에는 평화라고 생각한다.

  그런데 이 황혼은…, 그 광경은 제국의 멸망과 패배당한 저녁과 약한 사랑의 끝장을 위하여 이미 사용한 바 있는 너무나 연극적인 배경이었다. 아니면 내일 다른 희극에 사용될 배경이었다. 고요한 저녁이거나 생활이 지긋지긋하다면, 어떠한 연극이 상연될지 모르기 때문에 불안을 느끼는 배경이었다. 아! 그토록 인간적인 불안으로부터 그를 구원하기 위한 그 무엇이…. 아치등이 일제히 켜졌다.

택시들, 버스들. 그 속에 섞여들면 기분이 좋을 혼잡, 알지 못할 혼잡이 아닌가. 베르니스, 아스팔트 속에 뿌리박은 듯한 우둔한 사람 −자, 비켜!− 평생 한 번 지나칠 부인들이 지나간다고? 단 한 번뿐이지. 저쪽 몽마르트에서 비쳐오는 불빛은 더욱 눈부시다. 벌써 거리 아가씨들이 늘어붙는다 −저런! 빨리빨리!− 저쪽에는 다른 여성들이 온다. 에스파냐와 아메리카 부인들이 보석을 두르고 지나간다. 그렇게 치장을 하면 아름답지 않은 사람도 근사하게 보인다. 배(復) 위에만 50만 프랑에 달하는 보석을 걸쳤다. 그리고 반지는 얼마나 굉장한 것인가! 사치품으로 휘감긴 육체. 여기 또 불안스러운 여자.

"놔요, 당신이군! 나는 당신을 알아요. 뚱쟁이지요. 저리 가요. 그냥 지나가게 가만 두라니까요. 나도 살고 싶어요!"

삼각형으로 깊숙이 파인 야회복을 속살이 보이는 등 위에 걸친 여인이 그의 앞에서 저녁을 먹고 있었다. 그에게는 이 목덜미, 이 어깨, 가끔 전율을 일으키는 눈부신 이 등밖에는 보이지 않았다. 항상 다시 꾸미며 파악할 수 없는 이 물질. 그 여자는 담배를 피우며, 주먹으로 턱을 바치고 고개를 숙이고 있기 때문에 그에게는 넓은 등밖에 보이지 않았다. 그는 '벽 같다'고 생각했다. 댄서들은 춤을 추기 시작했다. 그들의 발걸음은 탄력성이 있었고 발레의 혼이 그들에게 어떤 혼을 빌려 주었다. 베르니스는 그녀들의 몸의 균형을 유지하는 그 율동이 마음에 들었다. 때로는 위태롭기도 했지만 그녀들은 무척 정확하게 균형을 되찾았다. 그녀들은 어떤 모습을 취하려다가 항상 유연하게 다른 동작으로 바꾸며, 휴식의 문턱, 죽음의 문턱까지 가서 다시 그것을 동작으로 해결함으로써 불안한 관능을 만들어냈다. 그것은 바로 욕망의 표시였다. 그의 앞에는 호수의 수면같이 매끈매끈하고 신비로운 등이 있었다. 하지만 어떤 동작이 윤곽을 그리며 어떤 사상이나 전율이 거기서 큼직한 그림자의 파동을 퍼뜨렸다. 베르니스는 생각했다. '나는 저 속에서 움직이는 알지 못할 모든 것이 필요한데.'

댄서들은 모래 위에 수수께끼 같은 글씨를 썼다가 지운 후에 인사를 했다. 베르니스는 그 중에 제일 날씬한 댄서에게 손짓을 했다.

"너 춤 잘 춘다."

그는 그녀의 몸무게가 어떤 과실의 과육(果肉)처럼 가볍게 생각되었다. 그러나 그녀가 뜻밖에도 무거운 것을 알았다. 그것이 큰 재산이었다. 그녀는 앉았다. 그녀의 시선은 강렬했으며 면도

질한 목덜미는 황소 같은 그 무엇을 연상시킨다. 그리고 그녀의 관절은 육체에서 가장 유연성이 없었다. 그러나 전 육체에는 무척 안온한 평화가 얼굴에서 내려와 전신으로 퍼져 있었다.

그리고 나서 베르니스는 그녀의 머리카락이 땀에 젖어 살에 붙어 있는 것을 발견했다. 분 바른 얼굴 위로 패어진 한 줄기 주름살. 산뜻한 기분을 잃은 의상. 어떤 환경에서 빠져나오듯 무대에서 물러나온 그녀는 얼굴이 핼쑥하고 능란하지 못한 듯이 생각되었다.

"무엇을 생각하지?"

그녀는 서투른 몸짓을 했다. 밤의 이 모든 소란은 어떤 의미를 가졌다. 제복을 입은 보이와 택시 운전수와 식당의 웨이터들이 분주히 돌아다니는 것도 어떤 의미를 갖는다. 그들은 저마다 자기 직업에 종사하고 있었다. 그들의 직업이란 결국 자기 앞에 샴페인 술병과 지쳐있는 아가씨들을 제공하는 것이었다. 베르니스는 무대 뒤에서 인생을 바라보고 있다. 거기서는 모든 것이 직업이다. 거기에는 악습도 도덕도 감정도 없고, 인부들의 노동처럼 습관적이고 개성미 없는 노동뿐이었다. 동작으로 일종의 언어를 만들기 위하여 여러 동작을 모은 그 춤까지도 이방인에게만 할 수 있는 언어였다. 이방인만이 여기서 문장의 구성을 발견했으나 파리 시민들과 댄서들은 벌써 오래 전부터 그것을 잊고 있었다. 이리하여 같은 곡을 1000 번이나 반복해서 연주하는 음악가는 그 곡의 진가를 잊어버리는 법이다. 이 곳 여성들은 투광기(投光器)의 광선을 받으며 스태프를 밟고 표정을 꾸몄다. 하지만 그녀들은 어떠한 주의력을 가지고 하지는 않는다. 그래서 이 여자는 아픈 다리만 생각하고 저 여자는 무도 후에 있을 데이트만 생각하고 있다. 오, 이 얼마나 불쌍한가! ―또 이 여자는 생각한다. "나는 100 프랑을 빚졌는데…." 또 다른 여자는 아마 '아프다' 고 생각하리라. 벌써 그의 마음속에 모든 열의가 식어 있었다. 그는 생각했다. '너는 내가 원하는 것을 아무것도 줄 수가 없겠다.' 그렇지만 그는 몹시 고독하였기 때문에 그녀가 필요했다.

그녀는 말없는 이 남자가 무서웠다. 그녀가 밤중에 자고 있는 듯한 그 남자 옆에서 잠이 깨었을 때, 그녀는 마치 쓸쓸한 백사장 위에 혼자 외로이 있는 듯한 인상을 받았다.

"안아 주세요."

그녀는 그렇지만 애정의 충동을 느꼈다…. 그러나 이 육체 속에 감춰져 있는 알지 못할 인생, 딱딱한 이마 뼈 속에 들어 있는 알 수 없는 꿈! 남자의 가슴 위에 모로 누워 있을 때, 그녀는 남자의 호흡이 파도처럼 올라갔다 내려갔다 하는 것을 느꼈다. 그것은 바다를 건널 때의 불안이었다. 만일 그녀가 살에 바싹 귀를 대고, 달리는 엔진 소리와 집 부수는 사람의 망치 소리 같은 심장의 딱딱한 고동 소리를 들었다면 그녀는 자기를 붙잡지 못할 만큼 빠른 동작으로 도망가고 싶은 감정을 느꼈을 것이다. 그리고 그 침묵, 그녀가 말을 걸어야지 비로소 그는 몽상에서 깨어난다. 그녀는 천둥이 칠 때 수를 세듯이 자기 말과 대답 사이에 '하나…, 둘…, 셋' 하고 몇 초나 걸리나 세어볼 정도다. 그는 시골 저 멀리 떨어져 있는 것 같다. 그가 눈을 감으면 그녀는 죽은 사람의 머리처럼 무거운 그의 머리를 두 손으로 포석을 집듯이 잡아서 쳐들어야 했다.

"여보세요, 왜 이렇게 슬픔에 잠겼어요…."

수수께끼 같은 길동무.

둘이는 나란히 누워 말이 없다. 생명이 냇물처럼 육체 속에서 흐르는 것이 느껴진다. 현기증이 날 정도의 빠른 흐름. 육체는 물에 뜬 통나무 배….

"몇 시지?"

시간을 맞추다니, 이상한 여행이다. '오, 내 애인!' 그녀는 물에서 건져낸 것처럼 헝클어진 머리카락을 뒤로 젖히고 그에게 바싹 다가들었다. 이 여인은 잠자리에서 나올 때나 관계를 하고 나올 때는 바다에서 건져낸 사람처럼 머리카락이 이마에 붙고 얼굴은 일그러지곤 했다.

"몇 시야?"

그런데 시간은 왜 물을까? 시간은 마치 시골의 작은 역처럼 –자정, 1시, 2시– 지나가 뒤로 물러서며 사라진다. 무엇인가 손가락 사이로 빠져나가지만 그것을 잡을 수가 없었다. 늙는다는 건 대수롭지 않은 일이야.

"선생님은 백발이 성성하고 나는 선생님 애인으로 얌전히 그 옆에 있는 모습을 상상해 봅니다…."

늙는다는 것은 별 게 아니야. 하지만 이 순간을 잡친다거나

이 평온을 좀 더 뒤로 연기한다는 것은 피곤하게 하는 일이다.

"선생님 고향 이야기를 해주시겠어요?"

"거기는…."

베르니스는 불가능한 일이라는 것을 알고 있다. 도시, 바다, 고향은 모두 마찬가지다. 때로는 일시적인 어떤 모습을 이해하지는 못하면서 짐작은 하지만 그것을 필설로 표현하지는 못한다.

그는 손으로 그 여자의 옆구리를 만진다. 그 곳은 무방비 상태다. 여자는 살아 있는 육체 중에서 가장 알몸이며, 가장 부드러운 광채로 빛나는 육체다. 그는 이 육체에 활기를 띠게 하고 태양처럼, 체온처럼 육체를 따뜻하게 해주는 신비로운 생명에 대하여 생각하고 있다. 베르니스는 그 육체가 부드럽지도 아름답지도 않았지만 미지근하다고 생각했다. 짐승의 몸처럼 미지근한 체온이다. 살아 있는 여성. 그리고 언제나 뛰고 있는 심장, 자기 것과 다르고 육체 속에 갇혀 있는 샘. 그는 자기 마음속에서 몇 초 동안 날개를 퍼덕이던 관능적인 쾌락을 생각한다. 날개를 치다가 죽어 버린 미친 새 같은 관능의 쾌락. 그리고 지금은…. 지금은 하늘이 유리창 속에서 떨고 있다. 남자의 욕정으로 방비가 부서지고 왕관이 벗겨진 정사(情事) 뒤의 여인. 차가운 별들 속에 버려진 여인. 마음의 풍경은 그토록 빨리 변한다…. 욕정도 지나갔고 애정도 지나갔고, 열정의 강도 지나갔다. 지금은 육체에서 벗어나 뱃머리를 바다로 돌려 순결하고 냉철하게 뱃전에 서 있다.

잘 정돈된 응접실은 어떤 부두와 흡사했다. 베르니스는 파리에서 급행열차 시간을 기다리며 몇 시간을 쓸쓸하게 보냈다. 그는 유리창에 이마를 대고 군중이 지나가는 것을 바라본다. 그는 강물과 떨어진 곳에 있었다. 사람마다 계획을 세워 가지고 급히 서두른다. 갖가지 사건들이 자기를 제외하고 얽혔다 풀렸다 한다. 저기 지나가는 저 여인이 겨우 열 걸음만 옮겨 놓으면 시간 밖으로 나가고 만다. 이 군중이 여러분에게 눈물과 웃음으로 영양분을 제공하는 살아 있는 물질이다. 그런데 지금 그 군중은 바로 죽은 사람들의 행렬과 같은 것이다.

제3부

1 Courrier Sud

유럽과 아프리카에서는 여기저기서 그 날의 최후 폭풍우를 대비하면서, 별로 시간적 여유를 두지 않고 그날 밤을 준비하고 있었다. 그라나다의 폭풍우는 가라앉았고, 말라가의 폭풍우는 비로 바뀌었다. 어떤 곳에서는 질풍이 머리채를 헝클어 놓듯이 아직 나뭇가지에 악착같이 달라붙었다. 툴루즈, 바로셀로나, 알리칸데에서는 우편기를 비행시키고 나서, 부속품들을 정리하고 격납고에 비행기들을 들여놓고 문을 닫았다. 낮에 우편기가 오기로 되어 있던 말라가에서는 신호등을 준비할 필요가 없었다. 그뿐 아니라 우편기가 착륙하지도 못할 것이다. 아마 우편기는 저공비행으로 탕헤르 쪽으로 계속 날아갈 것이다. 오늘도 역시 아프리카의 해안을 보지 못하고 나침반만 보면서, 20m 저공비행으로 해협을 통과해야만 했다. 세차게 불어오는 북풍이 바다에 구멍을 뚫어 놓는다. 바람에 부서지는 파도가 하얗게 변한다. 바람이 불어오는 방향으로 뱃머리를 돌리고 돛을 내린 배마다 한결같이 바다 한가운데서처럼 리벳을 삐걱거리면서 흔들리고 있다. 영국 암초지대 동쪽에 저기압이 발생하여 비가 억수로 쏟아졌다. 서쪽에는 구름이 한층 더 높게 떠 있다. 바다 건너편, 탕헤르에서는 시가지를 흠뻑 적실 정도로 소나기가 쏟아져 연기가 올라가는 것 같았다. 지평선에는 뭉게구름이 가득 차 있다. 그러나 라라슈(대서양 쪽에 있는 모로코의 항구) 쪽은 하늘이 맑게 개여 있었다.

카사블랑카는 푸른 하늘 아래 마음껏 호흡하고 있었다. 전투를 하고 난 후처럼 범선들이 항구라는 것을 나타내고 있었다. 폭풍우가 뒤집어 놓은 바다 위에서는 이제 규칙적으로 생기는 긴 물결 이랑이 부챗살 모양으로 퍼지고 있을 따름이다. 들판은 낙조(落照)에 더욱 산뜻한 파란 빛을 내면서 바다처럼 깊어 보였다. 시가지에서는 여기저기에 아직 젖어 있는 광장이 번쩍이고 있었다. 발전소의 바라크에서는 한가한 기사들이 대기하고 있었다. 아가디르의 기사들은 아직 네 시간의 여유가 있으므로 시내에서 저녁식사를 하고 있었다. 포르테티엔, 생 루이스, 다카르의 기사들은 잠을 잘 수 있었다. 오후 8시 마라가의 무선 전신이 다음과 같은 전문을 보냈다.

"우편기 착륙하지 않고 통과함."

그래서 카사블랑카에서는 신호불을 시험했다. 항공 표지등의 불빛이 까만 직사각형인 밤의 한 부분을 빨갛게 비추고 있었다. 빠진 이빨처럼 여기저기 전등불이 켜지지 않았다. 그 다음 두 번째 스위치를 신호등에 연결했다. 신호등에서는 우유 반점처럼 하얀 불빛을 비행장 한 가운데로 비추었다. 마치 무대에 배우가 없는 것과 같았다. 탐조등을 하나 움직였다. 눈에 띄지 않는 빛이 젖은 나무 위에 걸렸다. 그 나무는 수정처럼 간신히 반사했다. 그러고 나서 하얀 바라크에 엄청나게 큰 모양을 한 그 그림자가 돌아가더니 사라져 버렸다. 마침내 달무리가 다시 내려와 제자리를 잡더니 비행기를 위해 하얀 담요를 깔아놓았다.

"좋아, 스위치를 끊어." 책임자가 말했다. 그는 사무실로 다시 올라가서 방금 받은 서류를 열람하더니, 멍청하게 전화기만 쳐다보고 있었다. 조만간 라바(대서양에 붙은 모로코의 수도)에서 전화가 올 것이다. 모든 것이 준비되었다. 기사들은 양철통과 나무 상자 위에 걸터앉아 있었다. 아가디르에서는 도무지 그 이유를 알 수가 없었다. 그들이 계산해보니 우편기가 벌써 카사블랑카를 출발했다. 사람들은 무턱대고 우편기를 기다리고 있었다. 금성(金星)을 비행장의 신호등으로 착각한 적이 열 번 가량 있었다. 정확하게 북쪽에 있는 북극성도 역시 신호등으로 착각한다. 새로운 별이 하나 더 나타나거나 성좌(星座)들 사이에 자리를 잡지 못하고 방황하는 별이 나타나면 탐조등을 비추려고 사람들은 대기하고 있었다.

착륙장 담당자는 어쩔 줄 모르고 있었다. 우편기를 자기도 역시 출발시켜야 할 것인가? 남쪽에는 안개가 끼어 있었는데 아마 눈 강(江, 사하라 사막에 있는 강으로서 장마철 이외에는 강물이 없음) 까지, 아마 쥐비까지도 안개가 끼었을 것이라고 걱정했다. 쥐비에서 무선 통신으로 호출하여도 아무런 대답이 없었다. 밤중에 솜뭉치 같은 구름 속으로 프랑스~아메리카선 우편기를 출발시킬 수는 없었다. 그리고 사하라 사막의 초소는 그 비밀을 그곳에서만 알고 있었다. 그렇지만 쥐비에서 다른 세계와 고립된 우리는 파선 당한 배처럼 조난 신호 SOS를 보내고 있었다.

"우편기 소식을 알리시오, 소식을 알리시오…."

우리는 같은 질문으로 우리를 성가시게 하고 있는 시스네로스에는 더 이상 응답을 하지 않았다. 이처럼 서로 1000km나 떨어져 있는 우리는 밤중에 공연히 한탄만 하고 있었다.

20시 50분에 모두 긴장을 풀었다. 카사블랑카와 아가디르가 서로 전화로 통화할 수 있게 되었다. 우리 무선 통신도 마침내 통했다. 카사블랑카가 말을 했고, 그 말 한마디는 다카르까지 중계되었다.

"우편기는 22시 아가디르로 출발 예정임."

"아가디르에서 쥐비간 우편기, 새벽 0시 30분에 아가디르에 도착 예정. 쥐비까지 계속 비행 가능성 여부?"

"쥐비에서 아가르간, 안개가 심함. 날이 밝을 때까지 대기 바람."

"쥐비에서, 시스네로스, 포르테티엔, 다카르간 우편기는 아가디르에서 취침함."

조종사는 카사블랑카에서 항공 일지에 서명했다. 그런데 램프불 밑에서 눈을 깜빡거렸다. 조금 전에는 눈 한 번 깜빡하면 보잘것없는 전리품만 생겼던 것이다. 가끔 베르니스는 육지와 바다의 경계선에서 하얗게 부서지는 파도가 자기를 안내해 주어서 고맙게 생각하지 않을 수 없었다. 지금 이 사무실에서는 서류함과 백지와 튼튼한 가구들이 시선을 흐뭇하게 하였다. 그것은 갖가지 물질로 가득 찬 풍부한 세계다. 문구멍으로 보이는 밖에는 밤으로 텅 빈 세상이다.

10시간 동안이나 뺨에 바람을 맞았기 때문에, 그의 얼굴은 새빨갛다. 물방울이 머리에서 떨어지고 있었다. 그는 하수도 청소부가 하수도 맨홀에서 나오듯이, 무거운 장화에 가죽 잠바를 입고 이마에 머리카락을 붙여 가지고 밤 속에서 나왔으며, 끈덕지게 눈을 껌벅거리고 있었다. 이내 그는 눈 껌벅거리는 것을 중단했다.

"그래…, 나에게 계속 비행하라고 하실 작정입니까?"

착륙장 책임자는 퉁명스러운 표정으로 서류를 휘저었다.

"당신은 시키는 대로만 하시오."

착륙장 책임자는 자기가 이번 출발을 강요하지 말아야 할 것이라는 것을 이미 알고 있었다. 그리고 조종사는 자기로서도 출발하겠다고 말해야 했을 것을 알고 있었다. 그러나 그들은 각각 자기 판단이 옳다는 것을 증명하고 싶었다.

"내 두 눈을 가리고 가스 핸들이 달린 장 속에 나를 가두시오. 그리고 그 장을 아가디르까지 옮기라고 말하시오. 이것이 바로 당신이 내게 시키는 것입니다."

그는 너무나 내적 생활을 철저히 하고 있기 때문에 개인적으로 당할 사고는 잠시도 생각할 수 없었다. 이러한 사고는 속이 빈 사람의 마음에서 생기는 것이다. 그러나 장을 비유로 든 것은 그의 마음에 쏙 들었다. 불가능한 일이 있기는 하다…. 그렇지만 그는 성공하기를 바랐다. 그 책임자는 담배꽁초를 버리기 위하여 어둠 속으로 문을 빙긋이 열었다.

"뭐가요?"

"별들이."

조종사는 그 말을 듣고 화를 냈다.

"그 별들이 무슨 상관이 있소. 별 세 개가 보이는군요. 당신은 나를 화성으로 보내려는 게 아니라, 아가디르로 보내려는 거죠."

"1시간 후에는 달도 뜰 텐데."

"달이…, 달이…"

달 이야기를 듣고 그는 더욱 화가 났다. 그는 야간 비행을 하기 위하여 달뜨기를 기다렸단 말인가? 그가 아직 조종사 후보생이란 말인가?

"좋아요, 알았소, 그래! 여기 계시오."

조종사는 진정했다. 그는 어제 저녁에 준비해 둔 샌드위치를 펴놓고 조용히 먹었다. 그는 20분 후에 출발할 것이다. 착륙장 책임자는 싱긋 웃었다. 그는 잠시 후에 이륙 신호를 보낼 것을 생각하며 전화통을 가볍게 두드리고 있었다.

만사가 준비된 지금 구멍이 하나 뚫렸다. 이처럼 가끔 시간이 멈추는 일이 있다. 조종사는 기름투성이가 된 시커먼 손을 무릎 사이에 넣고 의자 위에 앉아 몸을 앞으로 구부린 채 꼼짝하지도 않았다. 그의 시선은 벽과 자기 사이의 어떤 지점을 뚫어지게 바라본다. 발착계 계장은 입을 방긋이 열고 비스듬히 앉아서 무슨 비밀신호를 기다리고 있는 것 같았다. 타이피스트는 하품을 하고, 주먹으로 턱을 괴고서, 졸음이 마구 솟는 것을 느꼈다. 모래시계는 틀림없이 흐르고 있으리라. 그러다가 먼 곳에서 외마디 소리가 들렸는데 마치 기계를 동작시키기 위하여 엄지손가락으로 누름단추를 누르는 것 같았다. 발착계 계장이 손가락 하나를 들었다. 조종사는 빙그레 웃으며 벌떡 일어나, 가슴에 새 공기를 가득히 마셨다.

"아! 안녕히."

이처럼 가끔 필름이 끊어지는 경우가 있다. 움직이지 않음으로써 사람을 놀라게 하고, 매순간이 졸도보다 더 심각하기도 하며, 그리고 생명이 다시 시작된다.

그래서 처음에는 그가 이륙한다는 인상이 들지 않고, 으르렁거리는 바다와 같은 비행기의 엔진 소리에 억눌린 축축하고 싸늘한 동굴 속으로 들어가 갇히는 듯한 인상을 받았다. 그러고 나서는 어떤 물건으로 어깨를 누르는 듯한 인상을 받았다. 낮에는 작은 산의 둥근 산등성이, 만(灣)의 곡선, 푸른 하늘 등이 자신들을 수용하는 세계를 이루고 있다. 그렇지만 그는 이 모든 것 밖에서 갖가지 요소들이 뒤섞여 형성되고 있는 세계에 있는 것이다. 평야가 뺑소니를 치면서 저 아래에서는 그림 유리창처럼 자기를 비쳐주고 있는 마자간(대서양에 접한 모로코의 항구도시), 사피(모로코의 항구 도시), 모가도르(모로코의 항구 도시) 등 마지막 도시를 등 뒤에 두고 달아났다. 육지의 마지막 신호등인 농가의 불빛이 빛났다. 갑자기 그에게는 아무것도 보이지 않았다.

"좋아! 이젠 안개 속으로 들어가는군."

경사 표시기와 고도계에 신경을 쓰면서 그는 구름에서 빠져나가려고 하강하고 있었다. 그는 전구의 불을 껐다.

"됐어, 구름에서 빠져나왔어. 그런데 왜 아무것도 안 보이지."

나지막한 아틀라스 산맥(북 아프리카에 있는 산맥)의 첫 산봉우리가 물 위에 떠돌아다니는 빙산처럼 바다 가운데서 까마득하게 묵묵히 지나가고 있다. 그는 그것이 어깨에 부딪치는 것처럼 느껴졌다.

"저런! 좋지 않은데."

그는 그를 돌아보았다. 유일한 탑승자인 기사 한 사람이 회중전등을 무릎 위에 놓고 책을 읽고 있다. 숙이고 있는 머리만이 거꾸로 비친 그림자와 함께 비행기의 동체 밖으로 나와 있다. 등롱 모양으로 안에서부터 비쳐진 그 얼굴이 그에게 이상하게 보였다. 그는 "이봐!" 하고 불렀으나 그의 목소리는 폭음 속으로 사라지고 말았다. 그는 철판을 주먹으로 쳤다. 기사는 불빛에서 머리를 내밀고 여전히 책을 읽고 있었다. 책장을 넘길 때 그의 얼굴은 거칠어 보였다. 베르니스는 또 "이봐!" 하고 소리쳤다. 팔 두 기장 거리에 있는 그 사람에게 도무지 접근할 수가 없었다. 그는 부르는 것을 단념하고 정면으로 돌아앉았다.

'기르만(모로코와 알제리 사이에 있는 만)은 가까이 왔을 텐데, 사람 죽이는 걸…, 야단났군.'

그는 곰곰이 생각했다.

"바다 쪽으로 너무 벗어난 것 같은데."

그는 나침반을 보면서 진로를 고친다. 그는 의심 많은 암말처럼 바른쪽 바다 가운데로 들어왔다고 이상하게 생각했다. 마치 왼편에는 험한 산들이 실제로 자기를 찍어 누르기라도 하는 것처럼.

"비가 오는가 보지."

손을 내밀 때 비가 쏟아졌다.

"20분 후에 다시 해안으로 돌아오게 된다. 거기는 평원이니까 덜 위험하겠지…."

그런데 갑자기 왜 이렇게 맑은 날씨가! 구름이 깨끗이 씻겨 모든 별들이 물로 씻은 듯이 새롭게 빛난다. 달은…, 오, 모든 전등 중에서 가장 좋은 달! 아가디르 비행장이 형광등 광고판 모양으로 세 번 반짝거렸다.

"비행장의 신호등이 내게 무슨 소용이 있어! 나는 달을 가졌는데…."

쥐비 만의 새벽이 막을 올렸으나 나에게는 텅 빈 무대가 보였다. 그림자도 없고 배경도 없는 무대 장치. 저 아래 언덕은 항상 제자리에 있고, 저 에스파냐의 요새도, 저 사막도 언제나 제자리에 있다. 따뜻한 날씨에 목장과 바다를 풍요하게 만드는 조용한 움직임이 그곳에는 없었다. 느릿느릿 지나가는 대상(隊商)과 동행하던 유목민들은 모래알이 변하는 것을 보고, 저녁 때 손대지 않은 곳에 천막을 쳤다. 내가 조금만 거기서 돌아다닐 수 있으면 무한히 넓은 사막을 느낄 수 있겠으나, 변함없이 저 풍경은 착색 석판 그림처럼 생각을 한정 시킨다.

이 우물은 300km나 떨어져 있는 우물과 서로 통하고 있다. 외관상으로는 꼭 같은 우물, 꼭 같은 모래, 같은 모양으로 펼쳐진 땅의 기복이다. 하지만 거기에는 사물의 짜임새가 새로웠다. 바다 위에 같은 물거품이 매순간 새로워지듯 새로워지는 짜임새. 내가 고독을 느끼게 된 곳은 바로 둘째 우물이다. 이 별이 정말로 신비롭다는 것을 느낀 곳은 바로 그 다음 우물이었다.

세월은 적나라하게 아무런 사건도 없이 흘러갔다. 그것은 천문학자들의 태양의 움직임이었다. 그것은 몇 시간 동안 태양을 향해 땅이 배를 내놓는 것이었다. 여기에는 말들도 우리 인류가 보장하는 의미를 차차 잃어버려 이제는 모래로만 둘러싸여 있다. '애정', '사랑'과 같이 그 의미가 가장 무거운 말들은 우리 마음속에 아무런 무게도 느끼게 하지 못한다.

"아가디르에서 5시에 출발했으므로 그는 착륙해야 할 텐데."

"그럼, 그렇지. 하지만 남동풍 때문이겠지."

하늘은 황금색으로 물들었다. 바람은 몇 달 동안 북풍이 불어 사막의 모습이 삽시간에 뒤죽박죽이 되어 버릴 것이다. 이런 혼란이 오는 날이면, 비스듬히 불어오는 바람을 맞은 모래 언덕은 긴 머리카락 타래처럼 모래를 실같이 뽑아낸다. 그리고 모래올 하나하나가 실타래에서 풀려나와 좀 더 먼 곳에서 다시 잠긴다. 사람들은 귀를 기울인다. 아니다. 그것은 바다소리다. 비행 중에 있는 우편기는 아무것도 아니다. 아가디르와 쥐비만 사이에 탐험되지 않은 불귀순 지구 상공에서는 우편기는 아무데서도 보지 못한 동료다. 잠시 후 우리 상공에 움직이지 않은 신호가 하나 나타날 것 같다.

"아가디르에서 5시에 출발했다면⋯."

사람들은 막연히 비극만 생각한다. 고장 난 우편기는 지체되는 기다림에 불과했다. 그것은 또한 약간 역정을 내다가 더 악화되는 말다툼에 불과하지 별게 아니다. 그러고 나서는 시간이 너무 길어져서, 간간한 몸짓과 두서없는 말들로 시간을 메우게 된다….

그리고 갑자기 테이블을 주먹으로 치는 사람도 있다. "어머나! 10시야…." 누가 말하자 다른 사람도 일어난다. 동료 한 사람이 무어족 수중에 들어간 것이다. 무성 통신사가 라스팔마스와 교신을 하고 있다. 디젤 엔진이 요란하게 소리 내고 있다. 교류 발전기가 터빈이 붕붕 소리를 낸다. 그는 방전(妨電)할 때마다 나타나는 전류계를 응시하고 있다. 나는 서서 기다린다. 통신사는 비스듬히 왼손을 나에게 내민다. 그리고 오른손으로는 여전히 키를 누르고 있다. 그 후 그는 내게 소리친다.

"뭐요?"

나는 아무 말도 안 했다. 20분이 지났다. 그는 또 소리쳤다. 나는 알아듣지 못했다. 나는 다만 "아, 그래요?" 하고 말했다. 내 주위에서는 모든 것이 빛났다. 살짝 열린 덧문으로 햇살이 새어 들어오고 있다. 디젤 엔진의 크랭크암이 습기 찬 불꽃을 내뿜어 햇빛의 줄기를 휘저어 놓는다. 마침내 통신사는 나를 향해 단번에 돌아앉아 수신기를 벗는다. 모터가 재채기 소리를 내다가 멎었다. 나는 그의 마지막 말 몇 마디를 들었다. 침묵에 놀란 그는 내가 마치 100m 밖에 있는 사람처럼 내게 큰 소리를 질렀다.

"…아주 형편없군!"

"누구 말이오?"

"그들 말이지요."

"아, 그래요? 아가디르와 교신했소?"

"교신 시간이 아닌데요."

"그럴지라도 해봐야지요."

나는 메모지철에 전보 내용을 갈겨쓴다.

〈우편기 미착. 출발 잘못인지? 이륙 시간 확인 바람.〉

"이렇게 그들에게 타전하시오."

"좋습니다. 호출해 보지요."

그리고 소음이 다시 난다.

"그래서?"

"…기다리세요."

나는 멍하니 있으면서 몽상에 빠졌다. 그는 '기다리세요'라
고 말하고 싶었을 것이다. 우편기를 누가 조종하는가? 이처럼
공간과 시간 밖에 있는 것이 베르니스 바로 그대인가?

통신사는 수신기를 조종하고 스위치를 넣고서 다시 레시버
수신기를 머리에 쓴다. 그는 연필로 테이블을 톡톡 두드리고 시
계를 보면서 곧 하품을 한다.

"고장은 왜 났을까요?"

"내가 그것을 어떻게 알 수 있소!"

"그렇군요. 아…, 아무것도 안 들립니다. 아가디르에서 듣지 못합니다."

"다시 해보겠소?"

"다시 해보지요."

모터기가 웅웅 소리를 낸다. 아가디르에서는 여전히 응답이 없다. 우리는 지금 그의 목소리에 귀를 모았다. 만일 아가디르에서 다른 무전국과 교신중이라면, 우리는 그 교신하는 것을 청취하게 될 것이다. 나는 자리에 앉았다. 나는 심심풀이로 레시버를 빼앗아서 귀에 댔다. 새들이 요란하게 지저귀는 큰 새장 속으로 들어가는 것 같았다. 길다가 짧았다 하는 너무 빠른 전음(顫音, Trill), 나는 이 언어를 해독하지 못한다. 그러나 텅 빈 것으로 생각했던 하늘에 얼마나 많은 음성이 들리는가. 새 무선국에서 교신을 하고 있다. 이 쪽 무선국이 잠잠해지면 상대방 국에서 행동을 개시한다.

"이 소리요? 보르도(프랑스 서남부에 있는 포도주로 유명한 도시) 무선국의 자동 통신 소리지요."

예리하고 바르게 멀리서 들려오는 룰라드(단일 모음 음절을 빠르게 연속적으로 부르는 장식악절), 좀 더 엄숙하고 느린 소리.

"그리고 이 소리는?"

"다카르 무선국입니다."

처량하게 들리는 소리. 소리가 잠잠했다. 다시 돌리고, 다시 중단했다가 다시 시작한다.

"바르셀로나에서 영국을 부르고 있으나 영국에서 응답을 않는군요."

생 타시스 무선국(남불에 있는 무선전신, 무선전화 중심지)에서는 어딘지 무척 멀리서 은은히 무엇을 말하고 있다. 사하라 사막에서 무슨 데이트인가! 한 곳에 모인 전 유럽에서, 각국의 수도가 비밀 이야기를 주고받는다. 가까운데서 으르렁거리는 소리가 들렸다. 스위치를 끄니까 모든 소리가 침묵 속에 잠긴다.

"아가디르였나요?"

"아가디르였습니다."

통신사는 웬일인지 모르겠지만 시계를 응시하면서 호출 부호를 타전하고 있다.

"아가디르에서 수신했나요?"

"아니요. 그렇지만 지금 카사블랑카와 교신 중이므로 곧 나올 것입니다."

우리는 몰래 천사들의 비밀을 도청했다. 연필을 머뭇거리다가 고정시키더니 한 글자 두 글자 그리고 열 글자를 재빨리 썼다. 단어가 형성되어 꽃봉오리가 벌어지는 것 같다.

"카사블랑카에 통보함…."

개새끼! 테네리프(카나리아 제도에서 가장 큰 도시)에서 방해를 해서 아가디르 통신을 알아들을 수가 없다. 테네리프의 큰 소리가 수신기를 가득 채운다. 그 소리가 딱 그친다.

"…착륙 6시 30분. 출발…."

훼방하던 테네리프가 또 우리를 방해한다. 그러나 나는 원하던 것을 충분히 알았다. 6시 반에 우편기는 아가디르로 돌아갔다. 안개 때문일까? 엔진 고장인가? 그래서 7시가 되어서야 다시 출발했음에 틀림없다. 연착은 아니다.

"고맙소!"

3 Courrier Sud

　자크 베르니스, 이번에는 그대가 돌아오기 전에 나는 그대가 어떤 인물인지 알아내겠다. 어제부터 무선 통신으로 정확한 위치를 알려 주는 그대. 이곳에서 소정의 20분을 지나게 될 그대. 그대를 위해 내가 통조림 한 통을 열어 주고 포도주 병마개를 따게 될 그대. 참다운 문제인 사랑에 대해서도 죽음에 대해서도 말하지 않고, 풍향과 일기와 비행기 엔진에 대해서만 이야기하는 그대. 기사의 재치 있는 농담을 들으며 웃고, 더워서 투덜거리고, 우리 중에 그 누구와도 닮은 그대…. 나는 그대가 어떤 여행을 했는지 말하겠다. 그대가 어떻게 베일을 벗기고 볼 수 있는지, 우리 곁에서 걷고 있는 그대의 발걸음이 왜 우리 발걸음과 같지 않은지 나는 말하겠다. 우리는 같은 유년 시대를 지냈다. 별안간 내 추억 속에는 송악이 덮여 있는 무너져가는 낡은 담이 우뚝 서 있다. 우리는 대담한 어린이였다.

　"그대는 왜 무서워하지? 문을 열어봐…."

　송악이 덮여 있는 무너져가는 낡은 담. 햇빛이 스며들어 짓이겨지고 바싹 마른 담. 분명한 진실로 짓이겨진 담. 도마뱀이 송악 잎사귀 사이에서 소리를 냈다. 우리는 그 도마뱀을 뱀이라고 불렀으며, 벌써 도망치는 모습까지 좋아했다. 그 도망은 죽음이나 다름없으리라. 이쪽 담의 돌들은 어미닭이 품고 있는 계란처럼 따뜻하고, 계란처럼 동그랗다. 땅덩이마다 나무 가지마다 태양이 비쳐 비밀을 폭로한다. 담 저쪽 편에는 시골의 여름이 그 풍요함과 성숙함과 함께 지배하고 있다. 우리는 종각을 바라보았다. 타작하는 소리도 들렸다. 푸른 하늘이 모든 공간을 채워 놓았다. 농부들은 밀을 베고, 주임 신부는 포도나무에 황산구리 용액을 뿌리고 있으며, 친척들은 응접실에서 트럼프 놀이를 하고 있었다. 이 땅 구석에서 60 평생을 보낸 사람들은, 나면서부터 죽을 때까지 저 태양과 저 집을 간직하고 사람들은, 그리고 현 세대를 우리는 '수비대(守備隊)'라고 불렀다. 왜냐하면 우리는 무서운 대양(大洋) 사이에서, 과거와 미래 사이에서 가장 위험한 작은 섬 위에 있다고 생각하기 때문이다.

"열쇠로 열어 봐…."

낡은 나룻배의 퇴색한 초록색과 같은 이 조그마한 녹색 문은 아이들에게는 열지 못하게 금지되어 있다. 바다 속에 들어 있는 낡은 돛처럼 오랜 세월로 녹이 슬어 있는 그 큼직한 자물쇠를 만지는 것도 금지되어 있다. 필경 우리 어린이들이 빠질까봐 뚜껑 없는 빗물 받는 웅덩이를 경계하고 웅덩이에 빠진 끔찍한 어린이의 모습을 두려워하였으리라. 문 뒤에는 1000년 전부터 꼼짝하지 않았다고 말하던 물이 고요하게 잠자코 있었다. 우리는 괴물 이야기를 들을 때마다 그 웅덩이를 생각했다. 조그맣고 동그란 수초 잎들이 파란 천으로 수면을 덮었다. 우리는 돌을 만지며 그 천에 구멍을 뚫는다. 태양의 무게가 얹혀있던 그토록 육중하고 오래된 나뭇가지 밑이 얼마나 시원했던가. 성토(盛土) 위의 연한 잔디를 햇빛도 결코 노랗게 만든 적이 없었고 그 귀중한 천을 손댄 적도 없었다. 우리가 던진 조약돌은 별똥별처럼 쏜살같이 달아났다. 왜냐하면 우리들은 그 물은 밑이 없다고 생각했기 때문이었다.

"모두 앉아…."

아무 소리도 들리지 않았다. 우리는 육체를 새롭게 하는 서늘함과 냄새와 습기 찬 공기를 맛보았다. 우리는 세계의 경계선에서 헤매고 있었다. 왜냐하면 여행한다는 것은 무엇보다도 육체를 바꾸는 것임을 우리는 벌써 알고 있었기 때문이다.

"여기는 삼라만상의 이면이구나…."

자만심에 가득 찬 그 여름의 이면, 그 시골의 이면, 우리를 사로잡고 있는 얼굴들의 이면이다. 그래서 우리는 강요하고 있는 이 세계를 증오한다. 저녁식사 시간이 되면, 우리는 진주를 들고 오는 인도의 잠수부처럼 무거운 비밀을 가지고 집으로 돌아왔다. 해가 져서 식탁보가 장밋빛으로 변하는 시간에, 우리는 '해가 길어진다…'고 말하는 소리를 듣고 마음이 아팠다. 우리는 낡은 습관에 사로잡혔다고 생각되었다. 그들은 계절과 휴가와 결혼과 사망으로 이루어지는 그들 생활에 얽매였다고 우리는 생각했다. 그 표면에는 공연한 소란뿐이다.

도피한다는 건 중요한 일이다. 열 살 적에 우리는 지붕 밑 방에서 안식처를 발견했다. 죽은 새들, 구멍 뚫린 낡은 트렁크들, 특이한 의복들은 약간 인생의 이면을 보여주고 있다. 그리고 감추어 놓았다고 우리가 말하던 그 보물, 홍옥과 단백석(蛋白石)과 금강석 등 옛날 선녀 이야기에 정확히 묘사되어 있던 낡은 집의 보물. 희미한 광채를 내는 보물. 모든 벽과 모든 들보들의 존재 이유가 된 그 보물. 무엇인지 모르는 존재와 맞서서 집을 방어하는 큼직한 들보들. 아니다. 그 들보는 시간과 맞서서 집을 방어하고 있다. 그것이 우리나라에서는 큰 적이기 때문이다. 사람들은 전통으로 시간을 방어하고 있었다. 과거에 대한 맹목적인 찬양이 그렇고, 큼직한 들보가 그렇다. 하지만 우리만이 바다에 진수한 배처럼 밀어 던진 집임을 알고 있다. 선창과 배 밑바닥을 찾아본 우리만이 이 집에 어디로부터 물이 새어 들어오는지 알고 있었다. 우리는 새들이 들어와서 죽은 지붕의 구멍들을 알고 있다. 우리는 집 뼈대의 벌어진 틈바구니를 샅샅이 알고 있다. 저 아래 응접실에서는 손님들이 한담을 하고 예쁜 여자들이 춤을 추고 있었다. 얼마나 기만적인 안전인가! 분명 술을 마시고 있었다. 까만 제복에 하얀 장갑을 낀 하인들. 오, 여객들! 그리고 우리는 그 위에서, 지붕 틈바구니 사이로 푸른 밤이 새어 들어오는 것을 바라보고 있었다. 그 조그마한 구멍으로 별이 하나 바로 우리 위에 떨어졌다. 온 하늘에서 우리에게 미끄러져 내려오는 별. 그런데 그것은 병자를 생기게 하는 별이었다. 거기서 우리는 몸을 돌렸다. 그것은 죽음을 알리는 별이었다.

우리는 펄쩍 뛰었다. 사물들의 침울한 일. 보물 때문에 갈라진 들보. 삐걱거리는 소리가 날 때마다 우리는 들보를 살펴보았다. 모든 것이 곡식알을 튕겨 내보내려고 준비하는 꼬투리에 불과했다. 그것이 그 속에 다른 것을 간직하고 있는 사물의 낡은 껍데기라고는 우리는 의심하지 않았다. 그것은 별, 단단하고 조그마한 다이아몬드에 지나지 않을 것이다. 언젠가 우리는 그것을 찾아 북쪽이나 남쪽으로 걸어갈 것이다. 아니면 우리 자신 속으로 향해 걸어갈 것이다. 도피하는 것이다. 잠을 재우는 별이 그 별을 가르던 기왓장을 돌아서 어떤 신호처럼 분명히 보였다. 그래서 우리는 침실로 내려왔다. 우리에게까지 도착하기 위하여 천년 동안 공간 속을 내려오던 빛의 촉수처럼 신비로운 돌맹이가 물 속으로 한없이 잠겨 들어가는 세계의 지식을 가지고 반수(半睡) 상태에서 먼 여행을 떠나는 것이다. 바람에 삐걱삐걱 소리를 내는 집이 배처럼 위험한 지경에 빠진 세계의 지식을, 사물들이 하나씩 알지 못할 보물의 압력에 눌려 터지는 세계의 지식을 가지고 반수 상태에서 먼 여행을 떠나는 것이다.

"거기 앉게. 나는 자네 비행기가 고장 난 것으로 생각했네. 한 잔 들게. 나는 고장 난 줄 알고 자네를 찾으러 떠나려던 참일세. 비행기는 벌써 활주로에 와 있네. 저기 보게. 아잇 투사 사람들이 이자르구엥 사람들을 습격했다네. 자네도 그 싸움에 말려든 줄 알고 걱정했었네. 마시게. 뭘 먹겠는가?"

"나는 떠나겠어."

"아직 5분 여유가 있어. 날 좀 보게. 주느비에브하고는 무슨 일이 있었나? 왜 웃고 있지?"

"아! 아무 일도 없었어. 조금 전에 비행기 속에서 옛날 가요가 생각났어. 그래서 갑자기 내가 무척 젊어진 기분이 들었어…."

"그런데 주느비에브는?"

"나는 더 이상 모르겠네. 날 떠나게 내버려두게."

"자크…, 대답 좀 해주게…. 그녀를 다시 보았는가?"

"그럼 —그는 주저했다— 툴루즈로 내려오는 길에 그녀를 한 번 더 만나러 이렇게 돌아왔네…."

그리고 자크 베르니스는 자기의 사건을 나에게 이야기해 주었다.

그것은 시골의 작은 역이라기보다는 비밀 문이었다. 보기에는 그 역이 들판으로 향해 있었다. 온화한 집찰원(集札員) 앞을 통과하여 변함없는 하얀 길과 개울과 들장미가 핀 곳으로 접어들었다. 역장은 장미나무를 손질하고 있고 역원은 빈 손수레를 미는 체 하고 있다. 이러한 가장을 하고 신비로운 세계의 문지기 세 사람이 지키고 있다. 집찰원은 차표를 살짝 치면서,

"당신은 파리에서 툴루즈까지 가는데 왜 여기서 내렸습니까?"

"그 다음은 기차로 계속 가겠습니다."

집찰원은 그의 얼굴을 뚫어지게 바라보았다. 그 집찰원은 도로와 개천과 들장미를 그에게 넘겨주기를 망설이는 것이 아니라, 에를렝 이후부터 가면을 쓰고 들어올 수 있었던 이 왕국을 내게 주기를 망설이고 있었다. 마침내 그는 〈오르페(이태리 시인 카르자 비지가 쓴 서정극)〉작품 이후에 이러한 여행에 필요한 세 가지 덕인 용기, 젊음, 사랑을 베르니스에게서 발견했어야만 했었다….

"지나가시오." 그는 말했다.

가짜 보이, 가짜 약사, 가짜 술집 주인이 있는 조그마한 비밀

술집처럼 겉치레만 해놓은 여기 이 작은 역을 급행열차는 멈추지도 않고 통과했다. 베르니스는 벌써 버스 속에서 자기 생명이 느려지고 방향을 바꾸는 것같이 생각되었다. 그런데 지금은 마차 속 농부 곁에 앉아서 우리로부터 더욱더 멀어지고 있다. 그는 신비 속으로 파고 들어가고 있다. 그 사람은 서른 살이 되면서부터 이제 더 이상 늙지 않을 것같이 얼굴에 온통 주름살이 져 있었다. 그는 밭을 가리켰다.

"빨리 자랍니다!"

우리 눈에는 보이지 않지만 태양을 향해 달리는 달음박질은 얼마나 성급한가! 농부가 담을 가리키면서 "저 담은 바로 나의 할아버지의 할아버지께서 쌓은 것이지요"라고 말할 때, 베르니스는 우리가 더 멀리 떨어져 있는 것같이 더욱더 불안하고 불쌍하게 생각했다.

그는 벌써 영원한 담과 영원한 나무에까지 왔다. 그는 목적지에 도착했다는 것을 알았다.

"여기가 그 집입니다. 나오실 때까지 선생님을 기다릴까요?"

물 속에 잠든 전설의 왕국, 바로 이곳에서 베르니스는 한 시간밖에 보내지 않았으면서도 백 년이나 지난 것 같았으리라.

바로 그 날 저녁, 이 마차와 버스와 급행열차가 〈오르페〉 작품과, 〈잠자는 숲속의 미녀〉 작품 이후에 우리를 이 세상으로 다시 데려다 주는 도피 여행을 그에게 마련해 줄 것이다. 그는 툴루즈로 가는 도중, 하얀 뺨을 차창에 대고 앉았을 때 다른 여행객과 흡사한 사람으로 보일 것이다. 그러나 그는 남에게 이야기 할 수 없는 추억을, '달 색깔', '시간의 색깔' 같은 추억을 마음속 깊이 간직하게 될 것이다. 이상한 방문이었다. 외치는 목소리 하나 안 들리고, 반가이 맞이하는 사람 하나 없었다. 행길에서는 무딘 발걸음 소리가 난다. 정원 통로에 잡초가 무성했다…, 아! 변한 것이라곤 바로 이것뿐이군. 집이 나무 사이로 하얗게 보였다. 하지만 꿈속에서처럼 뛰어 넘지 못할 거리에 있는 것 같았다. 목적지에 도착하려는 순간에 이것이 신기루인가? 그는 널따란 돌층계를 올라갔다. 그 층계는 분명하고 여유 있게 선을 맞추어 만들어졌다.

"여기에는 아무것도 속임수가 없어…."

현관은 침침했다. 의자 위에 하얀 모자가 하나 있었다. 그녀의 모자인가? 얼마나 호감이 가는 무질서인가. 그것은 아무렇게 내버려두는 무질서가 아니라 사람이 살고 있다는 것을 표시하는 이지적인 무질서였다. 그 무질서는 아직 활동의 흔적을 간직하고 있다. 의자가 약간 뒤로 밀려나와 있는데, 그 의자에서 어떤 사람이 식탁에 손을 짚고 일어났다. 그는 그런 사람의 동작이 눈에 선했다. 책이 펴진 채 있었다. 누가 방금 책을 읽다가

갔을까? 무엇 때문에? 마지막 읽던 구절이 그의 마음속에서 사라지지 않았으리라.

베르니스는 이 집의 수많은 자질구레한 일들과 수많은 잔걱정을 생각하며 씽긋이 웃었다. 사람들은 하루 종일 똑같은 일을 하며 똑같이 어질러 놓은 것을 정리하면서 집 안을 돌아다닌다. 여기서는 극적인 사건 따위는 별로 중요하지 않다. 나그네든가 이방인이라면 그런 사건은 충분히 일소에 붙일 수 있으리라….

'그렇지만 여기에서도 다른 데나 마찬가지로 일년 내내 해가 지고 주기적으로 매일 매일이 반복되었다. 그 이튿날…, 생활은 다시 시작되었다. 사람들은 저녁때를 향하여 걸어가고 있었다. 그 때에는 아무런 근심걱정이 없었다. 덧문은 닫혀 있고 책은 잘 정돈되었으며 붙박이는 제자리에 있었다. 이처럼 얻어진 휴식은 영원한 것이며, 그 진미를 맛볼 수 있었다. 그러나 나의 밤은 일시적인 휴식보다 못하니….' 베르니스는 이런 생각을 했다.

그는 소리 내지 않고 있었다. 그는 자기가 왔다고 감히 알리지도 못했다. 모든 것이 너무나 조용하고 평온하기 때문이다. 창문에 조심스럽게 내려친 발 사이로 햇빛 한 줄기가 새어든다. '찢어져 있구나. 여기서는 사람들이 알지 못하는 사이에 늙어가리라…' 하고 베르니스는 생각했다.

"어떤 소식을 들을 것인가…?"

옆방에서 나는 발자국 소리가 집안을 황홀하게 만든다. 조용한 발걸음. 제대에 꽃을 손질하는 수녀의 발걸음.

"어떤 사소한 일을 했을까?"

내 생활은 비극 속에서처럼 마음을 조였다.

"여기에서는 동작과 동작 사이에 생각과 생각 사이에 얼마나 널찍한 공간이 있으며 확 트인 대기가 있는가…."

그는 창문으로 고개를 내밀고 들판을 바라보았다. 기도하러 가기 위해서, 사냥을 가기 위해서, 편지를 가지고 가기 위해서,

돌아다니는 수십 리의 길이 있는 이 들판은 질펀히 전개된다. 멀리서 탈곡기가 붕붕 소리를 낸다. 그 소리를 들으려면 귀를 기울여야 했다. 배우의 작은 목소리를 들으려고 장내의 관객들이 숨을 죽이는 것과 같이.

발걸음 소리가 다시 울려왔다.

"진열장에 골동품이 빽빽이 들어차서 골동품을 정리하리라. 어떤 세기든지 물러갈 때에는 뒤에 이러한 조개껍질을 남겨두는 것이리라…"

이야기 소리가 들렸다. 베르니스는 귀를 기울였다.

"그녀가 2주일은 지날 것 같소? 의사 선생님은…"

발걸음 소리가 사라졌다. 그는 멍청하게 아무 말 없이 있었다. 누가 죽어간단 말인가? 그는 가슴을 죄었다. 그는 흰 모자, 펼쳐진 책 등 모든 생명의 증거에 도움을 청했다…. 말소리가 다시 났다. 그 말소리는 사랑에 가득 찼으나 무척 조용한 음성이었다. 사람들은 죽음이 이 지붕 밑에 자리 잡고 있는 것을 알았다. 사람들은 얼굴을 외면하지 않고 거기서 죽음을 친근히 영접하고 있었다. 거기에는 과장된 말투란 전혀 없었다. 베르니스는 생각했다.

"산다는 것, 골동품을 정리한다는 것, 죽는다는 것, 모든 것이 얼마나 단순한가…"

"당신, 응접실에 꽂으려는 꽃은 꺾어왔어요?"

"응."

사람들은 분명치는 않았지만 한결같은 어조로 나지막하게 이야기 하고 있었다. 사람들은 수많은 자질구레한 일들에 대하여 이야기하고 있었는데, 다가오는 죽음은 그것들을 침울한 회색으로 물들일 뿐이었다. 별안간 웃음소리가 터지더니 스스로 그치고 만다. 그 웃음은 깊은 뿌리는 없었지만 연극의 위험성은 무시하지 않았다.

"올라가지 마시오. 그녀가 자고 있는데." 하는 목소리가 들렸다. 남몰래 극히 가까운 사이인 베르니스는 비탄 속에 사로 잡혔다. 그는 들킬까봐 겁이 났다. 타인은 모든 것을 말하고 싶은 필요에서 덜 비굴한 슬픔이 생기게 된다. 누가 손님에게 이렇게 큰 소리로 말했다.

"그녀를 잘 알고 사랑하는 댁에서는…."

손님은 죽어가는 사람의 좋은 점을 들어 말해야 하는데, 이것은 견딜 수 없는 일이다. 그렇지만 베르니스도 이러한 가족적인 분위기에 끼어들 자격이 있었다.

"왜냐하면 내가 그녀를 사랑했기 때문에…."

그는 그녀를 다시 보고 싶었다. 그는 살그머니 계단을 올라가서 방문을 열었다. 방에는 여름이 가득 차 있었다. 벽은 밝았고 벽은 하얗다. 방긋이 열린 창문에는 햇빛이 가득히 들어오고 있었다. 멀리 종탑에 있는 시계가 평화롭게 천천히 심장의 고동소리를 들려주고 있다. 열이 없는 정상적인 심장의 고동을. 그녀는 자고 있었다. 여름 한 가운데서 얼마나 영광스러운 잠인가!

'그녀는 죽으려고 하는구나….'

그는 빛이 환히 비치는 밀칠한 마룻바닥 위로 다가갔다. 그는 자기가 조용히 있는 것이 이상하게 생각되었다. 그러나 그녀는 신음하고 있었다. 베르니스는 감히 더 이상 가까이 가지 못했다. 그는 무한한 존재 같은 생각이 들었다. 환자의 영혼은 방에 자리 잡고 방을 가득 채웠다. 그래서 그 방은 상처처럼 보였다. 사람들은 가구 하나 감히 손대지 못했고 걸음도 제대로 못 걸었다.

아무 소리도 들리지 않았다. 파리들이 윙윙 거렸다. 멀리서 부르는 소리가 물어보는 소리 같았다. 서늘한 바람이 부드럽게 방안으로 한바탕 불어 들어왔다. 베르니스는 '벌써 저녁이구나' 하고 생각했다. 그는 곧 닫힐 덧문과 램프 불빛을 생각했다. 넘어야 할 계단처럼 환자를 끊임없이 괴롭히는 밤이 곧 닥칠 것이다. 그때에 야등(夜燈) 램프 빛이 신기루처럼 환자를 매혹시켰다. 그림자가 움직이지 않는 물건들이, 12시간 동안 꼭 같은 각도에서 바라보는 물건들이 마침내 뇌리에 새겨져서 견딜 수 없는 무게로 억누르게 된다.

"거기 누구세요?"

그녀가 말했다. 베르니스는 가까이 갔다. 애정과 동정이 그의 입술로 올라왔다. 그는 몸을 구부렸다. 그녀를 구제하기 위하여. 그녀를 팔에 안기 위하여. 그녀의 힘이 되기 위하여.

"자크…."

그녀는 그를 주시한다.

"자크…."

그녀는 자기 생각 속에서 그를 끌어내는 것이었다. 그녀는 그의 어깨를 찾지 않고 기억을 더듬고 있었다. 그녀는 몸을 치켜 올리는 파선 당한 익사자처럼 그의 소매에 매달렸다. 그것은 어떤 존재나 어떤 의지할 것을 붙잡기 위해서가 아니라 어떤 이미지를 붙잡기 위해서다…. 그녀는 바라본다….

그러니까 그가 그녀에게는 차츰차츰 이상하게 생각된다. 그녀는 그 주름살과 그 눈초리를 알아보지 못했다. 그녀는 그를 부르려고 손가락을 꼭 쥔다. 그는 그녀에게 아무런 도움도 될수 없다. 그는 이제 그녀가 마음속으로 생각하는 친구가 아니었다. 그녀는 그가 여기 있는 것이 싫증이 나서 그를 떠밀고 고개를 돌렸다. 그는 뛰어넘을 수 없는 거리에 있는 셈이다. 그는 아무 소리도 내지 않고 물러나와 다시 현관을 통과했다. 그는 머나먼 여행에서, 기억조차 잘 나지 않는 어렴풋한 여행에서 돌아온 셈이었다. 그는 괴로웠을까? 그는 슬펐던가? 그는 발걸음을 멈추었다. 물이 새는 선창에 바닷물이 스며들 듯이 저녁이 스며들고 있었다. 골동품은 어둠 속에 사라져 가고 있다. 유리창에 이마를 갖다 대고, 그는 보리수 그림자가 점점 길어져서 서로 맞붙으며 잔디밭을 어둠으로 채우는 것을 보았다. 멀리 보이는 마을에서 불이 켜졌다. 겨우 한 줌 밖에 안 되는 등불들. 한 손으로 그 불을 잡을 수 있으리라. 이제 거리를 분간 할 수 없다. 저 앞에 있는 산이 손에 닿을 것 같았다. 집안의 목소리가 안 들렸다. 집안 정돈이 끝난 모양이다. 그도 움직이지 않았다. 그는 이와 같은 그 전의 저녁이 생각났다. 그는 잠수부처럼 자기 몸이 무거웠다. 그 여인의 매끈매끈한 얼굴이 굳어지자, 사람들은 갑자기 장래의 일과 죽음에 대하여 겁이 났다. 그는 밖으로 나갔다. 그는 들켰으면 하는 생각과 누가 불렀으면 하는 간절한 생각으로 뒤를 돌아보았다. 그러면 그의 마음은 기쁨과 슬픔으로 녹았을 텐데. 그러나 아무도 부르지 않았다. 아무것도 그를 붙들지 않았다. 그는 거침없이 나무들 사이를 빠져나왔다. 그는 울타리를 뛰어넘었다. 길바닥은 딱딱했다. 이제 끝장이다. 그는 결코 여기 다시 오지 않을 것이다.

그러므로 베르니스는 출발하기 전에 사건 전체를 내게 요약해서 말했다.

"나는 자네가 알다시피 주느비에브를 내 세계로 끌어들이려고 했었네. 내가 그녀에게 보여준 모든 것은 음울한 회색빛의 인생이 되었네. 첫날밤에는 알지 못할 두꺼운 장막이 가로놓여 우리는 그것을 뛰어넘을 수가 없었네. 나는 그녀에게 자기 집과 자기 생활과 자기 영혼을 돌려주지 않을 수 없었네. 가로수 포플러를 한 그루씩 돌려주어야만 했네. 우리가 파리로 다시 올라감에 따라, 우리와 세계 사이를 가로막은 두꺼운 장막이 점점 엷어졌네. 마치 내가 그녀를 바다 속으로 끌고 들어가려고 한 것처럼 되고 말았네. 그 후 내가 다시 그녀를 만나려고 했을 때에는, 그녀를 가까이 하고 접촉할 수 있었지. 그때에는 우리들 사이에 간격이 벌어지지 않았네. 아니, 그 이상의 것이 가로막혀 있었지. 어떻게 말해야 할지 모르겠네. 천 년이란 세월이 가로막혔다고나 할까. 우리는 다른 사람의 생활과는 그토록 거리가 멀었네. 그녀는 자기의 하얀 시트와 자기의 여름과 자기의 진실성을 꽉 움켜쥐고 있었다네. 나는 그녀를 데려갈 수가 없었네. 나를 떠나게 해주게."

진주를 손에 만지기는 하지만 그 진주를 밝은 곳으로 끌어내지는 못하는 인도의 잠수부여, 그대는 이제 보물을 찾으러 어디로 가겠는가? 납덩이처럼 땅바닥에 박혀 있는 내가 걸어가고 있는 이 사막, 나는 거기서 아무것도 발견할 수 없으리라. 하지만 마술사인 그대에게는 그것이 사막의 베일에 지나지 않으며, 일종의 가면에 지나지 않는다….

"자크, 떠날 시간이 되었네."

그는 지금 얼떨떨하여 공상에 잠겼다. 이처럼 높은 데서 내려다보는 땅은 꼼짝하지 않는 것 같다. 노란 모래가 덮인 사하라 사막은 끝없는 보도처럼 파란 바다와 맞물려 있다. 오른쪽으로 구부러져 있는 해안선을 엔진과 같은 방향으로 끌어당기며 훌륭한 숙련공인 베르니스는 가로질러 달리고 있다. 아프리카의 커브를 돌 때마다 그는 비행기를 조용히 기울인다. 다카르까지는 아직 200km나 남았다.

그의 눈앞에는 불귀순 지역의 하얀 모래색이 눈부시게 전개된다. 가끔 바위가 적나라하게 눈에 띈다. 모래가 바람에 날려가서 여기저기서 규칙적인 모래언덕을 만든다. 꼼짝하지 않는 대기가 외피(外皮)처럼 비행기를 둘러싸고 있다. 비행기가 앞뒤로 흔들리지도 않고 좌우로 흔들리지도 않으니, 이토록 높은 곳에서는 풍경의 변화를 느끼지 못한다. 바람 속에 꼭 끼여 비행기는 계속 달리고 있다. 첫 번째 착륙지인 포르테티엔은 공간에 표시되어 있는 것이 아니라 시간에 표시되어 있다. 그러므로 베르니스는 시계를 바라본다. 부동과 침묵의 비행시간이 아직 6시간 남아 있다. 그 후 그는 번데기에서 나오듯 비행기에서 나오게 된다. 세상은 새로워질 것이다.

베르니스는 이러한 기적이 일어나는 시계를 들여다본다. 그 다음에 꼼짝하지 않는 회전계를 들여다본다. 만일 이 회전계의 바늘이 제 숫자를 가리키지 못하게 되면, 만일 고장으로 사람을 모래 위에 내려놓게 된다면, 시간과 공간은 자기가 생각지도 못하던 새로운 뜻을 가지게 될 것이다. 그는 지금 제 4차원 속에서 여행하고 있다.

그렇지만 그는 숨 막히는 상태를 경험했다. 우리는 모두 그런 상태를 경험했다. 수많은 영상이 우리 눈앞을 스쳐간다. 우리는 그 중 단 한 영상에 사로잡히고 만다. 그 영상은 모래 언덕과 태양과 침묵의 무게에 실제로 억눌리는 것이다. 어떤 세계가 우리 위에 내려앉는 것이다. 우리는 나약하다. 밤이 되면 겨우 영양들이나 쫓아버릴 수 있는 몸짓으로 무장되어 있는 나약한 존재다. 우리는 300m밖에 가지 않는 목소리, 다른 사람들에게 미치지 못하는 목소리로 무장되었을 뿐이다. 우리는 모두 언젠가 알지 못하는 유성에 떨어질 것이다.

거기에서 우리 생활의 리듬과 조화를 이루기 위해서는 시간이 너무 길었다. 카사블랑카에서 우리가 서로 만날 때마다 우리는 마음이 새로워졌다. 비행기에서는 30분마다 기후가 달라지고 살갗도 달라졌다. 그런데 여기서는 한 주일씩 단위로 셈을 한다.

동료들이 우리를 거기서 구출했다. 그런데 우리가 약해서 지게 되면, 그들은 우리를 비행기 좌석에까지 끌어올렸다. 우리를 이 세계 밖으로 끄집어내어 그들의 세계로 끌어들이는 것은 동료들의 무쇠 같은 주먹이었다.

이토록 많은 미지의 세계를 비행하면서 베르니스는 자기 자신을 잘 모른다는 생각이 들었다. 갈증이나 버림받는 것이나 아니면 무어족의 잔인한 짓이 자기 마음속에 어떤 생각을 들게 했을 것인가? 그리고 갑자기 포르테티엔에 착륙이 한 달 이상 연기될 때에는 어떤 마음이 들었을까? 그는 또한 이렇게 생각한다.

"나는 용기가 전혀 필요 없어."

모든 것이 추상적이었다. 젊은 조종사가 공중회전을 할 때에, 그의 머리 위로 무척 가까이 스쳐간다고 생각되는 것은 조금만 부딪치면 자기를 박살 낼 딱딱한 물체가 아니라, 꿈속에서 보는 것과 같은 물렁물렁한 나무나 벽이라고 생각된다. 베르니스, 용기를?

그렇지만 엔진이 진동하기 때문에, 갑자기 생길지도 모를 그 미지의 것이 바로 자기 마음 맞은편에 자리 잡게 될 것이다.

1시간이 지난 뒤 마침내 저 갑(岬), 저 만(灣)은 프로펠러가 정복한 비무장 중립 지대와 마주친다. 그러나 앞에 있는 땅의 지점마다 신비로운 위험성을 내포하고 있다. 아직도 1000km나 남아 있다. 이 무한히 큰 식탁보를 자기 앞으로 끌어당겨야만 했다.

"포르테티엔에서 쥐비 만까지 : 우편기 16시 30분에 무사 도착."

"포르테티엔에서 생 루이까지 : 우편기 16시 45분에 출발함."

"생 루이에서 다카르까지 : 우편기 16시 45분 포르테티엔 출발, 야간비행 계속 예정."

동풍이 사하라사막 내부에서 불어와서, 모래는 노랗게 소용돌이 모양으로 상승한다. 탄력성이 있는 희미한 해가 새벽에 지평선에서 뜨거운 안개 때문에 일그러져 떠오른다. 연한 비누거품처럼. 하지만 중천으로 높이 뜨면서 차츰 작아지며 제 모습을 찾는다. 그래서 태양은 목덜미를 찌르는 뜨거운 화살, 뜨거운 송곳으로 변한다.

동풍. 포르테티엔에서는 온화한 대기, 거의 서늘한 대기 속에서 이륙했다. 하지만 고도 100m 지점에서 이러한 용암(熔岩)의 흐름을 발견하게 된다. 그러면 즉시

유온(油溫) : 120도.

수온(水溫) : 110도.

2000m, 3000m 고도로 접어든다. 분명히! 이 모래의 폭풍우를 점령한다. 분명히! 하지만 기수(機首)를 위로 향하여 수직으로 서기 5분 전에, 자동 점화 장치와 밸브가 타버린다. 그 후 또 올라간다. 말은 쉽다. 비행기가 탄력성 없는 공기 속에서는 밑으로 내려앉아 쩔쩔매게 된다.

동풍. 아무것도 보이지 않는다. 태양이 노란 모래 소용돌이 속에 말려들어 갔다. 태양의 희미한 얼굴이 가끔 나타나서 비쳐준다. 대지는 수직선으로 바로 밑에 밖에 보이지 않는다. 역시 희미하게! 내가 급상승하는 건가? 내리박히는 건가? 옆으로 기울어진 것일까? 가서보자! 최고 상승 고도가 100m였다. 할 수 없지! 좀 더 밑으로 가서 알아보자. 지면 부근에서는 북풍이 분다. 좋아. 조종석 밖으로 팔을 하나 내민다. 이리하여 마치 쾌속 보트 속에서 손가락으로 찬물을 스치며 장난하는 격이었다.

유온 : 110도.

수온 : 95도.

개울처럼 시원하다고? 비유하자면 그렇지. 약간 흔들린다. 지면의 기복 하나하나가 따귀를 치는 것 같았다. 아무것도 보이지 않으니 지겨운 일이다.

하지만 티베리스 갑에서는 동풍이 지면에까지 스쳐간다. 피난처는 아무데도 없다. 고무 타는 냄새가 난다. 마그네트 발전기에선가? 접촉 부분에서인가? 회전계 바늘이 머뭇거리다가 십회전이 떨어진다.

"그래, 너는 왜? 설상가상으로⋯."

수온 : 115도.

10m도 올라갈 수 없다. 도약판처럼 다가오는 모래 언덕을 힐끔 쳐다본다. 기압계도 힐끔 들여다본다. 자! 모래 언덕의 소용돌이다. 조종간에 배를 바싹대고 조종을 한다. 그런데 이처럼 오랫동안 계속된 적은 없다. 물이 가득 찬 사발처럼 비행기를 양손으로 똑바로 받쳐 들고 있다.

바퀴가 10m 정도 구르더니 모리타니(모로코, 알제리, 튀니지 사이에 있는 북부 아프리카의 지역)에서는 자갈 위로 지나가는 격류처럼 모래와 염전과 해변을 지나쳤다.

1천 5백 20회전.

최초의 에어포키트가 주먹으로 치듯이 조종사를 친다. 20km 지점에 프랑스 초소가 있다. 단 하나뿐이다. 그 초소까지 가야 한다.

수온 : 120도.

모래 언덕, 바위, 염전들을 삼켜 버린다. 모두 압연기를 지나간다. 그래 가보자! 주위가 넓어지고 트이다가 다시 막힌다. 바퀴에 닿을까 말까하게 전복(轉覆)이 다가온다. 저 멀리서 보이는 촘촘히 모여 있는 검은 바위들이 천천히 다가오는 것 같더니 갑자기 동요한다. 바위 위를 달려 들어갔더니 바위들이 흐트러진다.

1천 4백 30회전.

"만약 내 얼굴을 갈긴다면…."

그가 만지는 철판은 손가락이 탈 정도다. 냉각기에서 김이 몹시 나고 있었다. 과하게 짐을 실은 거룻배처럼 비행기는 무겁다.

1천 4백 회전.

바퀴 밑이 20m나 파여서 마지막 모래가 튀어 나온다. 재빠른 삽질. 황금빛 모래를 퍼내는 삽질. 모래 언덕 하나를 넘어서니 초소가 나타난다. 아! 베르니스는 엔진을 끈다. 엔진을 끌 시간이었다. 풍경의 돌진에 브레이크가 걸려 멈춘다. 먼지로 된 세계가 다시 구성된다. 사하라사막 속에 있는 프랑스 군의 소보루(小堡壘). 나이 많은 중사가 베르니스를 영접한다. 그는 동포를 만나 기뻐서 웃는다. 20명의 세네갈 병사가 '세워 총'을 한다. 백인이면 최소한 중사이며, 젊은이면 중위니까.

"안녕하시오, 중사님."

"아! 이리 오세요. 참 반갑습니다. 나는 튀니지에서 왔지요…."

자기의 유년 시대, 자기의 추억, 자기의 심정, 그는 이 모든 것을 단번에 베르니스에게 말해 준다.

조그마한 테이블이 하나 있고, 벽에는 사진 몇 장이 핀으로 꽂혀 있었다.

"그럼요, 이것은 친척들의 사진이에요. 나는 그들을 아직 전부 모릅니다. 그러나 나는 내년에 튀니지에 갑니다. 저 사진요? 저것은 내 친구의 애인이죠. 나는 그녀를 제 친구의 식탁에서 보았어요. 그는 항상 자기 애인 이야기만 한답니다. 내 친구가 죽게 되자, 내가 그 사진을 가져다가 계속 보관하고 있지요. 나는 애인이 없었습니다."

"중사님, 목이 마르군요."

"아, 한 잔 드세요! 포도주를 대접하는 것은 기쁜 일입니다. 대위가 와서 대접하려는데 포도주가 떨어졌었지요. 그 분이 벌써 5개월 전에 다녀갔군요. 그 후에 나는 물론 오랫동안 마음이 개운치 못했어요. 나를 전속시켜 달라고 편지까지 썼답니다. 나는 너무나 창피스러웠어요."

"내가 뭘 하느냐고요? 나는 매일 밤 편지를 씁니다. 나는 잠도 자지 않아요. 초를 가지고 있습니다. 그러나 6개월마다 한 번씩 우편기가 오게 되면, 그 편지는 회답 구실을 못하지요. 나는 다시 쓴답니다."

베르니스는 늙은 중사와 같이 보루(堡壘) 테라스에 담배를 피우러 올라갔다. 맑은 달빛 아래에서는 얼마나 공허한 사막인가! 그는 이 초소에서 무엇을 감시하는가? 필경 별들을 감시하겠지. 아마도 달을….

"당신은 별을 감시하는 중사입니까?"

"사양하지 마세요. 피우세요. 담배는 있답니다. 대위가 왔을 때는 담배가 떨어졌었지요."

베르니스는 그 중위와 대위에 대해서 모든 것을 알게 되었다. 그는 그들의 유일한 장점과 단점을 옮길 수도 있을 정도다. 한 사람은 놀기 좋아하고, 한 사람은 너무 호인이었다. 사막 속에서 고독하게 사는 늙은 중사를 어떤 젊은 중위가 최근 방문했는데 그것은 거의 연애의 추억과 흡사하다고 그는 이야기했다.

"그 중위는 내게 별들 이야기를 했었지요…."

"그렇군요. 그는 당신에게 별들을 맡겼군요." 하고 베르니스가 말했다. 그리고 지금은 자기가 별들을 설명했다. 그리고 그 중사는 거리 이야기를 설명 들으면서 그만큼 멀리 떨어져 있는 튀니지를 생각했다. 북극성 설명을 들을 때에 북극성의 얼굴을 안다고 장담했다. 그는 약간 왼쪽에서 그 별을 지켜봐야만 하겠다는 것이다. 그는 무척 가까운 튀니지를 생각했다.

"그런데 우리는 저 별을 향해 현기증 나는 속도로 떨어집니다."

그 말에 중사는 황급히 벽을 붙잡았다.

"그러고 보니 당신은 전부 아는군요!"

"아니요, 중사님. 나는 이렇게까지 말하던 중사를 한 사람 알고 있었지요. '당신은 그만큼 교육을 받고 교양 있는 집안의 자제로서 사격을 잘 못하니 부끄러운 일이 아니오?' 라고 말하더군요."

"어허! 부끄러워할 건 없어요. 사격은 참 어렵지요."

그는 베르니스를 위로했다.

"중사님, 중사님! 당신의 순찰 각등(角燈)이…."

그는 달을 가리킨다.

"중사님, 이 가요를 아세요?"

─비가 오네, 비가 오네, 양치는 소녀야─

그는 노래 곡조를 따라 입속으로 노래했다.

"아! 그럼요. 그 노래를 알고 말구요. 그것은 튀니지 가요인걸요."

"중사님, 그 다음 줄을 말해 봐요. 나는 이 가요를 생각해 내야겠어요."

"잠깐 기다리세요."

－흰 양떼를 데려가거라.

저기 저 초가집으로….

"중사님, 중사님, 생각나요."

－나뭇가지 밑에서 큰 소리를 내며

흐르는 시냇물 소리를 들어 보라.

벌써 폭풍이 내리고….－

"아! 정말 그렇지요!" 하고 중사는 말했다. 그들은 같은 기분을 가졌다.

"중사님, 해가 뜨는군요. 일하러 갈까요."

"일을 시작합시다."

"점화 플러그의 스페스를 이리 주십시오."

"아! 물론이지요."

"핀셋으로 여기를 누르세요."

"아! 말만 하세요…. 내가 다 하겠습니다."

"보았지요, 중사님. 대단찮은 고장이었군요. 나는 떠나겠습니다."

중사는 어디로부터 왔다가 다시 떠나려는 신과 같은 젊은이를 물끄러미 바라본다.

가요 한 구절과 튀니스와 자기 자신을 회상시켜 주려고 왔던 신인가…. 사막 저쪽 어느 낙원에서 이 아름다운 사자(使者)가

내려왔던가?

"중사님, 안녕!"

"안녕히….."

중사는 입술만 움직였고 자기 자신도 무슨 말을 해야 할지 몰랐다. 중사는 마음속에 여섯 달의 사랑을 간직하고 있다는 말은 할 수 없었을 것이리라.

"세네갈의 생 루이에서 포르테티엔에 통보함. 우편기 생 루이 미도착. 지급 소식 전달 바람."

"포르테티엔에서 생 루이에 통보함. 작일 16시 45분 출발 후 소식 없음. 즉시 수색 예정."

"세네갈의 생 루이에서 포르테티엔에 통보함. 632호기 7시 25분 생 루이 출발. 본 비행기 도착할 때까지 귀지에서 출발 중지 바람."

"포르테티엔에서 생 루이에 통보함. 632호 항공기 13시 40분 무사 도착. 조종사의 해명은 충분한 시계(視界)에도 불구하고 전혀 발견이 불가능하다는 것임. 우편기가 정상 항로에 취항했다면 발견했을 것이라는 조종사의 견해임. 철저한 수색을 위한 제 3의 조종사가 필요함."

"생 루이에서 포르테티엔에 통보함. 알았음. 명령 하달하겠음."

"생 루이에서 쥐비에 통보함. 프랑스~아프리카호 소식 없음. 포르테티엔에 지급 항공기 파송 요함."

쥐비.

기사 한 사람이 내게로 왔다.

"물은 앞쪽 왼편 상자에, 식량은 오른 쪽 상자에, 뒤에는 비상 바퀴와 약 상자를 넣어 두었습니다. 10분이면 됩니다. 좋습니까?"

"좋소."

메모지철에 지시 사항을 적는다.

"본인이 없는 동안 매일 일지를 적을 것. 무어인들에게 월요일 급료를 지불할 것. 범선에 빈 수통을 실을 것."

그리고 나는 창틀에 팔꿈치를 괴고 내다보았다. 한 달에 한 번씩 우리에게 민물을 보급해주는 범선이 바다 위에서 가볍게 흔들리고 있다. 참한 범선이다. 그 범선은 온 사막에 약간의 활기와 신선한 맛을 제공해 주고 있다. 나는 비둘기가 찾아오던 방주(方舟) 속에 있는 노아이다. 비행기는 준비가 끝났다.

"쥐비에서 포르테티엔에 통보함. 236호 항공기 14시 20분 포르테티엔행 출발."

대상(隊商)의 길은 해골들로 표시가 되어 있고, 우리의 항공로는 몇 대의 비행기로 알게 된다.

"보자도르(사하라 사막 서북부의 만) 비행장까지는 아직 한 시간이 남았는데…."

무어족들이 약탈한 사람들의 해골들 그것이 표시물이다.

사막 위로 1000km만 비행하면 그 다음이 포르테티엔이다. 사막 가운데 네 채의 건물.

"우리는 자네를 기다렸네. 낮을 이용하여 곧 떠나세. 한 대는 해안선 상공으로 가고, 한 대는 20km 지점으로만 가고, 나머지 한 대는 50km 내부 지방을 따라 비행하세. 밤이니까 소보루(小堡壘)에 착륙했다 가세. 자네는 비행기를 바꿔 타겠나?"

"그러지. 밸브가 시원찮아."

갈아탔다.

출발함.

아무것도 아니다. 그것은 침침한 바위 하나에 불과했다. 나는 이 사막을 압연기로 밀면서 계속 지나가고 있다. 까만 지점을 지날 때마다 나를 괴롭히는 과실(過失)처럼 보였다. 하지만 사막은 나에게 침울한 바위만 굴려 보낸다. 나는 이제 동료들을 더 이상 볼 수가 없다. 그들은 각자 자기 하늘에 자리를 잡았다. 소리개들과 같은 인력이 필요하다. 이제 바다가 보이지 않는다.

하얗게 달아오르는 잉걸불 위에서 불안한 나는 살아있는 것이라고는 아무것도 보이지 않는다. 내 심장이 두근거린다. 저 멀리 보이는 잔해(殘骸)….

거무스름한 바위.

내 비행기 엔진은 강물이 흐르는 요란한 소리를 낸다. 흐르는 이 강물이 나를 에워싸고 나를 기진하게 한다.

베르니스, 나는 가끔 그대가 설명할 수 없는 희망 속에 사로잡혀 있는 것을 보았다. 나는 그것을 표현할 수가 없다. 그대가 좋아하던 니체의 말이 생각난다. "나의 여름은 덥고 짧고 우울하고 행복하다"라는 니체의 말이.

나는 너무 찾았기 때문에 눈이 피곤하다. 검은 점들이 춤을 춘다. 나는 내가 어디로 가는지도 잘 모르겠다.

"여보시오, 중사, 그래 당신이 그를 보았소?"

"그는 새벽에 이륙했는데요…."

우리는 보루 바로 밑에 앉았다. 세네갈 병사들은 웃고 있으며 중사는 명상에 잠겼다. 훤하게 빛나기는 하지만 소용없는 황혼이 깃들었다. 우리 중에 누가 용기를 내어 말을 건다.

"만일 비행기가 파괴되었다면…, 알다시피…, 거의 찾지 못할 걸!"

"그렇고 말고."

우리 중 누가 일어나서 몇 발자국 걸어간다.

"찾게 될 것 같지 않아. 담배 있는가?"

우리는 밤 속으로 들어간다. 짐승도 사람도 사물들도.

우리는 한 개비의 담뱃불을 신호등 삼아 밤 속으로 들어간다. 그리고 세계는 다시 본래의 크기를 회복한다. 대상(隊商)들이 포르테티엔에 가기 위해서 늙어버린다. 세네갈의 생 루이는 꿈나라의 경계선에 있다. 이 사막은 조금 전만 해도 아무런 신비가 없는 모래에 불과했다. 세 발자국 크기의 도시들이 보이는 것 같았고, 인내와 침묵과 고독으로 무장된 하사는 이러한 덕행이 헛된 것처럼 느껴졌다. 하지만 하이에나가 소리치면 사막은 살아나지만, 그 부르는 소리가 신비감을 불러일으킨다. 그런데 무엇인가 다시 나고 죽고 다시 시작된다….

그런데 별들은 우리에게 참다운 거리를 알려준다. 평화스러운 생활, 충실한 사랑, 우리가 사랑한다고 믿던 애인, 이 모든 것의 정체를 북극성은 우리에게 다시 가르쳐 준다….

그런데 남십자성은 보물의 위치를 가리킨다.

새벽 3시경에 우리들의 모피 담요가 엷어지고 속의 것이 비친다. 이것은 달의 요술이다. 나는 추워서 잠이 깼다. 나는 보루의 테라스에 올라가 담배를 피웠다. 담배…, 담배…, 이처럼 나는 새벽을 맞이하리라.

달빛이 밝게 비치는 이 조그마한 초소. 그것은 조용한 물 위에 떠 있는 항구다. 항해자들을 위해서 별들의 운행이 가득 차 있다. 우리 비행기의 세 대의 나침반은 한결같이 북쪽을 가리키고 있다. 그렇지만….

최후로 더딘 현실의 발자국을 그대는 여기에 밟았는가? 여기서 감각적인 세계는 끝나고 만다. 이 조그마한 보루. 그것은 부두다. 밝은 달빛을 향해 문지방이 활짝 열려있고, 거기서는 참다운 것이 아무것도 없다.

밤은 신기하다. 자크 베르니스, 그대는 지금 어디에 있는가? 어쩌면 여기에 있는가? 아니면 저기에 있는가? 그대의 존재는 벌써 얼마나 가벼워졌는가! 내 주위에는 여기저기에서 껑충 뛰는 영양(羚羊)의 몸무게를 살짝 받쳐줄 정도의 극히 가벼운 사하라 사막이 전개된다. 그리고 어린애의 가장 무거운 옷자락을 살짝 쳐들어 줄 정도의 가벼운 사하라 사막이 전개된다.

나는 중사를 다시 만났다.

"안녕하세요."

"안녕하세요, 중사."

그는 귀를 기울인다. 아무 소리도 안 들린다. 베르니스, 그대의 침묵으로 이루어진 침묵이 흐른다.

"담배 피우겠습니까?"

"네."

중사는 담배를 씹었다.

"중사, 내일 나는 내 친구를 찾고야 말겠소. 그 친구가 어디 있다고 생각하시오?"

중사는 자신 있게 지평선 전체를 가리킨다…. 실종된 어린아이가 사막을 가득 채운다.

베르니스, 그대는 나에게 언젠가 이렇게 고백했다.

"내가 잘 이해하지도 못하고 완전히 충실하지도 못했던 생활을 나는 좋아했네. 나는 내가 필요한 것조차도 잘 모르겠네. 이것은 가벼운 욕망이었네…."

베르니스, 그대는 언젠가 나에게 이렇게 고백했다.

"내가 예상하던 것이 사물 뒤에 숨어 있었네. 노력만 하면 나는 이해하게 되고, 마침내 알게 될 것이며, 획득하는데 성공하게 될 것 같네. 그러나 내가 밝은 세상으로 영영 끌어낼 수 없었던 친구의 존재 때문에 마음이 동요되어 나는 떠난다네…."

나는 배가 전복된 것처럼 생각되었다. 아이가 울음을 멈춘 것같이 생각되었다. 흔들리는 이 돛과 돛대와 희망이 바다 속으로 들어간 것같이 생각되었다.

새벽이다. 무어족들이 컬컬한 목소리로 외치는 소리가 들린다. 그들의 낙타는 피곤에 지쳐 땅바닥에 엎드려 있다. 소총 300자루를 가진 사하라 사막의 비적들이 북쪽에서 몰래 내려와 동쪽에서 갑자기 습격하여 대상을 학살했다. 이 비적단이 있는 쪽에서 찾는다면?

"그럼, 부채꼴 모양으로, 알겠는가? 중앙의 비행기는 동쪽으로 곧장 진입하게…."

열풍이 분다. 50m 고도에서부터 이 바람은 진공소제기처럼 우리의 피부를 말린다.

여보게….

그러고 보니 여기에 보물이 있었네. 자네가 그 보물을 그토록 찾았지!

이 모래 언덕 위에, 양팔을 십자가 모양으로 벌리고 얼굴은 저 검푸른 물굽이를 마주보고 있는 그대, 그날 밤 그대는 무척 가벼웠지….

그대가 남쪽을 향해 내려가면서 얼마나 많은 밧줄을 풀었던가. 단 하나밖에 없던 유일한 친구인 그대는 벌써 공기처럼 된 베르니스였다. 거미줄 한 가닥이 겨우 그대를 붙잡아 매고 있었다….

그날 밤 덜 무거웠었다. 그대는 현기증이 났었지. 바로 머리 위에 있는 보물이 반짝였다. 오, 한 순간만!

내 우정의 거미줄이 그대와 연결되어 있었다. 하지만 불성실한 목동인 나는 잠들어 있었음에 틀림없다.

"세네갈의 생 루이에서 툴루즈에 통지함. 프랑스~아메리카 우편기 티메리스, 동쪽에서 발견. 적(敵)은 근처로 출발했음. 조종사 피살, 기체 파괴, 우편물 안전함. 우편물 다카르로 운송중임."

"다카르에서 툴루즈에 통지함. 우편물 다카르에 안착함."

생텍쥐페리 연보

✦ 1900년 : 6월 29일, 프랑스 리옹에서 출생, 유년시절은 생 모리스 드레망에서 보냄.

✦ 1909년(9세) : 가족과 함께 르망으로 이사, 생 크루아 학교에 입학.

✦ 1912년(12세) : 우연한 기회에 비행기를 처음 타 보게 됨.

✦ 1914년(14세) : 빌프랑슈 쉬르 손 시의 몽그레 중학교에 들어가나 3개월 후 다시 스위스의 프리브루에 있는 마리아니스트 수도회에서 경영하는 중·고등학교에서 1917년까지 공부함.

✦ 1917년(17세) : 대학 입학 자격시험에 합격.

✦ 1919년(19세) : 생 루이 고등학교를 거쳐 미술학교 건축과에 들어가 15개월을 지내다가 군에 입대.
스트라스부르 제 2전투기 연대에서 병역을 마치고 카사블랑카에서 조종사 면허를 받음.

✦ 1923년(23세) : 소위로 제대, 약혼녀와 파혼.

✦ 1925년(25세) : 잡지 「은선」에 중편소설 《비행사》 발표.

✦ 1927년(27세) : 툴루즈~카사블랑카, 다카르~카사블랑카 간의 우편비행을 담당함. 《남방 우편기》 집필.

✚ 1928년(28세) : 《남방 우편기》 출판.

✚ 1929년(29세) : 5월, 아르헨티나 우편 항공회사 영업주임으로 취임.

✚ 1930년(30세) : 《야간 비행》 집필.

✚ 1931년(31세) : 파리로 돌아와 콩수엘로 순신과 결혼. 12월에 《야간 비행》으로 페미니 문학상을 수상.

✚ 1934년(34세) : 에르 프랑스 회사 입사.

✚ 1935년(35세) : 「파리 수아르」지의 특파원으로서 모스크바를 다녀옴.

✚ 1937년(37세) : 「파리 수아르」지 특파원으로 에스파니아 내란 취재. 9월, '시문' 기로 뉴욕에서 아메리카 남단, 태르 드 푸에고 섬 간의 비행 자청.

✚ 1938년(38세) : 2월 15일, 과테말라에 착륙하였다가 이륙 시 속도 상실로 추락, 중상을 입음.

✚ 1939년(39세) : 2월, 《인간의 대지》 발표. 미국에서 《바람과 모래와 별들》이라는 제목으로 번역, 출판됨. 뉴욕에서 '이 달의 양서'로 선정되었고, 프랑스에서는 아카데미 프랑세즈 소설 대상을 수상함. 뉴욕에서 다시 귀국, 2차 세계대전 발발로 다시 대위로 동원, 2-33 대정찰비행단에 배속.

✚ 1940년(40세) : 6월 17일, 2-33 비행단 전원 알제리에 파견, 그 곳에서 제대를 기다림.

✛ 1942년(42세) : 2월 12일, 《전시 조종사》 영문판인 《아라스 지구 비행》이 뉴욕에서 출판. 독일 점령 당국자에 의해 판매금지 조치를 당함. 11월 6일, 연합군의 북 아프리카 상륙작전 성공, 다시 알제리의 2–33 비행단에 단 5회만 출격한다는 조건으로 복귀가 됨.

✛ 1943년(43세) : 2월, 뉴욕에서 《어떤 볼모에게 부치는 편지》와 4월, 《어린 왕자》 발표.

✛ 1944년(44세) : 1935년부터 씌어진 작가 수첩 《사색 노트》 출판. 5월, 사르디니아로 돌아옴. 7월, 2–33 비행단 다시 코르시카의 보르고 기지로 이동, 이미 8회의 출경을 했음. 7월 31일 8시 30분, 그로노블~안시스 상공을 최후로 출격. 귀환하지 않음. 코르시카의 바스티아 북쪽 100킬로미터쯤 되는 상공에서 독일군 정찰기에 의하여 격추되었을 것이라고 추측됨.

이 외에도 파리의 NRF 출판사에서 펴낸 《성체》와 1923년부터 1931년까지 씌어진 서한집 《젊은이에게 보내는 편지》, 《어머니에게 보내는 글》이 출판되었는데 《어머니에게 보내는 글》은 생텍쥐페리의 사후에 그의 어머니 J.M. de Saint Exupery가 서문을 달아 출판하였다. 1940년부터 1944년까지 씌어진 수상집 《생활 상념》의 유고집 등이 그의 작품의 전부이다.